赫衣の闇

三津田信三

文藝春秋

赫衣《あかごろも》の闇

目次

目次

目次

アートワーク　矢部弘幸（SPACE SPARROWS）
装丁　関口聖司
図作成　上楽 藍

赫衣の闇

第一章　闇市

昭和二十年（一九四五）の夏、日本が第二次世界大戦（太平洋戦争）に負けた結果、国内の主要都市の多くがほぼ焼け野原と化した。特に酷かった場所の一つが、東京大空襲を受けた旧東京市（現在の二十三区内）だった。

東京駅から富士山が見える。

戦前には想像もできないシュールな光景が出現した。実際に戦地から命辛々《からがら》の帰還を果たした日本兵たちが電車の車窓から、または降り立った駅前から目にしたのは、正《まさ》に非日常的な眺めだったと言える。

ただし、そこには更なる奇態な光景が加わっていた。戦前の日本では何処《どこ》へ行こうが決してお目にかかれない、何とも異様な「街」の広がりが……。

闇市である。

敗戦によって飢えさせられ、どん底の生活に叩き落とされた日本人の多くが、辛うじて生き長らえられたのは、この闇市のお陰だった。

物理波矢多《もとろいはやた》は戦時中、広島の宇品《うじな》にある陸軍船舶砲兵教導隊に所属していた。ただし彼の乗船する武装船が朝鮮海峡で沈んだあと、宇品に戻ったときには、もう乗る船は一隻も残っていなかった。それに燃料も尽きていた。

何とも表現できぬ焦燥感に苛《さいな》まれながらも無為に駐留していたある日、彼は満洲の建国大学で同期だった数人と能美島《のうみ》へ渡った。同大の恩師の一人に会うためである。

建国大学は日本系と満洲系（漢人と満人）と朝鮮系と蒙古系《もうこ》による民族自決を理念とした、当時としては破格の学び舎だったのだが、次第に軍部が幅を利かせるようになる。そんな大学にその教授は愛想を尽かして、さっさと日本へ引き揚げていた。

この恩師宅への訪問が波矢多たちの命を救った。広島に原子爆弾が落とされたのは、彼らが能美島に滞在していたときだった。だが、ここから運命は残酷な分かれ目を見せる。全員が急いで宇品へ戻ったところで、すぐさま爆心地へ救護のために派遣されたのだが、波矢多だけが上官の命令で他所《よそ》へ行かされる。放射線に汚染されているとも知らずに被害地域へ入った学友たちは、次々と倒れて死んでいった。原子爆弾とは爆撃時の大量殺戮《さつりく》だけでなく、その後も犠牲者を多大に生み出す悪魔の兵器だった。

……俺だけが生き残った。

米国に対する激しい怒りを覚えたあと、波矢多は自分が強い虚無感に囚《とら》われていることに気づく。この二つは相反する感情だったかもしれないが、彼の中では同時に存在していた。

古代の中国や日本では、人間は肉体と魂から成っていると考えられた。つまり死とは、身体の中から魂が抜け出てしまった状態である。もっとも中国では、何らかの精神的なショックを受けるだけでも、この魂の離反が起こると信じられた。

波矢多に憤怒の感情が湧き起こったとき、魂は彼の肉体にあった。捉えどころのない虚《むな》しさに包まれたとき、魂は身体を離れていた。そんな風に考えると彼の魂そのものが、宿主の精神的なバランスを取っていたと見做《みな》せないこともない。

ただ、そういった均衡も日本の無条件降伏により敗戦を迎えたことで脆《もろ》くも崩れ去る。一気に後者が優勢となってしまう。

敗戦と共に陸軍船舶砲兵教導隊は解散となり、波矢多は失意のどん底に叩き込まれた精神状態のまま、郷里の和歌山に帰った。そこで彼を待っていたのは、和歌山大空襲に見舞われ、ほぼ市の中心部が壊滅した生まれ故郷の姿だった。にも拘《かか》わらず彼が意外にもショックを受けなかったのは、広島の惨状を遅れ馳《ば》せながらも目にしていた所為《せい》だろう。

これが戦争というものだ……。

いつしか虚無感は圧倒的な現実感に変わっていた。だからといって実際の生活まで、すぐに現実的になれたわけではない。なまじ建国大学の理念に共鳴していただけに、その五族協和を踏み躙《にじ》る戦争体験が彼に齎《もたら》した負の面は、とても計り知れなかった。そのため鬱々と無為に過ごす日が、少しの間とはいえ続いた。

しかしながら波矢多が最も忌み嫌うのが、実は自己憐憫《れんびん》だった。いつまでも愚図愚図と悩んで憂《うれ》えるのは、全く彼の性に合わない。そんな波矢多をそこまで追い込んだのは、もちろん戦争である。一人の人間の本質的な部分を難なく変えてしまう恐怖が、戦争には普通にあった。「一人を殺せば殺人者だが、百万人を殺せば英雄になる」という映画「チャップリンの殺人狂時代」（一九四七／米）の有名な台詞は、正に戦争の愚かしくも恐ろしい矛盾を鋭く突いている。

波矢多が熟考を重ねる日々を送っていたとき、建国大学で仲の良かった同期生の熊井新市《くまがいしんいち》から手紙が届く。

「お前のことだから今後の進むべき道を真剣に考えて悩んでるに違いねぇが、そんなもの独りでやっても碌《ろく》な結果にならねぇんだから、一度こっちへ遊びにこい」

という新市らしい文面を目にして、波矢多は胸が熱くなった。ただ己の行く末については、実は既にある決心を下し掛けていた。相手が如何《いか》に友とはいえ、今更それを相談する心算《つもり》はなかった。でも波矢多は無性に新市に会いたくなった。

苦労して切符を手に入れて、電車を乗り継ぎつつ波矢多は上京した。そうして上野駅に降り立つことができたのだが、駅舎から一歩出たところで、彼は我が目を疑った。

なんと眼前には、巨大な闇市が広がっているではないか。

度重なる空襲によって焦土と化したはずの街に、全く別の「街」ができていた。和歌山で闇市が登場するのは、敗戦から四ヵ月も過ぎたあとになる。しかし新宿では「終戦記念日」と表現された八月十五日の翌日に、もう闇市は立っていたらしい。上野や渋谷や池袋などの主要な駅前でも、ほぼ似たような状態だったという。

戦前と戦中に新聞やラジオは国民の戦意を大いに煽《あお》った。それに乗った国民にも責任はあったかもしれないが、そのツケは戦中と敗戦後の悲惨な生活を体験することで支払う羽目になる。だからこそ「戦争は二度とご免だ」と誰もが心から悔やんだ。しかし国民を焚《た》きつけたマスコミは、その愚行を反省するどころか、本来の「敗戦記念日」を欺瞞《ぎまん》に満ちた「終戦記念日」と言い換える姑息さを発揮した。「占領軍」を「進駐軍」とした言い換えも同様である。

これに国民が激怒したかというと、残念ながら違う。でも無理はなかった。それどころではないからだ。とにかく生きなければならない。だから闇市が生まれた。

では、本当に敗戦後の日本には、少しの資産も僅《わず》かな食糧も全く何もなかったのか。

ＧＨＱ（「連合国軍最高司令官総司令部」の通称）が占領軍として日本に赴《おもむ》く前に行なった調査では、日本経済を二年間は支える物資があり、そこには備蓄された食糧も含まれていると分かっていた。にも拘《かかわ》らず彼らが上陸すると、その七割が消えていたという。特権を持つ政治家、資本家、陸海軍の将校といった輩《やから》が敗戦のどさくさに紛れて着服したのである。

これらの物資が国民に分配されていたら、あれほどの餓死者を出さずに済んだだろう。しかし実際は分配どころか闇市に流されたため、信じられない高値がつけられ、それを国民が買う羽目になる。闇市の正に真っ黒な「闇」の部分がここにあった。

もっとも当初は「市」とは名ばかりで、その多くは新聞紙や莚《ござ》を敷いた上に、または開けた鞄の中に売り物を並べただけの、まるで飯事《ままごと》のような「店」だった。店の体裁を一応は整えている者でも、何処かで拾ってきた木材やトタンや葦簀《よしず》を立て掛けて、辛うじて店内を演出している程度に過ぎず、その出来映えは子供が作った秘密基地よりも劣っていた。

なぜなら彼らのほとんどが、昨日まで商売になど手を染めたことのない、ずぶの素人《しろうと》だったからだ。空襲で焼け出された者をはじめ、商売のできなくなった中小商業者、軍需工場の失業者、復員兵と引揚者、旧占領地や植民地の人々などが大半だった。某的屋《テキヤ》の親分などは「ある宮様のために、所場《しょば》を割ってやった」と証言している。そして次のような実例を見ても、この闇市という「場」の誕生が自然発生的だったことは、ほぼ間違いない。

ある男が敗戦の翌日、東京の近郊から干し芋を担いで出てきた。都内に住む親戚の安否を確認するためで、干し芋は土産だった。だが親戚を捜し当てる前に腹が減ってしまったので、男は焼け野原の地面に腰を下ろすと、風呂敷包みを解いて芋を食べ始めた。すると目の前を通り掛かる者たちが、次から次へと同じことを訊いてくる。

「その風呂敷の中の芋は、売り物かい」

最初は男も否定していたが、あまり何度も尋ねられるので、つい出来心で「そうだ」と答えたところ、忽《たちま》ち風呂敷に一杯あった干し芋が売れてしまった。しかも信じられない値段で、誰もが買っていった。

男は大いに驚いたが、これは地元で捌《さば》くよりも儲かると考え、翌日から干し芋を担いで東京に出てきては、それを売り始めたという。

この男の場合は自ら商機を見出したわけだが、多くの人は己の今日の食い扶持《ぶち》を稼ぐために、または飢えた家族を養う必要に駆られて「店」を開いた。焼け跡から掘り出してきた鍋や釜などを、取り敢えず新聞紙や莚の上に並べて売る。得体の知れぬ饅頭《まんじゅう》や具のない水団《すいとん》を作って、とにかく飢えている人々に売る。もし「原始の闇市」という状態があったとすれば、こういう混沌とした有様だったのではないか。

ところが、この「原始」の期間は驚くほど短かった。幾らも日が経たないうちに、闇市に行けば何でもある――という状況にまで品揃えが良くなるのだから、実に人間の逞《たくま》しさとは計り知れない。

この闇市の急速な成長の裏には、的屋の存在が大きく関わっていた。的屋とは分かり易く説明すれば、神社の縁日などに様々な露店を出して祝祭空間を作り上げるなど、自らの商売と出店する場の演出を取り仕切る露店商の組織である。

新宿を例に取ると、敗戦の翌日から立った無秩序な闇市に対して、その四日後には戦前から同地を縄張りとする四つの大きな的屋の親分たちが、その仕切りに乗り出している。ここで看過できないのは、当時の所轄警察の署長が物資窮乏《きゅうぼう》を緩和するための応急処置として闇市の存在を認めた、という噂である。つまり警察自らが的屋に対して、闇市に於《お》ける店舗管理を依頼したことになる。その証拠に敗戦の年の十月には、警視庁の指導によって「東京露店商同業組合」が結成されている。

この組合の目的は、行政が不法状態にある的屋たちを取り締まるのではなく、市場の組織化と秩序維持のために、彼らの活動を積極的に認めることにあった。組合本部の下には警察の管内毎《ごと》に支部を設けさせて、支部の下には的屋の各組を配置した組織構造を見ても、東京都と警視庁の意図が那辺《なへん》にあったかがよく分かる。

こんな裏話を波矢多が知っているのも、熊井新市のお陰である。なぜなら彼の父親は、池袋に戦前からある的屋の親分だったからだ。

満洲に創設された建国大学には、東亜民族の優秀な子弟を一堂に集め、共同生活を送りながら教育を受けさせ、新国家に相応《ふさわ》しい人材を育成する使命があった。在学中にかかる費用は官費で賄《まかな》われ、学生たちが共同生活を送れるように全寮制だった。部屋代も食費も一切かからず、制服も教科書も無償で、毎月の小遣いまで与えられた。波矢多のような苦学生には、正に夢のような学び舎であった。故に超のつく難関校だった。開校以来、日本に限っても毎年の合格者は一県に一人か二人しか出ない。だからこそ全国から優秀な人材が集まった。

受験には本人の出自も、親の社会的な身分や経済状態も、全く何ら関係なかった。勉強ができるに越したことはないものの、他に秀でている才能があれば受かる可能性もあった。斯様《かよう》に破格の大学だった。

とはいえ学生たちの誰もが、中等や高等学校の成績は総じて優良だった。それは詰まるところ本人の能力と努力に因《よ》るわけだが、子供の頃から勉学に励める恵まれた環境にあったため、という者も少なからずいた。裕福で家柄の良い子弟である。

しかし物理波矢多と熊井新市は違った。前者の家業は伝馬船《てんません》の操業で、後者の父親である熊井潮五郎《ちょうごろう》は的屋の親分だった。しかも波矢多の祖父から父親が跡を継いだ頃から、動力で走るプロペラ船が登場して伝馬船の需要が次第に減り始めてしまう。そのため長男である波矢多の成長に合わせるかのように、物理家の暮らし向きは苦しくなっていく。普通なら大学へ進むなど、夢のまた夢だったわけである。同じような事情が、どうやら新市にもあったらしい。

そんな似た境遇が二人を結びつけたのかと言えば、実は違う。互いの家の事情を知ったのは、仲良くなってから相当あとになる。そもそも個人的な話をする暇など、当時の彼らには少しもなかった。二人いれば、もう議論になった。三人も集まると、侃侃諤諤《かんかんがくがく》の探究が始まる。テーマは何でもありだった。

上野駅で目にした闇市の衝撃が覚めやらぬまま、波矢多は古本街として有名な神保町の隣に当たる神代町《かみしろちょう》へ移動した。彼に上京を手紙で促した熊井新市に会うためである。

神保町は東京大空襲に遭いながら、僥倖《ぎょうこう》にも無事に済んだ数少ない土地だった。その隣町という立地のお陰か、熊井家も奇跡的に焼け残っていた。敗戦後の東京の焼け野原で住む家屋があるという幸せを嚙み締められる人が、どれほど少なかったことか。それが肌身で痛いほど実感できるだけに、波矢多は友のために純粋に喜んだ。

二人が再会の感激から互いに泣きそうになっていると、新市の母親が何処から調達したのかと目を見張るほどの、豪勢な料理と酒を運んできた。

「めそめそする前に、物理さんの無事を祝って乾杯しなさい」

母親に言われて、新市は照れたような表情になったが、座敷の卓に並ぶご馳走に文字通り両目を丸くしている波矢多に気づき、彼は破顔した。

「あるとこには、結構あるもんだよ」

「……闇市か」

と応じながらも波矢多は、ここへ来るまでに見物した各駅前に広がる闇市について、新市がびっくりするほど興奮気味に喋った。

「かなり驚いたみたいだな」

「和歌山の駅前には、あんな光景はなかったからな」

「地方に闇市が立つのは、まだこれからだろ。東京の駅前に闇市が一気に出来上がったのには、背景となる理由があったからだ」

「幾つかの条件が重なった結果――とか」

「流石《さすが》に理解が早ぇぇな」

こうして波矢多と話せることが、新市は嬉しくて堪《たま》らないという様子で、

「闇市は空襲の焼け跡に建ってるように見えるけど、実際は強制疎開の跡地が多いんだ」

「あっ、それで駅前なのか」

強制疎開とは「建物疎開」や「家屋疎開」とも呼ばれた、戦時中に於ける建築物の撤去のことである。その目的は空襲の火災に因る重要施設への延焼の防止だった。鉄道の駅は言うまでもなく陸運の要となるため、周辺は悉《ことごと》く強制疎開地と化した。

要はまだ燃えていない家屋を先に取り壊して、それ以上の燃え広がりを防ぐ江戸時代の火消と何ら変わらない方法が、戦中にも取られていたことになる。

「上野には電車の変電所があるだろ。だから念入りにやった」

「なるほど。軍施設、兵器工場、弾薬倉庫、民間軍需工場などの最寄り駅には、ほぼ強制疎開地が設けられたと見ていいわけか」

「そういう空き地の利用法を、誰よりも知ってるのは誰だ？」

「的屋さん」

二人は笑いながら話を続けた。

「とはいえ最初に商売を始めたのは、ほとんどが素人だ。的屋の世界では、専門ではない商売人をネスと呼んで、実は下に見る傾向が昔からある。だから素人を纏《まと》め上げる役目を自分たちが担うことには、全く抵抗がなかったわけだ」

「しかし、幾ら強制疎開地とはいえ、元の地主がいるだろう。不法占拠にならないのか」

「恐らく今後、その問題は出てくると思う」

新市が声を落としたのは、家人の耳を気にしたからだろう。

「ただな、的屋が闇市を仕切るに当たって、強制疎開地の使用は帝都復興のためで、闇市は物資窮乏を緩和する応急処置である――って、行政も警察もお墨つきを与えたらしいぞ」

これには波矢多も驚き掛けたが、然《さ》もありなんと即座に納得した。

闇市の「闇」とは闇値であると同時に闇の物資そのものを指す。闇値の対義語が公定価格で、政府の許可を得た統制商品を「マル公」と呼び、それ以外の非合法取引商品が「闇」と俗称された。政府は公定価格を掲げて食料品の統制と配給を実施するとしたが、そもそも敗戦後は区役所も真面《まとも》に機能していない。配給制度とは名ばかりで、一ヵ月以上の欠配も普通にあった。そのうえ偶《たま》に配給が行なわれても、乏しい主食と鮮度の悪い魚や野菜が配られるだけで、とても生きていける量ではない。いや、まだしも主食と魚や野菜を貰《もら》えれば良かった。場合によっては砂糖や缶詰ミルクだけが配給され、それを手にした者が途方に暮れた。

　統制経済のため公定価格が存在したわけだが、日常の最も基本的な食材が、それでは全く手に入らない。皮肉な言い方をすれば公定価格とは「公式ルートでは絶対に買えないほど低く設定された価格」だったことになる。

　なお「闇」は戦時中にも存在していた。戦況の悪化に伴って配給の滞りも酷くなっていった所為だが、敗戦後ほど大っぴらではなかった。なぜなら政府も軍も警察も睨《にら》みを利かせており、恐怖による取り締まりが行なわれていたからだ。よって庶民が手にできる「闇」の品は限定的であり、かつ流通も不活発だった。

　だからこそ皆、個人で動いた。簞笥《たんす》に仕舞ってある着物を持って田舎の農家を密かに訪ねて、物々交換で米と代えて貰う。もっとも軍務公用や特別な証明書がない限り、一般人は電車の切符を容易には買えない。つまり切符も闇で手に入れる必要がある。そんな苦労をして買い出しに行っても、売り買い共に厳しい統制違反の取り締まりが農家には課せられていた。田舎での闇の農産物の買いつけは、所轄の駐在に見つかる懼《おそ》れも多分にあって、先方も神経質になっている。故に交渉の相手が悪いと、露骨に足下を見られた。だが飢え死にしないためには、向こうの言いなりにならざるを得ない。

　このように艱難辛苦《かんなんしんく》の末、やっとの思いで手に入れた米も、帰路に取り締まりに遭えば問答無用で没収された。国家の建前だけの愚かな「決まり」が、必死に生きようとする国民を平気で死に追いやっていた。それが戦争である。

　ところが、この国家の「決まり」を断固として守り、その結果「闇」を拒否して餓死する者が、敗戦後に出てしまう。その年の十月十一日に東京高等学校独逸《ドイツ》語教授の亀尾《かめお》英四郎《えいしろう》が、翌々年の奇《く》しくも同月同日に裁判官の山口良忠《やまぐちよしただ》が、共に「闇」を拒んで死んだ。山口は東京区裁判所の経済事犯専任判事で、闇物資の所持により食糧管理法違反で検挙及び起訴された被告人の事案を、自ら担当する立場にあった。そのため彼は「食糧統制法は悪法だ。しかし法律としてある以上、国民は絶対にこれに服従せねばならない。自分はどれほど苦しくとも闇の買出なんかは絶対にやらない」という信念を貫き通して餓死した。

特に山口良忠の死は大きな反響を呼んだ。ただし賛否は分かれた。裁判官という職に殉《じゅん》じた高潔な行為だと褒《ほ》め称《たた》える者と、死んでは元も子もないと嘲笑《あざわら》う者とに。

なお敗戦の翌年、警視庁と都庁が署員と官公吏の欠勤について調査したところ、前者では食糧補充の欠勤、食糧がないため、家事上または一身上の都合という理由が多く、後者では闇買いのための毎日の平均欠勤率が、職員で十五から十八パーセント、雇員で三十パーセントという結果が出た。

農林省は到頭《とうとう》「一ヵ月に十日間の有給食糧休暇」を認める羽目になる。警視庁も「勤務に差し支えのない限り食糧休暇を認める」通達を出す。食糧の統制と配給の元締めである農林省も、闇を取り締まるべき警視庁も、そこで働くのが生身の人間である以上、背に腹は代えられない状態だった。

「これほど建前と本音が明確に浮かび上がった時代も、そうないかもしれないな」

波矢多の言に新市も頷いたが、そう口にした本人が舌の根も乾かないうちに、

「……いや、あったか」

「いつの何だ？」

びっくりした新市が問い掛けると、波矢多は苦々しそうに、

「この戦争の背後にあった、大東亜共栄圏だよ」

「……あぁ、確かに」

うんざりした顔を見せる新市に、波矢多は淡々と、

「西洋諸国による植民地支配を打ち倒し、アジアの独立を勝ち取って、諸民族との共存共栄を図ると謳いながら、その実やったことは他民族との融和ではなく同化政策だった」

「建国大学の同期たちと、散々に話し合った問題なのに、すっかり忘れてた」

そんなはずはないと波矢多は思った。新市が目を逸らしているのが、何よりの証拠かもしれない。

だが彼は敢えて触れずに、

「佐藤春夫が『中央公論』の昭和七年（一九三二）九月号と十月号に発表した、台湾旅行記と言える『殖民地の旅』の中で、現地の青年の言葉として『赴任した総督閣下が内地人と本島人は平等と言われたが、次の総督閣下は親和だと仰《おつしや》り、別の総督閣下は同化だと申された』という意味の文章を書いている」

「そう言えばお前は、一端《いつぱし》の文学青年だったな」

「結局この国は昔から、全く何も変わっていないのかもしれない」

「これほど悲惨な戦争を経験したのに、何も学べなかったらお終いだな」

暫《しばら》く二人は無言で杯を交わしていたが、

「いや、済まない」

やがて波矢多が気を取り直したように、話を闇市に戻した。

「その二つのお墨付きは、かなり心強かっただろ」

「闇市とは必要悪だと、まぁ国が認めたようなものだからな」

新市は苦笑を浮かべながら、

「闇市の『市』とは市場《いちば》と市場《しじよう》、その両方の意味合いを持ってる。しかも、そこでは違法な経済流通

制度が罷《まか》り通ることが、はっきりと約されてる。こんなこと言ったら親父に殴られるけど、的屋に相応しい空間だと思わねぇか」

「世間的な印象では、そう見えるか」

波矢多は当初やや遠慮がちな表現をしたが、すぐさま彼らしく率直に尋ねた。

「ところで的屋というのは、ヤクザなのか」

新市は目を丸くしたあとで、不意に大笑いしながら、

「当の的屋の息子に訊くとは、如何にもお前らしいなぁ」

「気に障《さわ》ったのなら謝るが、実際どうなんだ？」

詫《わ》びつつも質問の矛は収めない波矢多に、新市は懐かしそうな表情で、

「そういやぁ建国大学にいたときからお前は、よく妙なものに興味を持って調べてたが、ちっとも変わってねぇな」

「そうか。自分では何に最も惹かれるのか、未だによく分からない」

「だから大学に入り直すんだろ」

実家で下《くだ》し掛けた波矢多の決心など、どうやら新市は疾《と》っくに見抜いているらしい。

「戦争で中断された学問を一からやり直すことで、この敗戦後の日本で如何に生きていくのか、その方向性が見えるかもしれない。そう考えた結果だよ」

「俺からしてみれば、余計な回り道のように思えてならんが、お前には合ってるのかもしれんな」

真顔で応える新市を見て、目の前の友が波矢多の今後を明らかに心配していることが痛いほどわかり、彼は胸が苦しくなった。

第二章　的屋《テキヤ》

　しかし波矢多《はやた》は、そんな感情を少しも顔には出さずに、

「で、的屋《テキヤ》とヤクザの関係は、実際どうなんだ？」

「ちゃんと説明するから、そう急かすな」

　新市《しんいち》は再び苦笑しながら、

「的屋の商売には『遊戯』と呼ばれる遊びの店があって、その多くは客の射幸心に訴えるわけなんだが、博打《ばくち》と同じで親が損する仕組みには、当然だがなってねぇ。つまり当たれば儲《もう》けがでかいという意味で、弓矢を用いる射的と掛けて『的屋』と呼ぶようになったと、そんな説があるけど、何処《どこ》まで本当かは分からん」

「賭博と言えば、ヤクザの重要な資金源だろ」

　即座に波矢多が突っ込むと、新市は首を振りつつ、

「だからこそ両者は違うんじゃねぇか、と俺は思う。的屋の世界では自分たちとは異なる商いを『稼業違い』と呼んで区別する。例えば『ボク』というのは植木商で、『ゴト』と言えば賭博系の商人を指す。ゴトはインチキの隠語で、多分に侮蔑《ぶべつ》的なニュアンスが含まれてる」

「なるほど」

「もっと眉唾な説で良ければ、『ヤクザ的』を『ヤー的』と縮めたうえで、その前後を入れ替えて

『的ヤー』にしたという話もあるぞ」

「面白いな」

「親父に言わせると、的屋は有職渡世で、ヤクザは無職渡世らしい」

「ほうっ」

「それに的屋という存在は、その七割は商人だけど、あとの三割はヤクザだ――なんて、よく酔ったとき口にしてたな」

「的屋全体の三割が……」

「そういう意味もあるんだろうけど、的屋をしている個人が持つ資質のうち、七割が商売人で、三割がヤクザから成ってると、親父は言いたかったのかもしれん」

「的屋である親父さんの実感か」

これで波矢多の好奇心も一応は満たされたので、

「強制疎開地という広い空間があり、素人《しろうと》ながらも多数の商人たちがいて、行政と警察のお墨つきも貰《もら》った。あとは闇物資の供給を滞りなく行なえるかどうか、という問題か」

「ほんとにお前は察しがいいな」

新市は嬉しそうな顔で、

「その当たりも、もうついてるんだろ」

「駅の存在か」

「正解だ。駅前に闇市が広がったのには、確かに強制疎開地があった所為《せい》も大きいが、それと同等くらいの理由が人の移動にある」

図らずも干し芋を売ることになった男の例を、新市は話してから、

「鉄道駅から延びる線路の先は、穀物や農産物や魚介類が採れる土地と繫《つな》がってる。つまり駅は食料品を供給する後背地と結びついてるわけだ。輸送の手間暇を考えれば、駅前に広がる闇市ほど便の良い場所もねぇだろ。駅そのものが闇市の供給基地とも言える。その証拠に担ぎ屋が電車を降りたばかりの駅のホームで、物資の闇取り引きが早々と行なわれてる所もあるからな」

「本当に見事なほど、諸条件が揃っていたわけだ」

波矢多は改めて感心した。闇市の発生には偶然性があったかもしれないが、その成立は完全に必然だと言える。

「もっとも渋谷の場合、駅は農漁業生産地と少しも繫がってねぇ。だから食糧品の供給拠点にはなり得なかった。あそこの闇市が古着などの日用雑貨、菓子や干し芋などの簡単な食べ物しか扱えないのは、その所為だ。という風に駅毎《ごと》に、そこの闇市で売られてる品物に特徴が出るため、目的に応じて行く場所を選ぶわけだ」

そう言ったあと新市は、飽くまでも念のために忠告しておくという様子で、

「客として行く分には何の問題もないはずだけど、厄介な揉め事を抱えてる闇市もあるから、そこは注意が必要になる」

「例えば、どんな所だ？」

「第三国人による闇市の存在だよ」

それは争いの原因になりそうだと、波矢多は即座に理解した。

戦時中に日本の支配下にあった所為で、日本軍の徴用によって連れてこられた中国と朝鮮と台湾の人々が、敗戦後には何の保証もないまま放り出された。もちろん帰国者もいたが、様々な事情で日本に残った人も多く存在した。

米国を始めとする占領軍は、そんな彼らを連合国側には属さないと考えながらも、できる限り「解放国民」として処遇するとした。自分たちと同等の取り扱いを受けるべき存在と見做《みな》して「第三国人」と呼んだ。つまり彼らは占領軍と同様に、日本の法規制を全く受けない立場にあると認めたのである。

「新宿は戦前からある四つの的屋が仕切ってるし、池袋も同じだ。どちらも統制の取れた組織の下で、ほぼ運営されてると言っても間違いじゃねぇ」

「でも、そうではない闇市があるわけか」

「新橋や渋谷では台湾系の、上野では中国の華僑《かきょう》と朝鮮系の商売人との縄張り争いがある。原宿の青山方面は新興住宅地だから、古い的屋の組織が元々なくて、あそこの闇市には台湾人と朝鮮人が関わってる。中野の北口に、日本人には手が出ない高級品を扱う闇市があるのは、朝鮮人が運営しているからだ。吉祥寺は近くに武蔵野の軍需工場があって、そこで徴用されていた中国人が闇市を営んでる一角がある。今は思いつかないけど、他にもあったはずだ」

「もしかすると――」

新市の説明を黙って聞いたあと、ふと波矢多が口を開いた。

「行政と警察が的屋にお墨付きを与えたのは、日本人の露店商たちを一体化することで、日本の法規制を少しも受けない立場にある第三国人たちの、その対抗勢力にさせる意図もあったのではないか」

「相変わらず鋭いな」

新市は嬉しそうに笑いつつも、ちょっと驚いた顔で、

「俺も同じ読みに辿《たど》り着いてたけど、そこに達するまで少し時間が掛かった。なのにお前は、今の説明だけで見抜いたんだからな」

だが波矢多は親友に褒《ほ》められても特に照れることなく、むしろ険しい表情で、

「更に裏があるのかもしれない」

「どういう意味だ？」

「日本の政府と警察が、というよりＧＨＱが懼《おそ》れたのは、闇市という混沌の場を仲介にして、敗戦によって窮民と化した日本人と第三国人たちが繋がることで、革命が起きることではないか――と、ふと考えた」

「そりゃ充分に有り得るな」

新市も真面目な顔つきになると、

「つまり流通の仕組みが本格的に整い出した途端、的屋が仕切る闇市はお役ご免になって、取り潰しに追い込まれる可能性が高いってことか」

「うん。まず間違いないだろ」

「利用するだけ利用しておいて、あとは知らん――って放り出すのは、敗戦後の第三国人に対するやり口と何ら変わらんわけだな。お上の昔からの常套《じょうとう》手段ってわけだ」

この二人の読みは見事に当たるのだが、それは先の話になる。

新市との旧交を大いに温めたあと、波矢多は関西へ戻った。そして熊井《くまがい》潮五郎《ちょうごろう》の紹介で大阪の的屋の顔とも言える大廻《おおさこ》大吾《だいご》を訪ね、その人物の世話で下宿先を見つけて落ち着くと、某国立大学に編入した。

ただし実家から仕送りがあるわけではないため、生活費と学費を稼ぐ必要があった。そのため波矢多は家庭教師や新聞社と出版社のアルバイトに、日頃から精を出さなければならなかった。要は苦学生だったわけだが、そんな境遇の者は少しも珍しくなく、そもそも彼はちっとも苦と感じなかった。

金銭を得るための仕事の内容が、勉学に関わる内容だったからかもしれない。

それよりも波矢多を苦しめたのは、この当時の人々の大半を悩ましたのと全く同じ問題だった。即ち空腹である。

まず「正式な食事」を摂るためには、農林省が発行して配る「主要食糧選択購入切符」が必要だった。通称「外食券」と呼ばれるもので、一枚毎に「一食券」と印刷された券が、回数券のように一帖に綴られている。これを外食券が使える食堂として登録された「外食券食堂」に持って行かない限り、戦中から敗戦後の暫《しば》くは外食ができなかった。

では外食券食堂で一食券を差し出せば、文字通り一食分の食事を摂れたのかと言えば、そんなことは全然ない。

印刷紙そのものが薄くてペラペラの一食券を窓口に出して、波矢多はよく水団《すいとん》を食べた。もっとも水団とは名ばかりで、塩水に少し着色したような汁の中に、メリケン粉の団子が二つか三つ浮かんでいる。その団子の大きさも親指ほどしかない。これが一食分なのである。

とても足りないため、いつも彼は一度に三食分を使ってしまう。当時の日本人は一日に二食が普通だった。そうなると残りの一食は、どうしても闇市に頼るしかない。とはいえ闇値は莫迦《ばか》高かった。

当たり前のように利用していては、学費にまで手をつける羽目になる。

空腹で困惑する波矢多に救いの手を差し伸べたのは、的屋の親分である大廻大吾だった。しかし彼の陰には、またしても熊井潮五郎がいた。

「これ以上、お世話になるわけにはいきません」

頑《かたく》なに固辞する手紙を出した波矢多に対して、すぐさま潮五郎は少しも飾らない文面の返事を寄越した。

「うちの出来損ないの息子が、あろうことかあの建国大学に入れたのが、俺は嬉しくて堪《たま》らんかった。確かに頭の切れる子ではあったが、学校の成績はそうでもなかった。けど本当に頭の出来が良いというのは、別に学問ができることに限らんのだと、あいつは教えてくれた。その我が息子が、あの大学の同期生の中でも一目を置いてるのが、物理《もとろい》さん、あなただった。新市はいつも言ってる。これからの日本に必要なのは、物理波矢多のような男だってな。だから俺は、あんたに腹一杯の飯を食わせることにした」

波矢多は有り難く厚意を受けた。かといって無償では心苦しいので、何かお返しをさせて欲しいと手紙で頼んだ。

「だったら将来、俺が何か困ったときに、あなたの知恵を貸してくれ」

潮五郎の返信の答えは所謂《いわゆる》「出世払い」だったので、波矢多を大いに恐縮させた。

こうして大廻大吾が仕切る大阪の闇市の、予《あらかじ》め親分から指定された「店」に出入りすることで、通常の闇値よりも安い値段で波矢多は食事ができるようになる。この便宜のお陰でどれほど彼は救われたことか。大阪の闇市の大半を牛耳っていたのが朝鮮人を始めとする第三国人で、そこに不良日本人も交じっていた事実を考えれば、それが嫌でもよく分かる。

大阪でも敗戦の年の九月には、もう闇市が生まれていた。その中でも盛んだったのが、大阪駅と阿部野橋と鶴橋の三ヵ所だった。もちろん土地所有者の承諾など得ずに、勝手に開いた自由市場という名のブラック・マーケットである。そこで主に売られたのが、薩摩芋、パン、ライスカレーだった。

波矢多は大いに感謝したが、肝心の食事の質が外食券食堂よりも上がったかと言えば、なかなかその判断が難しかった。

闇米に闇野菜の大根や人参を細かく刻んで入れて、大鍋で炊いた雑炊。醤油《しょうゆ》を数滴だけ垂らしたお湯にぶつ切りの葱《ねぎ》を浮かべたスープ。細切れの饂飩《うどん》と鰯《いわし》の一部というよりも、ほとんど頭だけを一緒に焼いた鉄板焼き……などが彼の胃袋に消えた。

敗戦後の日本人が最も驚いたのは、畜類の内臓料理である。明治の文明開化によって日本人は肉食を覚えたものの、戦前の食卓に肉類が出ることはかなり珍しかった。特に内臓は気味悪がられて食べられなかった。逆にそれを大いに好んだのが、大正期から戦前に掛けて重労働に従事していた朝鮮半島の人々である。彼らはスタミナ料理として内臓を欲した。

もっとも品川では太平洋戦争の末期頃から、日本人も牛の内臓料理を食べていたという。ここには朝鮮人たちの集落があって、そこで作られる濁酒「マッコリ」を日本人も買いに来ていた。そのときホルモンの味を覚えたらしい。しかもマッコリを飲みながら食べると美味しく、おまけに精もつく。何より値段が安い。そんな噂が日本人の間に広まって、食糧難だったことも手伝い評判になったようである。

このホルモンと同様に、当時の日本の食卓に多大な影響を与えたと思《おぼ》しき「料理」がある。占領軍の食堂から出た残飯のごった煮だ。これを横浜の闇市ではドラム缶に集めて煮立てたうえで「栄養スープ」として売ったが、同じことは東京でも行なわれた。

占領軍が「ギャベッジ（生ゴミ）」と呼ぶ代物は廃棄された段階で、最早《もはや》ぼさぼさの塊《かたまり》になっている。これを新宿の闇市では大袋に入れて回収して、その中身をばさっと大鍋に放り込み、そこに水を加えて中火で煮立てたあと、塩を入れて混ぜて一丁上がりとなる。

波矢多も上京中に食べたが、なんとも名状し難い味だった。意外にも不味《まず》くはないが、かといって決して美味でもない。ただ久し振りに、こってりとした栄養価の高いものを口に入れた、という気は間違いなくした。

獅子《しし》文六《ぶんろく》が敗戦後の東京を舞台に一組の夫婦のドタバタ劇を描いた『自由学校』（「朝日新聞」／一九五〇）の中で、この「料理」を「ネットリと甘く、油濃く、動物性のシルコのようで、なんともいえぬ、腹の張る味だった。（中略）戦前には絶対になかった、実質的で、体裁をかまわぬ料理であることも確かだった」と記している。

新市は何度も食べるうちに、この特別シチューの中味を吟味するようになった。そこには、コンビーフ、人参、鶏の骨、グリーンピース、馬鈴薯《ばれいしょ》、セロリ、豚肉の切れ端、玉蜀黍《とうもろこし》の粒、マッシュルームなどが入っていたが、銀紙がついたままのチーズの欠片《かけら》もあったらしい。

もっとも新市によると、煙草の吸殻や男性の避妊具が出てきた例もあったという。元がギャベッジだったことを考えても、勝戦国である占領軍関係者による敗戦国の庶民への嫌がらせに違いない。だが、それに目くじらを立てて怒る日本人が、果たしていたかどうか。徒《いたずら》に憤怒しても、ただ腹が減るばかりなのだから。

敗戦後の日本人の食卓が、次第に西洋化していく切っ掛けとなった理由の一つが、この残飯シチューだったのは皮肉である。歴史を振り返ってみても、食文化の「侵略」ほど難しいものはない。それが可能となるのは、戦勝国の料理を敗戦国へ持ち込む場合だけかもしれない。

一食券で得られる外食券食堂の「料理」より、確かに闇市の「料理」の方が増しとも言えた。とはいえ信じられない闇値を当然のように請求された。

敗戦から二、三年後の某国家公務員の月給を三千円とした場合、闇市に於《お》けるコップ一杯の酒は五十円で、寿司一貫が二十円となる。この合計七十円を現在の価格に直すと、凡《およ》そ七千円である。普通に腹を満たすためには、一食に今の金銭で数万円が掛かった。

同じ頃に前科十二犯の男が府中刑務所から出たとき、五日分の握り飯と九十五円を与えられた。刑期満了者に金銭だけでなく握り飯まで渡したことでも、この当時の食糧事情の悪さがよく分かる。ちなみに九十五円とは、戦時中の大学卒新入社員の月給相当になる。先の某国家公務員の月給と比較することで、戦時中から敗戦後に掛けて、どれほど異常な物価の上昇が起きたかが理解できる。

出所した男は故郷へ帰るために東京駅まで歩いた。電車に乗ろうにも駅の窓口は長蛇の列だった。その中には切符を買うための場所取りをする「所場屋」もいた。年配の女性や子供が多かったが、もちろん闇値を払わなければならない。

ひたすら歩き続けて、漸《ようや》く男は東京駅に着く。しかし切符は売り切れで三日ほど待つ必要があった。喉が渇いたので闇市を覗くと、蜜柑が目についた。三個を十円で買う。南京豆も十円だった。それから匂いに釣られておでん屋に入る。二十五円のお銚子を飲み、五十円のおでんを食べると、もう無一文になっていた。

「これじゃ娑婆《しゃば》で、とても生きていけない」

男は銀座へ移動すると、バラック建ての小料理屋で態《わざ》と七十円の無銭飲食を働き、刑務所に戻ることを願ったという。

波矢多は大廻大吾の口利きで値引いて貰えるので随分と助かったが、一般の庶民はそういうわけにいかない。また先の出所男よりも悲惨を極めたのが、両親を亡くしたうえに身寄りも一切ない戦争孤児たちだった。

その中でも逞《たくま》しい子供は、闇市の中で仕事を探した。闇市に行けば何でも揃うと言われるように、そこには様々な品を扱う「店」が犇《ひし》めいていた。だが最も多かったのは、やはり食べ物屋である。まず人間が何よりも求めるのは飢えを克服することだろう。それが満たされない限り、どんな物を売っても駄目だった。そうした食べ物屋で必要とされるのが、食材以外では水になる。だが各「店」に水道は当たり前だが通っていない。そのため一番近い井戸などから、大量の水を汲んで来なければならない。そういう仕事は、ほぼ子供の役目だった。そこに戦争孤児たちは飛びついた。

とはいえ誰もが仕事にありつけ、それを熟《こな》せるわけではなかった。零《こぼ》れ落ちる者が絶対に出てくる。いや、ほとんどの戦争孤児たちが、そんな境遇だったと言うべきか。彼らは夜になると地下道で寝ながら闇市の残飯を漁った。しかしながら占領軍のギャベッジとは違い、闇市で破棄するような残飯は腐っていることが多い。そのため腹を壊して発熱する者も出たが、他の子供たちには何もできない。ただ、その子が死んでいくのを見守るだけで……。

彼らが何よりも恐れたのが「浮浪児狩り」だった。役所の人間が街中を放浪している戦争孤児を見つけては、無理矢理リヤカーやオート三輪に乗せて、浮浪児収容所へ連れていく。彼らの扱いは野良犬と同じか、街のゴミと同等だった。しかし彼らは幾ら飢えても人間を襲わないが、世田谷では食堂のウエイトレスが野犬に喰い殺される事件が起きていた。

戦争孤児たちは収容所に着くと真冬でも真っ裸にされ、即座に冷たい水を浴びせられた。そして裸のまま鉄格子の檻に入れられる。敗戦後の日本にとって彼らは、そういう存在に過ぎなかった。ところが、浮浪児収容所へ放り込まれる方が、まだ増しだったという信じられない体験を、のちに波矢多は聞かされる。

彼は編入した大学で「民俗学」と出会い、改めて学問をする意欲を覚えていた。日本人の歴史と文化を探るために、蒐集《しゅうしゅう》した伝承を分析研究する。それが民俗学である。敗戦によって全てを失ったように見える今こそ、民俗学が必要なのではないか。その考えに間違いはないと思うのだが、闇市に出入りするたびに厳しい現実を目の当たりにして、学問そのものが無力に感じられてしまっていた。

大学で一年近く民俗学に打ち込んでいるうちに、波矢多の心に迷いが生じ始めた。これからの日本のために、もっと自分にはできる何かがあるのではないか。

「お前は相変わらずだな」

そんな悩みを手紙のやり取りだけで敏感に察した新市は、再び彼に上京を勧めた。そして新宿の闇市の中にある飲み屋に誘ってくれた。

飲み屋といってもバラック長屋の中に設けられた、カウンターと粗末な椅子が数脚あるだけの三畳ほどしかない「店」である。店主の女将《おかみ》と客は一応カウンターで仕切られているが、店内と店外の区別は極めて曖昧《あいまい》になっている。客の背後は即座に道で、いや客によっては道に食《は》み出ている者も普通にいる。しかも女将がカウンターの内側に入るためには、その端の下を潜《くぐ》る必要があった。そこに客がいる場合は、わざわざ立ち上がって場を譲らなければ出入りもできない。そういう「店」である。

もっとも闇市の「店」も進化していた。当初は新聞紙や莚《ござ》を敷くだけだったのが、トタンや葦簀《よしず》を立て掛けて一応の体裁を整えるようになる。それが屋台を用いるように変化して、更にバラック長屋が出現する。しかも場所によっては「マーケット」と呼ばれる木造二階建ての集合店舗まで作られた。最早「闇」でも何でもない普通の店構えになりつつあった。それでも「闇」の呼称が消えないのは、まだまだ扱う品が非合法だったからだ。

「ここは問題ないけど、他所《よそ》では気をつけろよ」

波矢多を飲み屋に連れて行くたびに、いつも新市は耳元で囁《ささや》く。だが彼は実体験として痛い目に遭う前に、作家たちの文章を読むことで知識を仕入れていた。

「坂口安吾《さかぐちあんご》が渋谷の宇田川《うだがわ》町で、ビールを二本しか飲んでいないのに、会計すると二十本に化けている。文句を言ったら、足元を見ろと返された。下に目をやると、なんと空のビール瓶が二十本、そこに転がっていたらしい」

「仕組まれたんだな」

新市が力なく笑ったのは、質《たち》の悪い闇市の飲み屋では有り触れた手だったからだろう。

「けどビールなら、余り誤魔化《ごまか》しようもないから、まだ良かったんじゃねぇか」

「メチルか」

「あぁ、あれには用心しないとな」

日々の暮らしが悲惨であればあるほど、多くの者は酒に逃げ場を求める。どれだけ貧窮していても、とにかく飲もうとする。そのため需要は常にあったわけだが、敗戦後ほど酒を求められた時代もないかもしれない。ただし本物は圧倒的に不足していた。でも儲けになる商売だと分かっているため、勝手に作り出す者が現れた。

闇市の酒で有名なのがカストリとバクダンだった。「粕取焼酎」は名称の通り本来は酒粕を原料とした蒸留酒である。だが敗戦後の材料は廃物の米や薩摩芋など手当たり次第で、しかも素人が作った釜で蒸留した速成品だった。かなりの臭気があり、アルコール度数も四十度と高く、三杯以上は飲めないと言われた。創刊から三号までに廃刊となる雑誌を「カストリ雑誌」と呼んだのは、この酒のカストリの三杯に掛けられていた。

一方の「爆弾」も飲むと胃が燃え上がって破裂するのではないかと思えるほど、文字通り強烈な酒だった。燃料用のアルコールを主体にして薄め、それをガソリン用のドラム缶に詰めて売っていた。とにかく安くて短時間で酔えるため人気があったのだが、カストリもバクダンも決して油断のできぬ怖い酒だった。

これらの密造酒に工業用のメチルアルコールを混入させる悪徳業者が、実は後を絶たなかった。そのため失明する者や命を落とす者も現れた。戦前はプロレタリア作家だった武田麟太郎《たけだりんたろう》が、長年の飲酒が祟《たた》って敗戦の翌年に亡くなった。だが切っ掛けになったのは、メチル入りの酒を飲んだ所為ではないかと言われた。

東京都は都内の六十二ヵ所に「飲食物簡易検査所」を設けたものの効果がなく、進駐軍は「メチルで兵士を死に至らしめた者は死刑」という通達まで出したらしいが、後者について真偽のほどは分からない。

波矢多と新市は比較的安全な酒を飲みながら、色々と語り合った。

「お前は学問の道を究めるのが合ってるように、俺には思える」

「そうかな」

「あぁ、間違いねぇ」

新市は確信有り気に答えたあと、少し迷いを見せた顔つきで、

「ただな、だからと言って書物を前に、大人しく室内に籠《こ》もってる奴ではねぇことも、俺は知ってる。それを考えると、民俗採訪という活動を行なう民俗学は、極めてお前に相応《ふさわ》しい学問じゃねぇのか」

「うん。自分でも、そう感じているんだが……」

「だったら大学を辞めるなんて考えずに、もっと邁進《まいしん》すべきだろ」

新市の助言が脳内で何度も再生され続けた所為か、その夜の波矢多は珍しく酔った。にも拘《かかわ》らず闇市の中を歩いていたときの、友の呟きが妙に耳に残ったのは、どうしてなのか彼にも分からない。

「……あいつ」

新市の視線の先を見やると、看板に「ホルモン　李《リ》」と記された店に、ちょうど一人の青年が入っていくところだった。ひょろっと痩《や》せて小柄な外見だけでなく、なんとも人が好くて気の弱そうに映る顔つきから、こんな闇市などを歩いていると忽《たちま》ち鴨にされそうな、そんな成人前の男である。

「知り合いか」

「まぁな」

その一言で新市は済まそうとしたが、ふと思い直したように、

「親父の弟分に、戦前に関西から流れてきた親分がいる。実はお前に大阪の大廻大吾親分を紹介したとき、この人にも少なくない世話になってる」

「そうだったのか」

「一人称の『私』に市場の『市』と書いて、『きさいち』と読む名字の親分なんだが、今の奴はその子分のように見えたんだ。こいつの名前が、貴族の『貴』にやはり市場の『市』と書く『きし』って名字でな」

「私市さんは漢字も読みも、貴市さんは漢字が珍しいな」

「小父さんは――って、そう餓鬼の頃から俺は呼んでるんだが、自分の名字に市場の『市』が入っているのが的屋に相応しいって、いたくお気に入りなんだよ」

「商売柄きっと験《げん》も担ぐだろうから、余計だろう」

そんな風に波矢多は応えたあと、

「君は名前の方に『市』の漢字が入ってるから、さぞ子供のときから私市さんのお気に入りだったんじゃないか」

「兄貴分の息子だから――っていうのもあったと思うけど、名前のお陰も大きかったのかもしれねぇなぁ。もっとも一番の理由は、俺が愛くるしい餓鬼だったからだ」

「悪酔いしそうなことを言うな」

二人で一頻《ひとしき》り莫迦笑いをしたが、そのあと新市は少し苦々しげに、

「それで貴市の奴も、どうやら小父さんに目を掛けて貰ってるみたいなんだが……」

「本人の実力に見合ってないのか」

新市は否定も肯定もせずに、

「一人前の的屋になるためには、『稼ぎ込み』から『一本』、そして『実子分』、更に『一家名乗り』から『代目』の順に出世する必要がある。稼ぎ込みと一本は『若い衆』と呼ばれ、一人前とは認められねぇ。この段階にいる者は年齢に関係なく、若い衆と言われる。一家名乗りまたは代目になると、親分と認められる。実子分は若い衆と親分の間に当たるんだが、その時々で位置づけが変わるから、まぁ今は除外しとこう」

「貴市さんは差し詰め、まだ稼ぎ込みってところか」

「疾《と》っくに一本になってないと駄目なのに、その通りだ。けど小父さんは、奴を特別扱いする。そうなると他の若い衆に、しばしば示しがつかない場合が出てくる」

「なるほど」

波矢多は納得したように見せたが、実際は違った。

如何《いか》に相手が父親の弟分で、子供の頃に可愛がって貰った「小父さん」に関わる件とはいえ、貴市という人物と新市との関わりは、かなり薄そうに思える。にも拘らず友がここまで拘《こだわ》るのは、他に訳があるのではないか。そう彼は睨《にら》んだ。

ただ、このときの波矢多は自分の行く末に悩んでいたうえ、かなり酔っていた。そのため敢えて突っ込むことはしなかった。

この夜、新市から受けた助言はもっともだったが、今の大学に己《おのれ》が求めるものはないと波矢多は気づいた。そのため関西に戻ると同時に、あっさり退学してしまう。それから一年ほど新聞社や出版社の仕事で糊口《ここう》を凌《しの》いでいたが、結局「敗戦後の日本の復興を支えるために、もっと役立つ何かをしたい」という熱い思いを胸に、彼は放浪の旅へと出る。

熊井新市をはじめ、かつての同期生たちは一様に止めたが、誰も彼の決意を覆《くつがえ》すことはできなかった。彼らも薄々は分かっていたのかもしれない。

北ではなく南に向かった波矢多は、やがて北九州の穴寝谷《けつね》という小さな駅に流れ着く。そこで彼は元炭鉱会社の労務補導員である合里光範《あいざとみのる》と出会い、野狐山《やこやま》地方の抜井《ぬくい》炭鉱の一つの鯰音坑《ねんねこう》で炭坑夫となる。

ところが、漸く波矢多が炭鉱の仕事に慣れた頃、炭坑住宅の粗末な部屋を舞台に、不可解な連続密室怪死事件が起こる。黒い狐の面を被った謎の人物が、どうやら事件には関わっているらしい。この奇々怪々な事件に、彼は否応なく巻き込まれて……。

それでも波矢多は辛うじて事件に決着をつけた。しかし炭坑夫は辞めざるを得なかったため、北九州を去って上京することにした。

そして波矢多は東京に辿り着くが、そこで彼を待っていたのは「赫衣《あかごろも》」と呼ばれる謎の怪人に端を発した、余りにも凄惨な「赤迷路に於ける赫衣殺人事件」だった。

第三章　宝生寺《ほうしょうじ》

物理波矢多《もとろいはやた》が東京に到着した新緑の頃、闇市は衰退に向かいつつある時期だった。

　当初は「青空市場」または「自由市場」と呼べる多くの「店」が、今ではバラック長屋か木造の二階建てマーケットに「店舗」として収まっていた。敗戦後から半年くらいまでの闇市は、今日あった「露天」や「露店」の「店」が明日もあるとは限らない、それほど混沌とした空間だった。しかし「何々マーケット」と呼ばれる施設には、そういう個々の「店」が集合していた。造りは粗末だが、明日になったら消えている心配が減った。にも拘《かかわ》らず「闇市」の呼称が消えなかったのは、相変わらず闇の物資と値段に支配されていたからである。

　そもそも「闇市」という名称は十九世紀の中国に於《お》いて、まず「泥棒市場」の意味で用いられたのが嚆矢《こうし》らしい。正《まさ》に非合法な商品を販売する市場を指す言葉だったわけだ。それが日本で普通に使われるようになるのは、戦前から戦中に掛けて国家統制が強化され、軍需物資の確保のために「物資動員計画」が実施されて以降である。

　ただし「闇市」を次第に「ヤミ市」と表記するようになったのは、恐らく「闇」の字が持つ負の面など実際の市場には存在せず、むしろ敗戦後の国民を飢えから救ったのだという捉え方を、ほとんどの人々がしたからではないか。しかも闇市の成立には行政も警察も少なからぬ協力を行なっている、という背景まであったのだから尚更だろう。

ところが、警視庁は早くも昭和二十一年（一九四六）の二月に「臨時露店取締規則」を、九月には更なる強化を行なうために「露店営業取締規則」を発令している。理由は大きく二つあった。一つは闇市という場ならではの閉鎖性が、どうしても種々の犯罪を生むからである。闇の物資と値段を認めたのは、飽くまでも敗戦後の当座の処置に過ぎない。それなのに闇市では他の違法行為も横行していた。また保険金目当ての放火や第三国人との抗争など、次々と大きな事件も起きている。もう一つは流通が徐々に復旧を見せ出したことである。完全に流通の仕組みが整えば、的屋《テキヤ》では太刀打ちできなくなる。

もっとも二つの理由は表向きで、真の目的は波矢多が前に指摘したように、闇市を介して日本人と第三国人たちが繋《つな》がることで革命が起きる懼《おそ》れについて、GHQが憂慮したためとも考えられる。

いずれにしろ警察による闇市の取り締まりが強化されていき、的屋の摘発も一斉に始まって、次々と検挙されていった結果、昭和二十二年の七月には東京露店商同業組合も解散に追い込まれてしまう。これで表向きは的屋による闇市（マーケット）の支配はなくなるが、実際は地下に潜《もぐ》っただけだった。特に飲食店の多くは、そのまま闇の営業を続けた。

「つまり闇市は、実質なくなってないのか」

熊井《くまがい》家で新市《しんいち》と再会を喜び合ったあと、まず波矢多が気にしたのはそこだった。世話になった友の父親の潮五郎《ちようごろう》を心配してである。二人の前には、新市の母親が用意してくれた豪勢な料理と酒が、ずらっと並んでいた。相変わらず「ある所にはある」ものらしい。

ちなみに皇居は「ある所」の筆頭だった。壁には皇族のために今日の献立が張り出され、米も肉も魚も野菜も豊富にあった。そこに「飢え」は微塵《みじん》もなかった。皇居は都内に於ける完全なる異世界と言えた。

「如何《いか》にも闇市って感じの、雑多に店が群れている光景は消えたけど、それらがバラック長屋や木造二階建てのマーケットに入っただけで、本来の仕組みは残ったままだ」

酒を勧めながら答える新市に、透かさず波矢多が突っ込む。

「けど警察の手入れがあるだろ」

「マーケットを仕切ってる的屋には、そういう情報が自然と入ってくる。その途端、酒なんかは隠してしまう。つまり捕まるのは雑魚《ざこ》ばかり、という結果になるわけだよ」

「逞《たくま》しいなぁ」

波矢多は素直に感心したが、新市はやや険しい表情で、

「とはいえ闇市そのものが、もう来年辺りから物理的に消えていくだろう。だから元々の土地所有者から正式に土地を買ったうえで、そこにマーケットを建てて、店子《たなこ》を集めて集合店舗とするのが、言わば生き残る道になると思う」

「そういう例は、既にあるだろう」

「ただな、土地の問題がそう簡単じゃねぇ。今あるマーケットの店を、店子は買い取った気になってるのに、実際は不法に建物を作ってるため、その店子には何の権利もねぇ——なんて問題も出てきてるからな」

鹿爪らしい顔をする新市に、波矢多は尋ねた。

「親父さんの跡を、君は継ぐのか」

すると新市が、なぜか笑って否定した。

「それはねぇというか、無理だな」

「どうしてだ?」

その笑顔に晴れ晴れとしたところがなかったので、波矢多は気になって更に訊いた。

「君は的屋の内情も闇市の仕組みも、どちらも完全に知り尽くしてるじゃないか。きっと立派な跡取りになるぞ」

「的屋の跡取りに関しては、二つの伝統が存在してる。一つは親分子分関係に血縁が入り込むことを嫌う組、もう一つは地縁と血縁によって代々に亘《わた》り親分子分関係が固定してる組。うちの親父の場合は前者の例になる」

「その場合、跡継ぎは？」

「元から血縁関係のねぇ子分にダイメをさせて――これは代目披露のことだけど――一人前にさせたうえで、いずれ跡を継がせる」

「実子では、絶対に無理なのか」

「どうしても望むなら、一旦は血縁を切る必要がある。それから改めて父親と、親分子分の関係を結ぶ。ただな、余り勧められない――って、別にお前が継ぐわけじゃねぇか」

またしても新市は笑ったが、そこには陰りがあったかもしれない。

「血縁関係のねぇ跡継ぎだったら、特に咎《とが》められないような失敗でも、実際の息子が仕出かした場合は、『やっぱり実子は駄目だな』と言われる。そういう独特の体質が、的屋の世界には昔からあるんだよ」

「でも君は今でも、親父さんの仕事を手伝ってるんだろ」

「絶対に表には出ずに、裏で色々と暗躍してる。それが俺には面白くて堪《たま》らないんだけど、そろそろ潮時かもしれねぇな」

「足を洗うのか」

「おいおい、だから的屋はヤクザじゃねぇよ」

新市は苦笑しながらも、改めて波矢多を繁々《しげしげ》と眺めつつ、

「いや俺のことよりも、お前はどうする？　前に貰《もら》った手紙では、向こうで恐ろしい殺人事件に巻き込まれたって、そう書いてたよな」

そこで波矢多は鯰音坑《ねんねこう》で遭遇した注連縄《しめなわ》連続殺人事件について、その内容から真相までを一通り説明した。

「……す、凄いな」

新市は呆気に取られたらしく、びっくりした顔を見せたあと、

「そういえばお前は、探偵小説が好きだったな。炭鉱の事件を小説として書いて、何処《どこ》ぞの出版社にでも持ち込んだらどうだ？」

「そんな才能が――」

「いいや、お前ならあると思うぞ」

敗戦後の出版界には、実は探偵小説のブームが起きつつあった。

まず横溝正史《よこみぞせいし》が月刊誌「宝石」の昭和二十一年四月号から十二月号まで長篇『本陣殺人事件』を、同じく月刊誌「ロック」の昭和二十一年五月号から翌年四月号まで長篇『蝶々殺人事件』を連載した。『本陣殺人事件』は書籍となって刊行されたあと、第一回の探偵作家クラブ賞を受けている。もちろん波矢多は両作とも掲載誌で読んでいた。

この二長篇に続いて全くの新人である高木彬光《たかぎあきみつ》が、江戸川乱歩《えどがわらんぽ》の推薦によって長篇『刺青《しせい》殺人事件』を「宝石選書」の第一作として昭和二十三年に上梓する。この当時、いきなり無名新人の書き下ろし長篇が刊行されること自体、出版界にとっては大変な事件だった。

三つの作品について熱く語る波矢多を前に、新市は満面の笑みを浮かべると、

「ぴったりじゃねぇか」

「えっ、何が？」

「三作のうち二作までが、密室殺人事件を扱ってるんだろ。炭坑住宅の現場も、その密室だったわけだから、きっと受けるぞ」

「そ、そうか」

「しかも一作は日本家屋の離れで、もう一作が風呂場と、それぞれの作品の中に密室は一つしか出てこない。けどお前が遭遇したのは、連続密室殺人だぞ。炭坑住宅の二部屋だけでなく、炭坑内の行き止まりの切羽《きりは》の密室もある。お前の勝ちだ」

「別に探偵小説は、密室の数を競うわけじゃない」

「何を甘いこと言ってる。後発は如何なるときも、先達を超えることを考えるべきだ」

「いや、だから――」

「差し詰め題名は、その三作品に倣《なら》って『炭鉱殺人事件』または『炭住殺人事件』っていうのはどうだろ」

ちなみに密室を題材にしているのは『本陣殺人事件』と『刺青殺人事件』であり、「炭住」とは炭坑住宅を縮めた名称になる。

すっかり興奮している新市に、波矢多は悪戯《いたずら》っぽく笑いながら、

「探偵小説のセンスが、君にはなさそうだ」

「はいはい俺は、どうせ文学青年じゃねぇからな」

むすっとした顔を新市はしたが、すぐに好奇心を覗かせて、

「お前なら、何という題名にする？」

波矢多は特に考えるでもなく、

「そのまま素直に、『黒面《こくめん》の狐』とつけるかな」

「へぇぇ」

新市の反応は薄かったが、本当はかなり感心しているらしいことが、手に取るように波矢多には分かって可笑《おか》しかった。

「とにかく書け」

「……うん」

波矢多が煮え切らない態度でいるのに、

「同期たちで作家になった奴はいねぇからな」

もう彼が作家デビューを果たしたかのように、新市は勝手に喜んでいる。

「小説を書くかどうかの前に、まずは仕事を探さないと――」

しかし波矢多が現実的な問題を口にすると、新市は少し困ったような口調で、

「それなら、あるにはあるんだが……」

「君の紹介か」

「いや、親父のなんだが、それも紹介じゃなくて、実は頼みになる」

「親父さんにはお世話になっている。出世払いの約束だから――まだ出世していないけど――俺にできることなら、何でもやるよ」

波矢多は即答したが、なおも新市は躊躇《ためら》っている様子で、

「北九州の炭鉱で、それほど奇怪な事件を解決したお前だから、まぁ適任だとは思うんだが、何しろ

極めて曖昧《あいまい》な話だからなぁ」

「しかも怪談めいてるとか」

「ほんとにお前は、察しが良過ぎるぞ」

感心しながらも呆れているらしい新市に、波矢多は言った。

「まずは説明してくれ」

「……分かった。引き受けるかどうかの判断は、そのあとでいい」

波矢多は頷いたものの、熊井潮五郎の頼みである以上は、余程のことがない限り受ける心積もりだった。

「宝生寺《ほうしょうじ》は知ってるよな」

「その言い方だと、寺院ではないか」

「寺だと八王子や横浜にあるみたいだけど、こっちは地名だ」

「武蔵野の軍需工場が近くにあった辺りか」

「ご多分に漏れず宝生寺駅の周辺も、建物疎開が行なわれた。ただし他と違ってたのは、空襲の被害が少なかったことだ。そのため敗戦後も、かなり綺麗な更地が残った」

「闇市が成立し易かったわけだ」

「その闇市にしても、やっぱり他とは異なってる」

「何の違いだ？」

「土地だよ」

まず新市は簡潔に答えてから、詳細を話し始めた。

「地名の由来となる宝生寺は、江戸時代には本郷元町にあった。それが明暦《めいれき》の大火によって焼失する。

幕府は跡地を大名屋敷として再建する計画を立てるが、門前町に住んでいた人たちは家屋も土地も失う羽目になる。そこで代替地として与えられたのが、今の宝生寺の辺りだ」

「つまり寺の名称の地名はついているが、そこに肝心の寺はないのか」

「元々はあったみたいだけど……」

新市は意味深長な物言いで、

「というのもこの地には、かつて牢屋敷と処刑場があった。しかし明らかな理由がないままに、なぜか取り壊されてしまった。だから罪人を供養する寺があったけど、牢屋敷と処刑場がなくなったため、そのまま廃寺になったらしい」

「どうにも曰《いわ》くがありそうだけど……」

「その辺のことは、なぜか余り分かってねぇ」

波矢多は興味を覚えたが、新市も知らないのでは、これ以上どうしようもないと考えて、

「つまり宝生寺の地名は、新しいわけだ」

「宝生寺の門前町の住人たちが拓いた土地という意味で、そう名づけられたからな」

「過去の黒い土地の記憶を新名称によって、まるで封印したようにも受け取れないか」

「お前らしい考えだよ」

新市は苦笑しつつ、

「かといって宝生寺には、寺が一切ないわけじゃねぇ。明暦の大火のあと、幕府は多くの寺院を江戸の外縁部へ移転させた。そういう寺院が宝生寺の周辺にも幾つかあって、最終的に開墾された土地は、それらの寺と移住者たちに割り当てられた。その寺の一つが朱合寺《しゆあいじ》だった。今の宝生寺駅の中心部に位置する土地を所有したのが、この寺になる」

新市は寺の名称の漢字を説明してから、

「関東大震災のあとも、宝生寺に移ってきた人は多い。やがて鉄道が通って駅ができる。でも、すぐに駅前が賑わったわけじゃねぇ。宝生寺アーケードと呼ばれる立派な複合商業施設が建ったのは、宝生寺駅の完成から二十年後だった」

「その宝生寺アーケードも、建物疎開で壊されたのか」

「もちろん。ただし建物の基礎は残されたので、土地の区分けの見当が後々つくことになる」

「だから闇市に於ける土地問題が、宝生寺では起こり難かったのか」

「結果的にはそうなるんだけど、敗戦後の混乱期の異常さは、何処も一緒だった」

新市の口調に自嘲が感じられるのは、やはり父親が的屋だからか——と、ふと波矢多は気を回した。

「敗戦後の宝生寺駅の周辺には、あっという間に三百から四百の露店が並んで、立派な闇市が出来上がった。空襲の被害を受けた人たちが、あの地へ転入したことも大きかったと思う」

「アーケードの再建はならず、か」

「かつての所有者たちが再開を試みようにも、的屋が跡地に荒縄を張り巡らせて不法占拠したうえで、その中を一坪毎《ごと》に区切って露店商たちを誘致して、所場代を取り始めてしまったからな。しかも宝生寺の闇市には、第三国人の露店商たちも多くいて、すぐに的屋組織との縄張り争いが起こった」

「そこは他の闇市と同じか」

「ただし違ったのは、朱合寺という元の地主がいたことだ」

「寺が乗り出してきた？」

「うん。露店商たちや第三国人だけでなく、強制疎開者や引揚者たちなど、全ての関係者の代表と朱合寺は話し合いを持った。そして問題の土地を細かく区分けすることで、各々が使用する権利を認めたんだよ」

「ちゃんと建物疎開の該当者まで入れたのは、流石《さすが》だな」

「その結果、各店舗は区々に出来上がっているのに、それらが集合して混合したような、宝生寺にしか見られない独特の闇市が生まれた。細部に区分けされた土地毎に各々の店舗があるため、とにかく店と店の間というか隙間を縫うように路地が走っている。だから直線の道が少なくて、しかも狭いから、まるで迷路の中に入った気分になる」

「それは面白そうだ」

興味津々の波矢多を見て、新市は思わずという風に笑いながら、

「お前なら、そういう反応をきっと示すだろうと、俺には分かってたよ」

「如何にも探偵小説の舞台になりそうだからか」

新市は頷きつつ、

「ほとんどの闇市に言えるが、ここでも飲食店が多い。特に夜の飲み屋が盛んでな。日暮れと共に個々の店が提灯《ちょうちん》を一斉に点《とも》すので、狭い路地が何とも言えぬ赤色に染まる。いや、あれは朱色と表現すべきか。だから『宝生寺マーケット』という正式な名称があるにも拘わらず、あそこは『赤迷路』と呼ばれてる」

波矢多は口には出さずに、それを脳内で呟いてみた。

……赤迷路。

この名前に彼は、猥雑さ、神秘性、混沌さ、背徳性、耽美さ、幻想性などを覚えて、まだ一瞥《いちべつ》さえしていないのに、くらっと脳が揺らぐような気になった。

「この赤迷路を仕切ってる的屋に、私市吉之助《きさいちきちのすけ》という親分がいる。この人は親父の弟分に当たってい

て、俺も餓鬼の頃によく可愛がって貰った」

「その人って、前に新宿の闇市へ行ったとき、君が話してくれた的屋さんだろ」

「……そうだっけ？」

「ほら、貴市《きし》さんを見掛けたあとで――」

「ああっ」

新市も思い出したようだったが、なぜか様子が妙である。そこで波矢多も、それ以上は貴市の件には触れずに、

「つまり君の親父さんと私市さんは、同じ親分の子分だったわけか」

「そうだ」

「その私市さんだけど、君の親父さんに大阪の大廻大吾《おおさこだいご》さんを紹介して貰ったとき、彼にも世話になったと、あのとき君は説明してくれたぞ」

「あっ、そんなこと言ったか」

新市の表情が一瞬、ふんわりと和《やわ》らいだように見えたあと、

「私市親分には、祥子《しょうこ》という俺らより四歳下の娘さんがいて、よく遊んでやった思い出もある」

「初恋の相手か」

四歳も下では違うだろうと思ったので、そんな軽口を波矢多も叩いたわけだが、新市の反応は妙だった。

ぴくっと少し身体を震わせたあと、彼は何も聞こえなかった様子で、

「敗戦後に結婚して、今ではお腹に赤ちゃんもいる」

冷静に事実だけを述べた。

もしかすると敗戦後に再会して、すっかり大人になった彼女を目にしたために……という想像を波矢多はしたが、もちろん口には出さない。

「その私市親分が、兄貴分である君の親父さんに何か頼み事をして、それが俺に回ってきた。そういう理解で間違ってないか」

「結果的にはそうなるのかなぁ」

新市が首を傾《かし》げたので、どういう意味かと波矢多が尋ねると、

「実は赤迷路内で、気味の悪い噂が立っててな」

「どんな？」

「俺も体験者から直に話を聞いたわけじゃねぇから、よくは知らないんだが、薄らと全身が赤っぽい男が、赤迷路の路地に出没して、若い女のあとを尾《つ》けるっていうんだ」

「襲われた人がいるのか」

「いや、そういう被害は、まだ出てないらしい。けど赤迷路で働く女たちや、あそこに客として来るパンパンたちの間では、結構それなりに恐れられてるって噂だ」

パンパンとは娼婦のことだが、主に米兵を相手にする女性たちを指した。そのため「洋パン」という呼称もあった。

「ただ……」

そこで新市が妙な顔をしたので、波矢多は尋ねた。

「どうした？」

「いや、もしかすると俺が知らない裏の事情でも、実はあるんじゃねぇかと感じてて な」

「私市さんも、君には黙っていると？」

「この噂が立ってるのは、今のところ赤迷路内だけらしい。できるだけ拡散させないためにも詳細は伏せておく……そんな処置を私市親分は取ってるのかもな」

「君に教えると、都内の闇市中に広まるとか」

「莫迦《ばか》言え」

　波矢多の冗談を、新市は軽く去《い》なすと、

「要は、噂が赤迷路の外にまで広まったら、客足に影響が出てしまう。内部だけに留まるにしても、店の人たちは不安を抱えて仕事する羽目になる。そういう事態を気にして私市親分は、うちの親父に相談した。そうしたら親父が『打ってつけの優秀な青年がいる』って、まぁ胸を叩いたわけだ」

「……俺のことか」

　波矢多が啞然としていると、新市は半ば謝るような素振りで、

「お前が手紙に書いてきた北九州の炭鉱の事件を、親父に話したんだよ」

「しかし、あの手紙では、まだ事件がどうなるかなんて……」

「うん、分かるわけないよな。けど親父は、お前のことだから解決するに違いないって、完全に確信しちまってな。そうなると東京にもまた来るだろうと、勝手に決めつけて――。私市親分に推薦したってわけだ。いや、申し訳ない」

「ちょっと待て。その得体の知れぬ男を、俺に捕まえてくれっていうのか」

　波矢多は慌てた。

「だったら警察の仕事だろ」

「私市親分も警察には相談したたし、交番の警官も巡回の際には気をつけてくれてるらしい。けど一向に噂が収まる気配もねぇ。そこでお前に、一種のお化け退治をして貰いたいというのが、まぁ親父の

頼みなんだ」

「つまり怪談めいた話に、何らかの合理的な解釈をつけて、その噂そのものを消してくれ——ってことか」

「おぉっ、流石に話が早いなぁ」

盛んに喜ぶ新市とは対照的に、しっかり波矢多は考え込んでしまった。

「言うは易く行うは難《かた》し、だぞ」

「そうなのか」

「この手の噂は、そもそも出所が分からない。しかも内容にも実体がない。全く摑み所のない話が多い。それ故に、その噂を消し去るなんて、ほぼ無理だ。時間が解決してくれるのを、気長に待つしかないだろう」

「それじゃ困る」

「昭和初期に流行った、赤マントの話は知ってるだろ」

波矢多の突然の問い掛けに、新市は訝《いぶか》しそうな表情を浮かべたが、その当時を思い出したのか懐かし気に、

「餓鬼の頃に聞いて、かなり怖かった覚えがある」

「どんな話だった?」

「日が暮れたのに、いつまでも外で遊んでると、赤いマントに連れて行かれるぞ——って、近所の人に脅されたのが、最初だったけな」

「夕暮れになると、何処からともなく赤いマントを羽織った怪人が現れ、子供を攫《さら》って殺してしまう。基本となる話は、これだけだ。あとは学校のトイレに出没して、子供を殺した。または某所で何人も

が犠牲になったので、その死体を警察と軍隊が片づけた。更に赤マントを捕まえるために警察が出動した。などといった噂が流れたけど、そこには一切の具体性がなかった」

「何処かの誰かが悪戯《いたずら》で流した、ただの作り話ってことか」

「多分そうだろう。その出所を突き止めることができて、本人に嘘だったと認めさせられたら、この噂を消すことも可能だったかもしれない」

「だけど実際は、まぁ無理か」

「しかも噂ってものは、伝播《でんぱ》する過程で変化していく。最初の話を仮に否定できたとしても、その頃には全く別の話になって広がっているかもしれない」

「赤迷路の奴は、そこまで行ってないと思うけど……」

「実体のない噂という点では、赤マントと変わらないんじゃないか」

「うーん、そうかぁ」

赤迷路で噂されている怪談を「解決」するのが如何に大変かという問題を、漸《ようや》く新市も察し始めたらしい。

「赤マントの場合、江戸川乱歩の『怪人二十面相』や紙芝居の怪奇なお話が、元になっているのではないか——という考察があるにはある」

「へぇ、信憑《しんぴよう》性が高そうじゃねぇか」

「それらの説よりも、明らかに信頼度が低いのに、その内容故に無視のし難い、なんとも気味の悪い事件もあるんだが……」

奥歯に物が挟まったような言い方を波矢多がした所為《せい》か、逆に新市は好奇心が刺激されたらしく気負い込んだ顔つきで、

「どんな話だ？」

「明治三十九年（一九〇六）の二月十一日の夜、福井県坂井郡三国町《みくに》にある回船問屋の橋本利助《はしもとりすけ》商店を、青い毛布を被った三十半ばの男が訪ねてきた。番頭の加賀村吉《かがむらきち》が応対に出たところ、男は『新保《しんぼ》村で村吉の親戚が病気になった』と言って、彼に同行を求めた。新保村は三国町の隣に位置している。わざわざ大雪の中を来ていることから、村吉は男の言を信じてついて行った。それから青毛布の男は全く同じ手口で、村吉の自宅より母親のキクを、次いで妻のツオも連れ出した。村吉とツオの長女は子守のため他家に行っており留守で、二歳の次女はツオが出掛ける前に、近所の家に託してあった。青毛布の男は次女も連れ出そうとしたが、彼女を預かった家の者が渡さなかった」

淡々とした語りに完全に引き込まれている新市を見詰めつつ、波矢多は続けた。

「青毛布の男によって連れ出された三人だが、いつまで経っても戻らない。そのうち三国町と新保町の間に架かる新保橋を渡った大工が、欄干に残る斧《おの》の痕《あと》と雪を染める血痕《けっこん》を見つける。警察が付近を捜索したところ、竹田《たけだ》川と九頭竜《くずりゅう》川でツオとキクの遺体が発見された。新保村に住む村吉の親戚が調べられたが、病人など出ていないと分かった。ただ幾ら捜しても、村吉の遺体は見つからない」

「まさか村吉が、母親と妻殺しの犯人だった……ってオチじゃねぇだろうな」

新市が疑わしそうな眼差しを向けてきたので、波矢多は首を振って、

「青毛布の男が訪ねてきて、村吉が一緒に出掛けたのは間違いない。それに雪の上の血痕は大量にあって、とても村吉が無事とは思えなかったらしい」

「なるほど。で、どうなったんだ？」

「事件は迷宮入りだ」

「犯人は分からず仕舞いか。なら動機も？」

「村吉に続いて、母親、妻、更に二歳の次女まで連れ出そうとしたことから、犯人は加賀村吉の家族の皆殺しを企《くわだ》てたように見える。だとしたら相当の恨みを持つ者だろう」

「そこまでの怨恨があったなら、警察がちょっと調べただけで、すぐに犯人が捕まりそうだけどなぁ」

「ところが、一人として容疑者は浮かばなかった」

「可怪《おか》し過ぎるだろ」

「雪の夜、加賀家の家族を一人ずつ、犯人は連れ出しているのに……」

「……なんか想像したら、怖くなってきたじゃねぇか」

怒ったような口調で新市は、酒を立て続けに呷《あお》っている。

「これが『青ゲットの殺人事件』と呼ばれる話で、ここから赤マントの噂が生まれたという説もあるのだが――」

「向こうは青い毛布で、こっちは赤いマントだろ。無理矢理っぽくねぇか。それにゲットってブランケットの略になるけど、そこだけ英語っていうのも、よく分からん」

「文明開化以降、和製英語が盛んになったから、こういう交ぜた表現は別に珍しくない」

「あっ、そうか」

新市は素直に納得してから、

「それにしても赤マントの原型というのは、どうかな」

「あとは二・二六事件の将校の一人が、緋色で仕立てられたマントを着ていたから……という説も実はある」

「おっ、そっちの方が信憑性はありそうだ。あの事件では戒厳令が敷かれたから、実《まこと》しやかな噂が流れた可能性が高い。緋色のマント姿の将校が、いつしか赤マントの怪人へと変化したとしても不思議じゃねぇな」

「とはいえ出所は、やはり謎のままだ」

「赤迷路の奴も、同じ羽目になるってことか」

新市は困った様子で、不味そうに酒を飲んでいる。

「そいつに名前はないのか」

ふと気になって波矢多が尋ねると、新市はぼそっとした口調で、

「誰が言うともなく、それは『赫衣《あかごろも》』って呼ばれてるらしい」

第四章　赤迷路

熊井《くまがい》家での再会と宿泊の翌日、波矢多《はやた》は北九州の炭鉱から戻ってきた旅支度そのままで、新市《しんいち》と共に宝生寺《ほうしようじ》駅へ向かった。日本国有鉄道が発足するのは翌年のため、このとき二人が乗ったのは帝都電鉄になる。切符を手配してくれたのは、もちろん潮五郎《ちようごろう》だった。

「モンペファッションも、少しずつ減り出したな」

最寄り駅まで行く途中で、新市は街を歩く女性たちを和《なご》やかに眺めながら、やや感慨深そうにそう言った。

モンペは女性が着る作業着の一種で、和服ながらも下半身は袴《はかま》のような形状をしている。主に農山村で元々は男女の区別なく着用されていたが、戦時中に厚生省がモンペ普及運動を行ない、防空用の衣服として女性に強要する。しかも昭和十七年（一九四二）には婦人標準服とされ、ほぼ平素の着用も義務づけられる。女性がモンペではない衣服を着て少しでも着飾っていると、忽《たちま》ち「非国民」と罵倒された時代だった。

敗戦を迎えて漸《ようや》く自由に衣服が選べるのに、相変わらずモンペ姿の女性が多かったのは、それ以外に着るものがなかったからだ。また衣服より何よりも食べ物が優先されたからだろう。

ちなみに衣料切符が廃止されるのは、まだ先の昭和二十六年（一九五一）になる。もっとも衣料切符を持って正規の店に行っても、実際は布切れ一枚さえ手に入らない有様だった。全ては闇でないと買えなかった。

「そう言えば敗戦後、和歌山から上京して初めて闇市に行ったとき、セーターを着ている少女に向かって、ある男が突然『その服、買った』と声を掛けたのには、びっくりしたよ」

「特に珍しくもない光景だぞ」

約三年前を思い出して、あのとき感じた驚きを振り返る波矢多に、新市は当たり前のように返した。

「そのセーターが仮に亡き母親の手編みで、手元に遺った唯一の形見だったとしても、それが売れることで金を得られて食べ物を買えるのなら、きっと彼女は手放しただろう」

「……そうだな。少女がセーターを売ったのかどうか、俺は見ていないから分からないけど、そうした方がお母さんも絶対に喜んだと思う」

しんみりする波矢多を見やって、新市が態《わざ》と明るく、

「その女の子も今頃は、何処《どこ》かでお洒落《しゃれ》してるんじゃねぇか」

「……だといいな」

もし少女が着飾ることのできる境遇に現在あったとしても、それは彼女が「夜の女」になったからである……という可能性が、どうしても真っ先に浮かぶ。そのため波矢多は暗澹《あんたん》たる気分になったのだが、新市には黙っておいた。態々《わざわざ》そんな指摘をしなくても、それくらいは彼も想像できているだろう。ただ波矢多を慮《おもんぱか》って、そこまで突っ込まないだけなのだ。

駅に近づくにつれ人混みが酷くなり始めた。構内では更に増えたうえに、やっと電車に乗れたと思ったら、今度は押し寿司の型枠に入れられて、ぐいぐいと押し詰められているような、そんな地獄を味わった。もっとも押し寿司と違うところは、人は米粒のように圧《お》し潰されるわけにはいかない点である。よって発車したあとで窓や乗降口から、ひょっとすると数人は落ちていたかもしれない。

「これでも敗戦後の、あの悪夢のような買い出し列車のときに比べたら、少しは増しになったんだけどな」

新市の慰めるような言葉に、波矢多としても苦笑するしかない。

この「買い出し列車」とは闇米などを求めて、農村へ押し掛ける人たちが乗った超過密電車のことで、車両の窓枠は元より屋根にまで乗客が群がっていた。それほどの命懸けの苦労をしたうえに、貴重な着物などと交換して漸く手に入れた食糧も、その帰路に取り締まりに遭うと有無を言わさず没収された。そういう危険を考えると闇市で買った方が、まだ安全だったとも言える。しかし農村での直接交渉に比べると、当然ながら闇値は異様に高い。なぜなら「流通費」が加わるからだ。

波矢多たちが乗ったごった返す車内にも、大きな風呂敷や荷物を抱えている人が多く目についた。いずれ「闇」に関わっている者たちなのだろう。だが、それが当たり前の風景に見える。極めて自然な眺めと化していた。

駅に停車しても乗客が減ることはない。どどっと降車する人があっても、どどどっと乗車する人たちが後を絶たないからだ。物凄い人数の乗客の入れ替わりに翻弄されているうちに、気がつくと二人は離れ離れになっていた。話をするどころか、同じ車両にいることは間違いないのに、相手が何処にいるのかさえ分からない。

這々《ほうほう》の体《てい》で宝生寺駅に着いたとき、波矢多は半日くらい電車に乗り続けたような疲れを覚えた。

ホームに降り立って新市を捜そうとするも、人々の群れは駅の出口へ向かう流れと、我先に電車に乗ろうとする流れがあり、立ち止まることが許されない状況である。仕方なく前者の動きに身を任せて、そのまま駅前へと彼は出た。

駅舎の東には狭い駅前広場があり、その更に東側に宝生寺の闇市が広がって――ではなく固まっているかのように見えた。ぱっと目に入った限りでは巨大な感じが少しもない。駅舎を向いた店舗は一様に看板を掲げており、そこには「大盛食堂」「パチンコ」「甘味・喫茶」「クスリ・薬局」「つり具」「ホルモン」「買入洋裁」などの文字が書かれている。一見かなりの店の数だったが、一所に密集しているだけで、その全体像は容易に摑めそうに思える。

「こうやって駅前から眺めると、こぢんまりしてるみたいに見えるだろ」

いつの間にか横に新市が立っていた。

「しかし『赤迷路』と呼ばれているからには、きっと奥が深いんだろうな」

「百聞は一見に如《し》かずって奴を、お前は今から確かめることになるぞ」

そう言いながら新市は、赤迷路の出入り口に当たる一本の路地へと波矢多を誘った。

駅前広場から全体を見渡した感じでは、他の闇市にも見られるバラック長屋と大差ないように思えたのだが、そこに足を踏み入れた途端、これは違う……と即座に分かった。新市が説明したように、個々の店舗が完全に独立している所為《せい》で、とても長屋という雰囲気がない。その一方で狭い土地を有効に使おうとした結果、隣の店とは完全に密着しているか、路地がある場合も極めて細くて短い。なぜなら少し歩くと他の店にすぐさま突き当たり、そこで角を曲がって折れざるを得ないからだ。

そんな路地の歪《いびつ》な特色が、ここを迷路と化している最大の原因らしい。

バラック長屋を基本とする闇市では、路地の上に屋根が設けられている所もあって、それが市場全体の一体感に繫《つな》がっている場合も多いのだが、ここでは店の庇《ひさし》が屋根代わりになっている路地と、普通に空を見上げられる路地とが、ごちゃごちゃに交ざり合っている。

この統一感のなさが、また如何《いか》にも迷路っぽかった。

「完全に天を塞《ふさ》がれているか、あるいは開放されていれば、ここまでの混乱もない気がするんだが……」

新市のあとについて歩きながら、ぽつりと波矢多が漏らすと、

「狭くて曲がり捲《まく》った路地だけの所為じゃ、決してねぇってことか」

「もちろん物理的には、路地が一番の問題だろう。でも心理的な側面として、空が見えたり見えなかったりという状態は、明らかに影響があると思う」

「お前らしいなぁ」

すっかり新市は喜んでいる。

「やっぱり今回の件には、お前が適任だよ」

「何の関係がある？」

「そういう考え方ができる奴でないと、得体の知れぬ赫衣《あかごろも》なんて輩《やから》には、とても太刀打ちできねぇってことだよ」

波矢多としては言い返したい気持ちもあったが、ここまで来た以上は――と思って、そのまま黙っていた。

かくかくと頻《しき》りに折れ曲がって進む路地の左右には、「焼きそば」「コーヒー」「寿し・大福」「鍋・薬缶」「おでん」「バー」「焼きとり」「包丁・刃物」「肉うどん・牛めし・牛煮込み」などの看板が次々と現れる。しかしながら波矢多は、それらの文字を目に留めることが満足にできない。

寿司と大福を同じ店で売っているのか。

そんな風に引っ掛かりはしても、すぐに脳裏から消え去ってしまう。なぜなら新市の背中を追って歩き続けているうちに、ある不安を覚え始めたからだ。

「おい、道は分かってるんだろうな」

「当たり前だ」

新市は自信満々に答えたものの、しばしば曲がり角で足を止めて、明らかに周囲を眺めている素振りを何度も見せた。

「迷ってないか」

「莫迦《ばか》言え」

と即答する割に、次第に足取りが遅くなっていく。そのうち路地で擦れ違う人や店の者に道を尋ねる始末だったが、波矢多は見て見ぬ振りをした。

というのも教えて貰《もら》った道順を辿《たど》っているはずなのに、一向に着かないからである。

「どいつもこいつも、嘘吐き野郎ばかりだ」

頻りに新市は怒っているが、要は道を訊かれた相手も完全に赤迷路の中を理解してないのだ、と波矢多は察した。

……無理もないか。

今ここに独りで放り出されたら、とても駅前まで戻れる自信が彼にもない。

もしも全ての店が無人だったら……。

赤迷路の路地を彷徨《さまよ》い続けた挙げ句に倒れて動けなくなり、その場で餓死してしまうのではないか。

そんな恐怖に、ふと囚《とら》われた。

いや、それだけではない。この異様な迷路を舞台にして、何か途轍もない出来事が起こりそうな予感を、彼は続けて覚えた。何とも言えぬ厭《いや》な感覚に、不意に纏《まと》いつかれた。

……場の雰囲気に呑まれただけか。

波矢多が冷静な判断を己の心理に下していると、

「よし、昼にするか」

唐突に新市が決めた。

確かにもう昼時だったが、波矢多には道に迷った言い訳のようにしか聞こえない。それに朝食を熊井家でしっかりと摂ったため、まだそれほど空腹でもなかった。

あっ、でも……。

敗戦後に実家へ帰ったときに母親から聞いた話を、ここで彼は思い出した。

戦時中は態と昼時を狙って相手先を訪問する、そんな迷惑者が結構いたらしい。先方にしてみれば客に昼食を出さないわけにはいかない。かといって食糧は極端に乏《とぼ》しい。本当なら家族に食べさせたいのに、客に対する礼儀から泣く泣く供応した。という嫌な話である。

そういう浅ましい輩は今も、きっと昼食時や夕食時に他人の家を訪ねているに違いない。

と考えた波矢多は、このままでは自分たちも同じになると思った。ここは新市に、素直に従っておくべきだろう。

「闇市の料理の中で、一番人気は何か知ってるか」

小路の左右に並ぶ店を眺めながら、新市が呑気に訊いてくる。

「水団《すいとん》か」

「あれの人気は、敗戦直後だろ。しかも具がほとんど入ってなくても、それで飛ぶように売れた時代だったからな」

「今はもう少し増しでないと、そう売れないいか」

「おっ、ここだ」

新市が入ったのは「焼きそば・餃子《ぎょうざ》」と看板に書かれた店である。

「焼きそばと餃子、二人前ずつね」

「朝あれだけ食べたのに、大丈夫か」

当たり前のように新市が注文したので、波矢多は慌てた。

「育ち盛りだろ」

「何歳だ、俺たちは？」

「増しになったとはいえ、メリケン粉なんかは依然として品薄だ。それも米国から援助物資として届いた粗悪なメリケン粉で、闇に流れた代物だからな。よって一人前の焼きそばと言っても、実際は半玉に千切りキャベツを交ぜて炒《いた》めて、そこに真っ黒なソースをどばぁっと掛けて一丁上がりって寸法だよ。もちろん肉なんか一切れも入ってねぇぞ」

新市が説明を終えた頃には、当の焼きそばが出来上がってきた。ふにゃと腰のない麵の弱々しい嚙み心地が、なんとも安っぽい。黒々としてソースも、如何にも身体に悪そうである。しかし、これが妙に美味しい。

「どうだ、いけるだろ」

まるで自分が作ったかのように、新市が自慢げな顔をしている。

「次は餃子だ」

「この二つ共、中華料理になるのか」

波矢多が尋ねると、当然だと言わんばかりに新市が頷く。

「あっちに水餃子はあったが、焼きはなかったよな」

「俺が思うに――」

新市は餃子を箸で摘まみつつ、

「これは大陸や台湾で食べた腸詰めを、日本人らしく作り替えた引揚料理じゃねぇかな」

「引揚者たちの、半分は創作か」

焼きそばと餃子を堪能したあと、新市は勘定をするときに店の人に道を訊いた。やっぱり迷っていたらしい。

「もうすぐ着くぞ」

再び歩き出しながら新市は請け合ったが、相変わらず路地から路地を辿るばかりで、またしても波矢多は不安になってきた。

「おい、本当に――」

彼が後ろから声を掛けようとしたとき、

「ああっ！」

いきなり新市が大声を発した。

「ど、どうした？」

「ここだ……。やっと着いた」

見ると「パチンコ　私市《きさいち》遊技場」という看板を掲げ、両開きの曇《くも》り硝子《がらす》戸を左右に開けて、店内から軍艦マーチの漏れ聞こえる店舗が、二人の目の前にあった。ちなみに店の玄関は南を向いているのだが、このときの二人に方角など分かるはずもない。

「偉く達筆だな」

店舗の看板には――特にパチンコ屋などには――似合わない筆遣いのため、波矢多は感心しながらも戸惑ったのだが、

「それ、私市の小父さんが書いたんだよ」

新市は何でもないとばかりに応えた。

パチンコ店である私市遊技場は、固めた土の上に丸太と柱を立てて床を張り、黒い紙を貼ってトントン葺きにした切妻の屋根が掛けられた建物だった。木材を削ると「杮《こけら》」という欠片《かけら》が出る。薄い杮板を重ねて釘で打ちつけ屋根を作る安普請を、トントン葺きという。名称の由来は「とんとんと釘を打つ」その物音から来ている。

闇市の代表的な建築資材と言えばトタン屋根と羽目板で、当時の建築現場では柱泥棒が横行しており、土地の確保は早い者勝ちという有様である。「パチンコ　私市遊技場」は土地問題こそ解決済みながら、その建築方法は完全に闇市の店そのものだった。

「私市親分は、パチンコ店を経営しているのか」

「あれ、教えてなかったっけ」

新市は頭を掻きながらも、すぐに何でもないことだと言わんばかりに、

「けど他にも店は持ってるから、別にパチンコ屋という訳じゃやねぇ」

「やっぱり的屋《テキヤ》さんだからか、店も他より間口が広いな」

「いや、むしろ他が、異様に狭いんだよ」

新市は笑いながら店内に入ると、左手の壁際へ足を向けた。そこには「玉売り・景品交換所」の札を載せた机があって、四十前後の男が座っている。

「楊《ヤン》さん、こんにちは。小父さんは？」

すると楊と呼ばれた男が、にっこりと笑って、

「あぁ、シンイチさん、お久し振りね。親分さんなら、奥にいらっしゃるよ」

独特の口調から男が第三国人だと分かったが、楊という名前から中国人ではないか、と波矢多は当たりをつけた。

「こいつは俺の大学時代の友達で、物理波矢多《もとろいはやた》っていうんだ。楊さんにも色々と世話になると思うから、どうか宜《よろ》しく」

　新市は頭を下げつつ友を紹介してから、

「この人は楊作民《ツオミン》さん。私市遊技場の古株だ」

「私が古株？　そんなに偉くない」

　楊が真顔で波矢多に言ったので、

「物理波矢多です。どうぞよろしくお願いします」

　波矢多も会釈して挨拶をしたのだが、

「も、もと、もとろぉ……」

　楊が言い難そうにしているのを新市が見て、

「ハ、ヤ、タ、でいいよ」

　本人に代わって、下の名前で呼ぶように頼んだ。

「ハヤタさん、覚えました。よろしくお願いします。シンイチさん、親分は奥だけど、今はお客さんがあるから、ちょっと待つのがいい」

「そうか。だったら少し遊んでるよ」

　楊がパチンコ玉を融通しようとしたが、それを新市はやんわりと断って、ちゃんと代金を払って波矢多の分まで購入した。

　ここへ来る途中で目に入った他の店とは比べ物にならないくらい、とにかく店内が広い。間口の幅も充分にあったが、それ以上に奥へと店が延びている。パチンコ台は左右の壁際に一列ずつと、両開き戸を入った目の前に二列が背中合わせになった状態で、それぞれ奥まで続いていた。つまり二つの

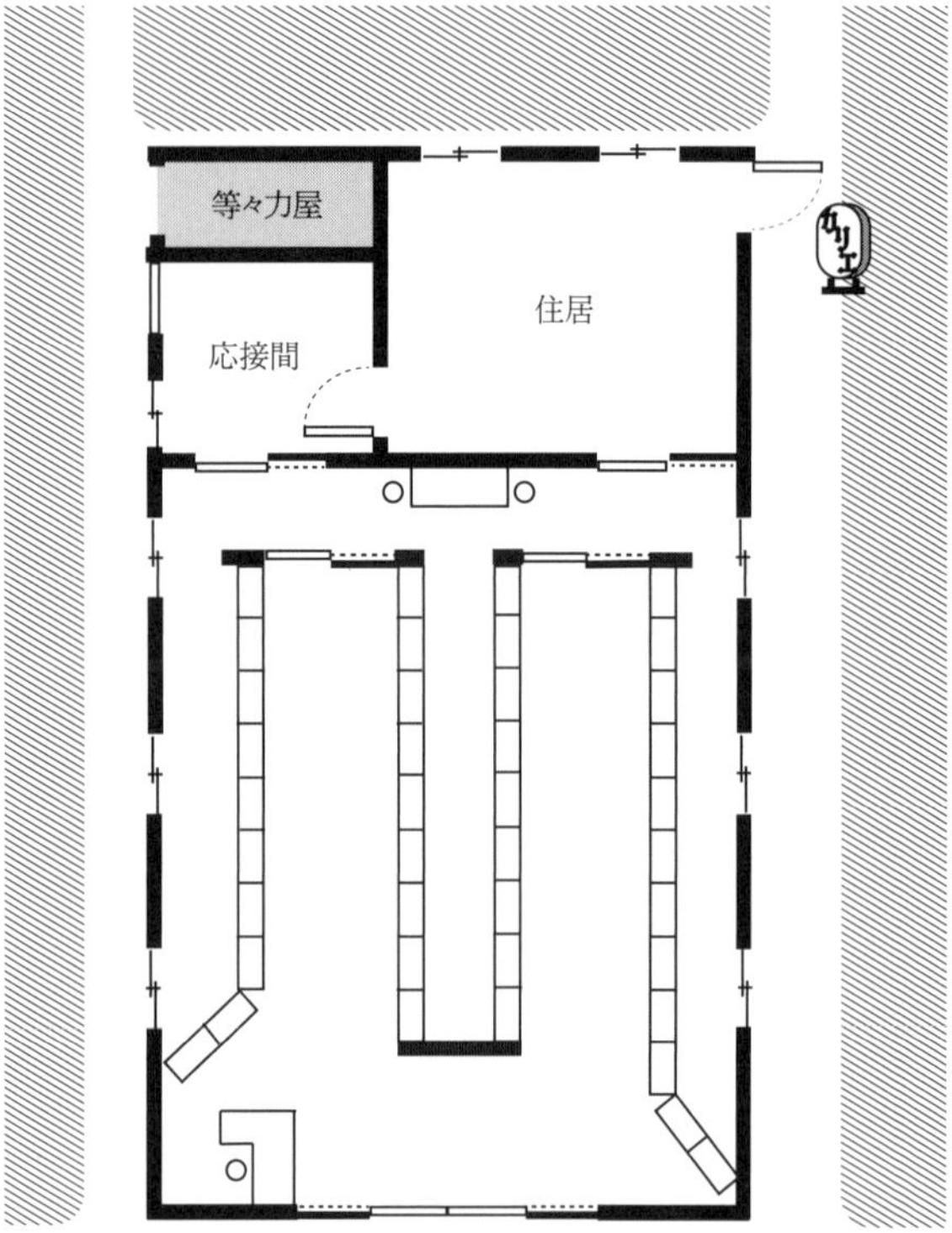

通路に、四列のパチンコ台が配されている恰好である。

天井板はベニヤ張りで、そこに開けられた小さな穴から黒いコードが樹木の根っ子のように板上を這っており、あちこちに裸電球がぶら下がっていた。左右の壁には窓も一応は三つずつあったものの、どちらも隣の店が間近に迫っているため、碌《ろく》に日が射さなそうである。

二つの通路の行き止まりには引き戸が一つずつあって、パチンコ台の裏へ回れるようになっていると、新市が教えてくれた。そこで各台の玉の補充を行なうと同時に、玉詰まりなどの苦情に対応するらしい。

新市は一通り台を見回ってから、隣り合う二つの台を選んで、その一つを波矢多に示した。

「お前の方が、良く出る台のはずだ」

そう言って笑いながら、パチンコ台の穴に玉を入れてバネで弾き始めた。

「餓鬼の頃、駄菓子屋にガチャンコがあっただろ」

「いや、うちは田舎だったからな」

「一銭を入れると、代わりに玉が出てくる。それをバネで弾いて穴に入れたら、飴玉が出る仕掛けだった」

「子供用のパチンコか」

「もっとも戦時中に、贅沢品だと言われて製造が禁止になった。あんな餓鬼向けのゲーム機械さえ認める余裕がなかったんだから、そら戦争にも負けるってもんだ」

「日本で探偵小説が弾圧されていたとき、米国の兵士は戦場でミステリのペーパーバックを読んでいたからな」

「やれやれ」

　新市は大袈裟に溜息を吐いてから、

「戦前にも大人が夢中になった、一銭パチンコがあったけど、それが敗戦後には飛躍的に進化してな。そこに小父さんも目をつけたわけだ」

「当初の闇市では葦簀《よしず》張りの狭い店に、一台か二台しかなかった記憶がある」

「警察も特定の盛り場でしか、最初はパチンコの営業は認めなかった。それが去年頃から専門店と呼んでも良い店が現れ始めて、今年には風俗営業等取締法とやらが出来るってんで、またパチンコ台も大きく変わり出した。何よりも大人の男たちに、手っ取り早い娯楽を提供できたことが、ここまで広まった理由だろうな」

　そのとき店内にいた客に、女性と子供は一人もいなかった。全員が成人男性で、かつ日々の生活に疲れ切っているように見える者が多かった。闇市の小さな店を独りで切り盛りしている女たちとは対照的な男ばかりが、何とも切々とした顔つきで、または虚無的なほど無表情なまま、あるいは両の目を血走らせつつ、思い思いに玉を打っている。

新市の読み通り、波矢多の台は玉が出た。それでも景品交換所で貰えるのは、バラの煙草の数本かキャラメル一箱くらいである。

波矢多が自分のバラ煙草を新市に全て渡していると、

「よおっ、新市。来てくれたんか」

大きくて元気の良い声を掛けられた。

見ると通路の奥の引き戸の前に、四十代前半くらいの逞《たくま》しい身体つきの男が、その厳《いか》つい体型に似合わない柔和な笑顔を二人に向けて立っていた。

「小父さん、ご無沙汰しています」

新市は一礼してから、波矢多を誘って近づくと、

「こいつが前に話した俺の友達の、物理波矢多です」

「この人が親父の弟分に当たる、私市吉之助《きちのすけ》親分」

二人にそれぞれを紹介した。

「初めまして――」

波矢多が挨拶をするよりも先に、吉之助は再び大声で、

「おおっ、あんたが名探偵の、物理先生かぁ」

とんでもないことを言い出したので、波矢多は驚くと共に慌てた。実際その通路にいた客の全員が、一斉に三人を見ている。吉之助の大声に反応したというよりも、彼の発した「名探偵」という聞き慣れない言葉に引っ掛かった所為だろう。

「い、いえ、私は――」

「堅苦しい挨拶は抜きや。さぁ、こっちへ」

　吉之助が引き戸を開けて、先に二人を通した。そこには左右に細長い空間があり、ほぼ中央に机と椅子が置かれている。その空間の両端と真ん中から、玄関に向かって細長い通路が延びており、そこへ入ると全てのパチンコ台の裏へ行ける作りである。どうやら従業員たちの休憩用として、机と椅子はあるらしい。

　その椅子に今、一人の妊婦が座っていた。吉之助の娘に違いない。二十歳《はたち》そこそこの年齢を差し引いても、まだ幼さの残る顔つきなのにお腹が大きいというアンバランスさが、ちょっと歪な得も言われぬエロティシズムを醸《かも》し出しており、波矢多をぎくっとさせた。

「おい祥子《しょうこ》、安心せい。名探偵の先生が来てくれたで」

　しかし吉之助の紹介を耳にして、まず彼は否定しようとした。だが、その前に彼女が大きなお腹を抱えるようにして立ち上がろうとしたため、

「どうぞ、そのままで、お座り下さい。熊井君の友達の物理波矢多です。探偵でも何でもないので、お役に立てるか分かりませんが、精一杯の努力をする所存です」

　波矢多は急いで挨拶を済ませた。

「こんな所まで、態々ありがとうございます」

　彼が制したにも拘《かか》わらず、彼女は苦労して立つと、両手でお腹を庇《かば》うようにしながらも丁寧に一礼した。

「新市さんも、ありがとうね」

「こいつは俺と違って頭の出来がいいから、お化けの正体を暴くなんてのは朝飯前だから、祥ちゃん

そんなこと全くないです――と私市親子に否定し掛けて、ふと波矢多は止めた。祥子に向けた新市の口調に、微妙な感情の起伏を読み取ったからだ。

初恋の相手か。

と尋ねたとき彼は、そう言えば何も答えなかった。

この「仕事」を波矢多に頼んだのは、父親の潮五郎や私市吉之助のためという以上に、この祥子の身を案じてなのかもしれない。

咄嗟《とっさ》に察した波矢多は、だから黙っていた。

「珈琲《コーヒー》の出前でいい？」

祥子は新市に笑顔を返してから、そう吉之助に確かめたのだが、

「あんまり動き回るな。そういう用は、店の誰かにやらせたらええ」

「でも皆は、仕事があるから――」

「それはお前も同じやろ。いや、せやから店なんてせんでええと――」

「お父さん、妊娠は病気やないの。ある程度は運動もしないと、むしろ駄目だって、先生も仰《おつしや》ってるって――」

「そんなこと言うて、そこで転《うた》た寝してるやないか」

従業員の休憩場所の椅子で、つい祥子がうとうとしているのを、どうやら吉之助は何度も目にしているらしい。

「疲れとる証拠や」

「少し休んだら元気になるから、あれで大丈夫なの。それに出前を頼みに行く『カリエ』は、つい目

と鼻の先でしょ」

「行く途中で転んだら、どうするんや」

「あのね……」

そこで祥子は言い合いが無駄だと悟ったのか、

「珈琲を三つね」

と念を押しながら、休憩場所の空間の右手の奥に見える引き戸の向こうへ消えた。

「ほんまに、うちの娘ときたら――」

吉之助はぶつぶつと文句を垂れつつ、左手の奥に見える引き戸を開けている。彼にとっての初孫が無事に誕生するまで、もう心配で堪《たま》らないのだろう。それが痛いほど、というよりは滑稽《こっけい》なほど伝わってくるため、波矢多は微笑《ほほえ》ましい気持ちになった。

吉之助の後ろに新市が、そのあとに波矢多が続こうとしたところで、右端の細長い通路の角から、ひょいっと男の子が顔を覗かせた。

十歳くらいだろうか。ただし多くの大人と同じく、子供たちも満足な食事はできていない。育ち盛りの彼らだからこそ、その影響は見た目に現れる。よって実年齢より幼く映る子が、どうしても増えてしまう。

「こら、仕事せんか」

こっちを見ている少年に、吉之助は気づいたらしく怒った。その途端、少年は慌てて顔を引っ込めた。そんな仕草が如何にも子供らしくて可愛い。親分の声音に少しの怒気も感じられなかったことも、波矢多の心を和ませた。

「彼は柳田清一《やなぎだせいいち》いう子で、戦争孤児なんやけど、あるとき店に現れて『雇うてくれ』言われてな。せやけどパチンコ店に、子供は似合わん。賭博と一緒やからな。ただ、そんな理由では納得しよらんかったんで、『お前の身長では、とてもパチンコ台に届かんから駄目や』て断ったら、次の日に小さな踏み台を持ってきよった。訊いたら、なんと手作りらしい。色んなとこから廃材を調達して、自作したいうんや。その努力に免じて雇うたんやが、よう働いてくれよる」

本当に清一の仕事振りに満足している様子が、吉之助の表情から伝わってくる。

「近所の店の子供が材料さえ都合したら、あれは独楽《こま》でも竹馬でも、凧《たこ》でも羽子板でも、ほんまに何でも作りよる。パチンコ台の修理も、あっという間に覚えよった」

「その口振りでは小父さん、あのトマト嫌いの清一に、将来この店を譲り兼ねませんね」

「あいつは不思議なことに、トマトだけは絶対に食わんからな。他は食べ物の好き嫌いなんかないのに、ほんまに変な奴や」

新市の台詞のトマトの部分だけに反応すると、吉之助は引き戸の向こうに二人を招き入れながら言った。

「ここで座って、ちょっと待っててくれるか」

そこは安普請ながらも応接間だった。ソファとテーブルが中央に、壁際には酒やグラスの入った棚が据えられ、関東大震災で倒壊するまで浅草にあった凌雲閣《りょううんかく》（通称「十二階」）を描いた絵画まで掛けられている。

店を背にして右の壁に扉が、左の壁には小さな窓と別の扉があった。恐らく左手の扉は外の路地に通じているのだろう。

吉之助が右手の扉から応接間を出る後ろ姿を見送ったあと、新市は米兵の仕草を態と真似るように両肩を竦《すく》めつつ、

「小父さん、きっとカリエへ行く心算《つもり》だ」

「珈琲の店か。近いんだろ」

「隣だよ」

新市が指さしたのは、私市遊技場の東側――表玄関から見て右――である。

「祥ちゃんが入った引き戸の向こうは、私市家の住居部分になってる。もっとも駅向こうに家があるから、もう今はここに泊まってなくて、さっきの清一が住み込んでる」

「あの子に仕事だけでなく、住む所も与えたのか」

「踏み台を自作してきたのが、小父さんのお眼鏡に適《かな》ったわけだ。祥ちゃんも歳の離れた弟のように可愛がってる。もっとも清一の方は年上の姉というよりも、彼女に母親を見ているような気がするけどな」

「戦争孤児なんだから、それは無理もないよ」

「で、清一が寝起きする住居部分に、店の横の路地へ通じる扉があって、出たら目の前がカリエだ。日中は珈琲店で、夜はバーに化ける。けど珈琲は美味いぞ」

「だとしたら私市さんは、かなりの心配性だな」

「戦場で二人の息子を、空襲で奥さんと上の娘を亡くしてるから……。祥ちゃんを案じる気持ちも、まぁ分かるんだけど……」

そう聞くと波矢多としても、もう何も言えない。

「どうやらお前は、大丈夫そうだけど――」

新市が気を取り直すように、

「清一に対する態度からも分かるように、普段の小父さんは温和だけど、好き嫌いがはっきりしてる」

「例えば？」

「第三国人は大嫌いだ」

「えっ？　でも楊さんは従業員だろ」

波矢多がびっくりしていると、

「第三国人が嫌いなのは事実だけど、かといって差別をする人じゃねぇ。それに嫌う理由はちゃんとある」

「占領軍が彼らを『解放国民』と呼んで、自分たちと同じく日本の法規制を受けない立場にあると認めたことか」

「お陰で彼らが仕切る闇市は、完全な治外法権地帯と化してしまった。これには警察も手を焼く羽目になったし、もちろん的屋たちとの対立があちこちで起きた」

「そうなるよな」

「小父さんは大いに怒りながらも、その一方で彼らを気の毒がってもいた。日本軍の徴用によって連れてこられたのに、敗戦後は何の保証もないまま放り出されたのは、あまりにも酷いって、そっちでも怒ってたな」

「とはいえ的屋の親分という立場では、彼らに同情ばかりもしていられないだろ」

「それに小父さんは、日本は戦争に負けたんだから仕方ない、とも言っていた。つまり植民地にしていた国の人たちに対する保証を、肝心の戦争に負けた国ができるわけがない。そういうことだな」

「いや、そもそも植民地にすることが――」

思わず波矢多は異論を唱えようとしたが、虚《むな》しくなって止めた。人類の歴史そのものが、他国を侵略する戦争の繰り返しだったからだ。

「同じことを欧米諸国が、これまで散々やって来てるか……」

「そして今、米国は日本を属国とするために、着々と企《たくら》みを進めてるってわけだ」

「あからさまに植民地化しないだけ、恐らく成功するだろう」

「ほとんどの日本人が気づかないうちに……な」

「いや、食文化の支配は、既に始まっている」

波矢多の指摘に、新市は力なく頷くと、

「第三国人の特別扱いも、疾《と》っくになくなってる。彼らにも日本の司法権が適用されると、GHQも認めたからな。でも、だからといって彼らと的屋の間に蟠《わだかま》った痼《しこ》りは、そう簡単に消えるもんじゃねぇだろ」

「よく楊さんを雇ったな」

「だから、そういう個人的な差別を、小父さんは決してしねぇ。第三国人を毛嫌いしてるのは間違いないんだけど、飽くまでも集団になったらというか、一つの国、一つの民族を対象にしてるっていうか……」

「なるほど」

「そこまで嫌ってるが故に、一種の罪滅ぼしとして、個人には親切にしてるくらいだよ」

「建て前と本音――っていうのとも、また違うか」

ぴったりの表現がなくて波矢多が戸惑っていると、新市は少し言い淀《よど》む様子を見せてから、お前になら話しても大丈夫だろうという風に、

「楊さんは日中戦争で日本兵に、妻と四人の子供を殺されてる」

「……そうか」

「日本軍は大陸での無謀な戦線の拡大を行なう癖に、肝心の兵站《へいたん》は疎《おろそ》かにした。正《まさ》に愚の骨頂としか言い様がない」

　兵站とは戦闘地帯の後方に於《お》いて、前線にいる部隊のために行なう支援の全般を指す。軍需品の準備から食糧の確保まで、とにかく兵士たちに必要とされる有りと有らゆる物資の調達が、兵站には含まれていた。

「そのため兵士たちは、現地調達を強いられた。つまり中国の民衆から徴発したわけだ。完全に負の連鎖だな」

　苦々しい表情の新市に、波矢多も厳しい顔つきで、

「何処の国の軍隊でも、兵士の人権は蔑《ないがし》ろにされがちになる。だが日本軍は、それが特に酷かった。国から見捨てられた状態になった前線の彼らが、出兵した先の国の人々を大切にするはずがない。結局『徴発』という名の略奪や『使役』という名目の虐待が起きた。楊さんのご家族も、その犠牲になられたんだろう」

「彼だけ無事だったのは、そのとき戦場に駆り出されていたから……。だから皮肉にも生き延びることができた……」

「………」

「小父さんも日中戦争では出兵して、大陸に行ってたらしいって、前に親父から聞いたことがある。小父さんは戦争中の話を全くしないんだけど、親父との付き合いは長い所為か、ぽろっと漏らしたようだな。だから楊さんの話は、きっと堪《こた》えたんじゃねぇかな」

　波矢多が何も返せないでいたところ、

「そんな楊さんの前でも、はっきりと第三国人は嫌いだって、小父さんは公言して憚《はばか》らないからなぁ」

新市は苦笑してみせた。

「それって誤解されないか」

波矢多が心配になって訊くと、

「少なくとも赤迷路じゃ大丈夫だ。皆が小父さんを知ってるからな」

そう言ったあとで、ふと新市は顔を曇《くも》らせて、

「とはいえ祥ちゃんの結婚には、一波乱あってなぁ」

詳細を訊くべきかどうか波矢多が迷っているところへ、住居部分に通じる扉が開いて、何処か見覚えのあるような青年が入ってきた。

当の男を目にするや否や、ぽつりと新市が呟いた。

「その一波乱が来たぞ」

第五章　闇の女

「……あっ、あれ、親分さんは？」

応接間にいるのが熊井新市《くまがいしんいち》と分かった途端、青年の両目が泳いだように、なぜか波矢多《はやた》には感じられた。親分の名前を咄嗟《とっさ》に出したのも、その動揺を悟られないようにではないか、という気がしたくらいだ。

「親分から聞いてるだろ。こいつが物理波矢多《もとろい》だ」

新市はまず波矢多を紹介してから、

「彼は祥ちゃんの婿《むこ》の、貴市心二《きししんじ》だよ。いや今は、私市心二《きさいち》か」

目の前に佇《たたず》む彼は、かつて新宿の闇市で見掛けた、あのときの青年だった。私市吉之助《きちのすけ》の子分で、親分に目を掛けられているものの、それほどの器ではない——という印象を新市の説明から受けた記憶が甦《よみがえ》る。同時に友の様子も変だったことを思い出した。

そうか。祥子《しょうこ》さんの旦那さんなのか。けど、あの当時はまだ結婚していなかったんじゃないだろうか……。

と波矢多は考えたのだが、それを今ここで尋ねるのも変である。

「待たせたな。ついカリエで話し込んでしもうた」

そこへ私市吉之助が戻ってきた。

「あっ、親分さん」

「新市と物理先生の前では、お父さんでええ」

畏《かしこ》まる心二に、吉之助がそう断ったあと、良い機会とばかりに波矢多は声を上げた。

「私を先生と呼ぶのは、どうか止めて頂けませんか」

「何でや。あんたは名探偵の先生やないか」

「そうそう」

意外そうな顔をする吉之助を焚《た》きつけるように、透かさず新市が相槌を打ったので、波矢多は軽く睨《にら》んだのだが、相手は知らん振りである。

「で、アケヨと和《かず》ちゃんは？」

吉之助に尋ねられ、心二は新兵が上官に報告するかのような態度で、

「もうすぐ和子さんが来て、そのあとアケヨさんが、いう予定になっております」

「その順番で、ほんまにええんか」

「は、はい」

吉之助の問い掛けに、心二の返事は心なしか自信がなさそうに聞こえる。

「あの子らに声を掛けるときは、二人の仕事の都合を頭に置いて、ようよう考えて頼めって、儂《わし》は言うたやろ」

「……そ、そうです」

言葉では認めながら、その意味を理解していないと吉之助は悟ったのか、

「今は夕方で、和ちゃんは店の仕込みの手伝いがあるやろ。一方のアケヨは、まだ商売に出るには早いから時間がある。そう考えたらアケヨが先で、和ちゃんがあとにならんか」

決して怒るのではなく、飽くまでも諭《さと》すように心二に話した。

「ああっ、そうでした」

すぐさま部屋を出ようとする彼を、

「今から戻って二人の順番を入れ替えても、ややこしいなるだけや。次から気ぃつけたらええ」

吉之助は引き留めたあと、

「こっちはもうええから、祥子を手伝ってやってくれ」

心二をパチンコ店へと送り出した。

「あいつも子供が生まれたら、もうちっとしっかりするやろ」

そう言って吉之助は微笑《ほほえ》んだが、新市の表情が否定的に見えることに、逸早《いちはや》く波矢多は気づいた。かといって新市は何も口にしない。もちろん波矢多も同じである。

ばり、ばりっ。

後ろで妙な物音がしたと思ったら、誰かが小さな窓の曇《くも》り硝子《がらす》を叩いているらしい。

「おっ、来たか」

吉之助が鍵の壊れているらしい窓を開けると、

「お待ち遠様でした」

外から声がして、三つの珈琲《コーヒー》カップの載った盆が、にゅうっと差し出された。

「ご苦労さん」

吉之助が盆を受け取ると、それを更に新市が手に取ってテーブルの上に置く。その慣れた流れから、ここでは珈琲の出前など珍しくないのかもしれない。

けど、どうして扉を使わないいんだろう。

小窓の右側に位置する扉を波矢多が不思議そうに眺めていると、新市が目敏く気づいたらしく、

「そこは立てつけが悪くて、開かずの扉になってる」

「なにせ安普請やからなぁ」

波矢多に珈琲を勧めながら、吉之助が苦笑いを浮かべた。

そこからは新市が「名探偵である物理波矢多の手柄話」を滔々と語る仕儀と相成った。まるで自分を主人公にした講談でも聞いているようで、波矢多は恥ずかしくて堪《たま》らない。しかし吉之助は夢中で耳を傾けており、その反応に気を良くした新市の喋りは冴え渡る一方だった。

「こら本物の名探偵や」

新市の話が終わったところで、吉之助が大きく溜息を吐いた。

「こいつは同期の中でも、何処《どこ》か違うって思ってたんですよ」

そんな風に波矢多を持ち上げながらも、すっかり自分の語りに酔っているようにしか見えないところは、なんとも新市らしい。

「水を差すようで悪いけど――」

波矢多は友に断ってから、吉之助を真っ直ぐ見詰めつつ、

「確かに私は、注連縄《しめなわ》殺人事件の真相を突き止めました。しかし野狐山《やこやま》地方に伝わる黒面の狐の怪異に関しては、全くお手上げでした。今こちらで問題になっている赫衣《あかごろも》とは、抜井《ぬくい》炭鉱の鯰音《ねんね》坑《こう》で起きた事件に照らし合わせると、黒面の狐に当たるのではないでしょうか」

「お前は相変わらず真面目だなぁ」

新市がやや呆れたように、

「今のところ赫衣が実在するのか、単なる怪談の中だけの存在なのか、全く分からん状態なんだから、

取り敢えず彼女たちの話を聞いてみて、あとはそれからでいいだろ」

「引き受けた以上は最善を尽くしたい。ただ、探偵小説の中の名探偵のような活躍を期待して頂いても、恐らく失望なさるのが落ちだと思います」

前半を新市に、後半を吉之助に向けて、波矢多は口にした。

「分かった、分かった」

それを軽く新市が去《い》なしていると、

「新市のええ加減さも、物理先生の真面目さも、儂は両方とも好きやなぁ」

吉之助が急に笑い出したので、

「ちょっと小父さん、俺の何処が――」

不満そうな顔で新市は返し掛けたものの、

「物理先生のような方が友達になって下さって、こいつは本当に幸せ者や思います。こんな奴ですが、どうぞ今後共よろしくお頼み申します」

そう言って吉之助が頭を下げたので、そのまま彼も黙ってしまった。

こん、こんっ。

そこへノックの音が響いて扉が開き、祥子が顔を出した。

「お父さん、アケヨさんが見えられました」

心二が決めた順番とは逆に、どうやら和子より先にアケヨが来たらしい。

「やれやれ、あいつは――」

吉之助は呆れたようだが、

「私市の親分さん、お邪魔します」

そこへアケヨが挨拶をしながら入ってきたので、彼の言葉も続かなかった。

「いつもお世話になって、ありがとうございます」

丁寧に一礼した彼女は二十代の半ばくらいだったが、その態度とは裏腹にパーマに縮れた髪を染め、真っ赤な口紅を塗り、肩パッドの入った上着とロングスカートを着用し、くちゃくちゃとガムを嚙んでいる。何処から見ても夜の女と分かる恰好だった。

「なんや、もう戦闘服を着とるんか」

少しびっくりしている吉之助に対して、彼女は大きな笑みを浮かべながら、

「だって新市さんとそのお友達が、私の話を聞くっていうからさ、ちゃんとお洒落してこないと失礼でしょ」

と口にするが早いか、

「いやー、やっぱり新市さんのお友達やねぇ。ええ男やないのぉ」

「それは俺がいい男だから、その友達もいい男に違いない――っていう論理か」

「ロンリやなんて、また難しい言葉を使ってさぁ」

「そういう風に、莫迦《ばか》っぽい振りするのは止めろって――」

むっとした顔を新市はしながら、

「彼女は見た目と違って、かなりの読書家でな、きっとお前とも話が合うぞ」

「あら、男前のお兄さんも、本が好きなの」

大喜びするアケヨに、新市は意地の悪い眼差しを向けつつ、

「こいつの愛読書には探偵小説も多いから、それこそ論理尽くしの話ができるかもな」

「ええっ、それは勘弁かも……」

新市が楽しそうに笑う横で、

「おい」

波矢多が小声で友を窘《たしな》めると、新市が応える前に彼女が挨拶した。

「はじめまして、アケヨです」

「物理、波矢多です」

「モトロイさん、珍しいお名前やねぇ。でもハヤタさんていうのは、お兄さんに合ってるわぁ。かなり恰好いい名前の響きだもの」

「新市はどうなんだ？」

透かさず彼が突っ込むものの、

「もちろん、前から素敵なお名前だわーって思ってました」

アケヨは新市の絡みを軽く躱《かわ》したあと、

「見ての通り、パンパンやってます」

あっけらかんとした物言いで自己紹介をした。

「はい。よろしくお願いします」

それに波矢多が真面目に受け答えをした所為《せい》で、暫《しばら》く彼女の笑いが止まらなかった。

「……ご、ご免なさいね。新市さんのお友達なのに、なんて紳士的なのかしらって、ちょっと驚いたものだから――」

「おい、聞き捨てならんぞ」

「あらぁ、新市さんは活発だってことよ」

新市が上げる抗議の声を、アケヨが上手く去なすのを、吉之助は困り顔で見ながら、

「そういう茶番は、別のとこでやってくれ」

「だって小父さん――」

「親分さん、すみません」

まるで子供に映る新市と違って、アケヨの対応は大人だった。

「あっ、それってカリエの珈琲でしょ」

もっとも彼女にも子供のようなところがあって、大好きらしい珈琲の出前を吉之助に強請《ねだ》っている。

「アケヨさんは、源氏名ですか」

吉之助に勧められてソファに座る彼女に、波矢多は好奇心から尋ねた。

「そうなの。私たちの商売では、なぜかアケミって名前が多いので、ちょっと捻《ひね》ってつけたんだけど、どうかしら？」

「明けよ、日本の夜明け――みたいで、清々しい感じを受けます」

「まあぁっ」

波矢多の解釈に、アケヨは素直に感激したようである。

「早速ですが、目撃された赫衣のことを、お話し頂けますか」

その所為か彼に促されて、一旦はぎくっと身を強張《こわば》らせたものの、この人のためなら――という様子で彼女は熱心に語り始めた。

アケヨの体験談に移る前に、彼女たち娼婦が如何《いか》にして誕生したのか。それを簡単に纏《まと》めると次のようになる。

パンパン、闇の女、街娼、夜の女、娼婦、夜の天使……等々その呼称は色々とあるが、元を正せば敗戦後の僅《わず》か十三日後に政府が慌てて発足させた「特殊慰安施設協会（ＲＡＡ）」が、ほぼ全ての始まりと言える。

この組織には二つの目的があった。一つは「新日本再建の発足と全日本女性の純潔を守るため」であり、もう一つが占領軍の米国の「関東地区駐屯軍将校並びに一般兵士の慰安」なのだが、日本女性の「純潔」と米兵の「慰安」は、明らかに相対する言葉だった。

実際に協会が「新日本女性に告ぐ。戦後処理の国家的緊急施設の一端として進駐軍慰安の大事業に参加する新日本女性の率先協力を求む」と、銀座の大通りなどに大きな看板を設置して募集を行なったところ、米兵を相手に売春をさせられるとは思いもしない若い女性たちが、我先にと殺到した。「年令十八才以上二十五才まで。宿舎・被服・食糧など全部支給」という条件なのだから当然だろう。

しかし、よくよく聞くと「仕事」は売春だった。警視庁は彼女たちを「特別挺身部隊員」と名づけ、のちに協会も「国際親善協会」と改称されるのだが、国家公認の一大売春組織であったことは間違いない。

ただ、ほとんどの女性は訪れた協会の本部から帰らなかった。いや、帰れなかった。自分だけではなく、例えば祖父母や両親、または兄弟姉妹、あるいは夫や子供を食べさせるために、この「仕事」に就くしかなかったからだ。

生き抜くために彼女たちは「仕事」をしたわけだが、合意の上とはいえ米兵の行為は「強姦」に近かった。心を病む者、身体に怪我を負う者、自ら命を絶つ者まで出た。もちろん協会は戦前と戦中の遊郭で働いていた公娼も集めようと躍起になったが、疎開で故郷へ帰った者や空襲で死亡した者も多い。そうなると昨日まで素人《しろうと》だった娘たちに、どうしても負担が大きく掛かる羽目になる。

慰安所は大繁盛したものの、やがて性病の蔓延という大きな問題が起きる。慰安婦と兵隊たちの間に、淋病《りんびょう》や梅毒などが爆発的に広がり出した。

ＧＨＱは米兵の慰安所への立入を禁止した。ただし兵士たちが素直に従ったかというと違う。軍事的な命令なら聞いただろうが、事は兵士たちの生理的欲求に関わっている。しかも彼らの多くは「ゲイシャ・ガール」という日本女性に対する誤った幻想を持って、この日本に来ていた。故に命令を無視して出入りする兵士が出た。そこで占領軍は全ての慰安所の前に「off-limits」の黄色い看板を立て、「ＶＰ（梅毒地帯）」の注意書きまでした。

この慰安所への全面立入禁止に先立ち、彼らは「日本に於《お》ける公娼制度廃止に関する覚書」を日本政府に提出した。これにより古い公娼制度は完全に廃止される。とはいえ、ここにも建て前と本音が存在していた。

閉鎖された慰安所の外には、行き場をなくした「公娼」たちが、今度は「街娼」となって赤線や青線に溢れ返った。ＭＰ（占領軍の憲兵隊）と警察で「パンパン狩り」が行なわれたものの、肝心の目的は売春の取締では決してなく、米兵に性病を感染させないための検診と強制診察にあった。その証拠に赤十字マークのある小屋に連れていかれた彼女たちは、広げた股の内側にペニシリンを打たれたあと、再び街頭へと放り出されたのである。

なお、ＲＡＡから追い出される恰好となった元の公娼たちに、慰労金などの保障は一切なかった。心身共に襤褸襤褸《ぼろぼろ》にされた彼女たちに対して「お国のために尽くしたことを誇りとして欲しい」という意味の言葉が掛けられたに過ぎない。

では、彼女たちの犠牲によって「全日本女性の純潔を守る」ことはできたのか。残念ながら答えは「否」である。あちこちで米兵による婦女暴行、拉致、強姦事件が起きた。そのうえ彼らは強盗や脅迫などにも手を染めた。しかし占領軍の兵士が関わった犯罪を、当時は報道することが許されなかったため、一般国民には知らされないままだった。新聞は事件の犯人を「雲をつくような大男」や「六尺豊かな怪漢」などと表現したので、ちょっと考えれば日本人でないと分かったわけだが、決して公にはできなかった。

街に溢れた娼婦たちは、ほぼ「下駄履きの天使」と「爪を赤く染めた同伴嬢」に分かれた。前者は日本人を、後者は米兵を相手にするパンパンのことである。両者に与えられた名称の違いからも察せられるように、日本人向けの「天使」には何処か薄汚れた印象を受けるのに、米兵を対象とした「同伴嬢」には華やかさが感じられる。これは彼女たちの装いの差もあったが、それ以上に客層の違いからイメージされたと言えそうである。

「日本人相手のパンパンって、何か野暮ったいのよ」

出前されたカリエの珈琲を美味しそうに飲みながら、強い口調で主張するアケヨは言うまでもなく米兵専門だった。

「しかも、あっちは七歳から四十五歳まで、幅の広すぎる年齢層がいるって聞くじゃない」

「高架下の暗がりに行くと、色々と揃ってる。そういう噂だ」

「ちょっと新市さん、まさか行ってないよね」

「当たり前だ」

新市は即答したが、その行為をするかどうかは別にして、彼なら「社会見学」と称して覗きに訪れていても不思議ではない――と波矢多は思った。

「それに比べて私たちは、十八から二十五くらいまでで、まぁ纏まってるかな。それにオンリーさんも結構いるから、自分は別にパンパンじゃないって言い張る子もいてね」

この「オンリー」とは特定の米兵だけを相手にする娼婦を指す。不特定多数を客にするわけではないため、売春婦というよりも「愛人」の意味が強いかもしれない。

「そういう子にしてみれば、日本人相手のパンパンと一緒にするなって、確かに言いたい気持ちも分かるんだけど……。でも元を辿《たど》れば、誰もがRAAに騙《だま》されてパンパンになった、仲間ってわけでしょ。あそこには、キャバレー勤めや芸妓だった水商売関係の人だけじゃなくてさ、女学校を出たばかりの子ぉから、事務員や女工、ダンサーや看護婦、それに普通の奥さんまでいたわけよ。最も多かったのは、戦災で家を焼かれて家族の生死も分からない、本当に普通の娘さんだったかもね」

当時の「仲間」をふと思い出したのか、しばしアケヨは口を閉じてから、

「だからオンリーだといって、別に威張ることないと思うのよ」

ほんの少し前に、日本人向けの娼婦を明らかに見下す発言をしているのに、洋パンの中で区別されることが彼女は気に食わないらしい。

「それにしてもさぁ、国って平気で私たちを裏切って、あっさり捨てるのね」

彼女は自分たち娼婦を指して言ったのだろうが、この「私たち」を「日本国民」に置き換えても何の問題もないほど、戦時中に国は確かに国民を見捨てた。いや全く同じことが敗戦後にも公然と行なわれた。

「でもね、私もオンリーになろうかなぁって、実は考えてるの」

アケヨは話を元に戻すと、

「相手はジョージっていう黒人兵なんだけど、白人なんかよりも優しくってさぁ。白人兵は口では甘い言葉を囁《ささや》く癖に、心の中では絶対に私たちを――っていうか、日本人を猿扱いしてるでしょ。ううん、日本人だけじゃなくて東洋人を差別してるのよ。そういう目にさぁ、黒人も遭ってきてるわけじゃない。だから彼らは、私たちにも優しいんだなぁ」

自分たちが白人に迫害されてきた歴史を持つが故に、黒人は東洋人を差別しないと見るのは、幾ら

何でも短絡的過ぎるだろう――と、流石《さすが》に波矢多は感じた。恐らく新市も吉之助も同意見に違いない。ジョージが心優しき黒人兵であることは、きっと間違いないのだと思う。だからといってそれが全ての黒人に当て嵌《は》まるかと言えば、当然ながら否である。

それにしても――。

欧米人に差別される東洋人という集合体の中で、日本人は同じ東洋人である第三国人を蔑視してきた。この構図はそのまま夜の女たちの、オンリー、米兵相手、日本人相手という階層別の差別意識に当て嵌まるのではないか。

そんな風に考えた所為で暗澹《あんたん》たる気持ちになったが、もちろん波矢多は口を閉じたまま、ただアケヨの話に耳を傾けていた。

「私たちの仕事場は主に、あの狭い駅前広場なんだけど、あそこには交番があるからさ、そう大っぴらには客を引けないんで、赤迷路に入ろうとする、または出てきた米兵さんを見つけるわけ」

すると吉之助が苦々しい顔つきで、

「米兵はお得意さんやけど、面倒も起こすからな」

「奴らが絡む厄介事は、本当に質《たち》が悪いです」

「戦勝国の人間は、何をやっても許される。そう思っとるんやろ」

「実際お咎《とが》めなんかないわけだから、やりたい放題ですよ」

同調する新市を、アケヨは宥《なだ》めるように、

「だから私たちが赤迷路に入ろうとする彼らを、その手前で止めてるわけ」

「出てくる奴らの相手もしてるんだろ」

「早い時間に入られたら、どうしようもないでしょ」

ぷっと彼女は膨《ふく》れっ面をしたが、

「新市、余計なこと言うな」

吉之助が代わって彼を叱ったので、忽《たちま》ち機嫌を直しつつ、

「あの日はジョージに、オンリーさんの話をつけようと思ってた。だから駅前で客は取らずに、ずっと彼を待ってたんだけど、なかなか現れなかった。これは仲間に誘われて、別の場所で飲んでるんだろうから、こっちに来るのは遅くなるなって分かった。だったら待ってる間に、ちゃんと稼いでたのにって、ちょっと腹が立ってさ」

「彼のオンリーになろうってときにか」

新市が茶々を入れると、

「まだなってないんだから、いいじゃない」

再びアケヨは剥《む》れたが、そこから真顔になると、

「今から喋る話には、新市さんも知らない事件が出てくるんだから、大人しく聞きなさい」

そうしてアケヨが語ったのが、以下の体験談である。

第六章　米兵ジャック

その日の夕暮れ時、アケヨが陣取ったのは宝生寺《ほうしょうじ》の駅舎と赤迷路の出入り口の中間にある、なんと交番の陰だった。

「ちょっと姐《ねえ》さん、こんな時間に、そんなとこで何してるの？」

偶々《たまたま》そこを通り掛かった夜の女の後輩であるチヨコに、かなりの驚き顔で訊かれたので、

「ジョージを捕まえようと、ここで待ってるのよ。まだ時間が早いとはいえ、お客に声を掛けられたら嫌でしょ。断るのも面倒だしさ」

そう答えると合点したようで、こっくりと頷きながら去っていった。

宝生寺駅の北側には元日本軍の施設があったのに、なぜか空襲の被害には遭っていない。今は占領軍が丸々その建物を文字通り占領している。そのため「こうなることを見越して、最初から爆撃しなかったのではないか」と周辺の住人は見ていた。駅の西側は戦前から富裕層が住んでいる地域で、敗戦後は闇市で儲けた的屋《テキヤ》やブローカーたちが家を構えるようになる。私市吉之助《きさいちきちのすけ》もご多分に漏れず、この駅の西側に家を建てた。駅の東側には赤迷路が密集して存在しており、南側は強制疎開の空き地にバラック小屋が林立する貧しい眺めがあった。赤迷路で働く者たちの多くが、この南側の貧民街で暮らしている。

このときアケヨが交番の陰に潜《ひそ》んでいたのは、確かに「他の客に声を掛けられないように」隠れて

いた所為《せい》だが、それは理由の半分に過ぎなかった。もう半分は「ジョージにも見つからないように」だったのである。

彼は最近、あの手の店に出入りしてるみたい。

そんな噂がアケヨの耳に、ちょくちょく入るようになった。基本は飲み屋なのだが、実は二階で売春を行なっている。そういう店をジョージが贔屓《ひいき》にしているらしいと聞かされ、彼女は大いに焦った。彼のオンリーになれるかどうかの瀬戸際なのに、そんな「売春飲み屋」の女に取られては堪《たま》らないからだ。

私たちは身体を張ってるのに。

という自負がアケヨにはあった。だが隠れて売春をしている店は、散々に客を飲ませて酔わせたうえで、今まで酌の相手をしていた彼女と……と仄《ほの》めかして、そのまま二階へ連れ込むのが手だった。なんて姑息な。

売春という行為は同じだが、まるで客を引っ掛けるような方法が、アケヨには我慢ならなかった。正々堂々と自分という「商品」を売り込めば良いのだ。これは「商売」なのだから、こそこそ隠れてやる必要なんか何処《どこ》にもない。そう彼女は考えていた。

もちろん表立った売春行為はパンパン狩りの対象になって捕まるが、占領軍も警察も建て前と本音を使い分けている。その隙間を上手く縫って「商売」をすれば問題はない。しかしながらあの手の店は、最初から隠そうとする。裏で飲み屋とは別の「商売」をする心算《つもり》なのが見え見えだった。

その証拠に二階へ上がる階段は、狭い店内の隅に大抵は目立たなく存在している。各段に物を置くなどして、恰《あたか》も棚に見せ掛けている店もある。仮に階段だと思った客が上がろうとしても、忽《たちま》ち低い一階の天井板に頭を打《ぶ》つけてしまう案配になっている。

「お客さん、それは階段じゃありませんよ」

かなり無理のある言い訳なのだが、この手の店が醸し出す特有の雰囲気――かなり薄暗くて見え辛い店内という環境も含まれるかもしれない――が、この無茶な説明を可能にしていた。難なく通じてしまう空気が、常に店内には漂っている。

だが、よくよく目を凝《こ》らすと、天井板に四角形の溝が認められた。更に凝視していると、やがて小さな長方形の穴が見えてくる。そこに片手を入れて探り、閂《かんぬき》らしき木片を動かした途端、天井の一部分が持ち上がる。ぽっかりと空いた四角形の穴に顔を入れてみると、そこには二階というよりも屋根裏と呼ぶに相応《ふさわ》しい狭い空間が存在している。

こういう仕掛けを持つ飲み屋が、赤迷路にも何軒かあった。ただし正確な軒数は分かっていない。あそこがそうだ――と断定し難い店も結構ある。なぜなら二階部分は店主の、または従業員の住居になっている例が少なからずあったからだ。

けど、あのトワイライトは絶対にやってる。

アケヨが隠れ売春行為を確信しているのは、遊郭の元遣《や》り手婆だったという噂の老婦人スミコが店主をしている店「トワイライト」である。

遊郭の遣り手婆とは、これから遊女になる少女の躾《しつけ》係であり、かつ現役の遊女たちのお目付役でもあった。その多くは引退した元遊女で、彼女たちのことなら何から何まで知り尽くしていたため、正《まさ》に打ってつけの「仕事」だった。よって店の二階で売春を行なうなど、元遣り手婆にとっては朝飯前とも言えた。

あんな店の女になんか、ジョージを渡すもんか。

アケヨは強く決意していたが、実はもう一つ理由があった。ジャックという白人の米兵がその手の店を好んで出入りして、かなり悪い評判を流した挙げ句、遂《つい》に事件まで起こしたらしいと聞いた所為である。

ジャックは危険だ。

そういう噂が街娼たちの間に流れてから、彼の相手をする者がめっきりと減った。この場合の危険とは暴力を指していたが、そういう兵士なら他にもいた。単に若さ故に、性的に興奮した余り、男尊女卑の思想から、戦争による心的外傷によって、戦勝国の兵士だという傲慢さで……と理由は様々である。そもそも売春自体が「嬲《なぶ》る」行為と見做《みな》せる以上、彼女たちも少々の暴力は覚悟していた。それを上手く去《い》なすのがプロだと、少なくともアケヨは思っていた。

……けど、ジャックは違う。

あいつは何処か可怪《おか》しい……。

彼を話題にする者は、決まって不安そうな顔になる。街娼たちに相手にされなくなった彼が、盛んに出入りし始めたのが例の店だったのだが、そこから聞こえてきた噂というのが、どうにも気味が悪かった。

裏で売春を行なう飲み屋と街娼の彼女たちは、言わば商売敵である。だから互いの情報は本来なら余り相手に流れない。だが、このジャックの噂だけは別だった。まるで闇市に関わる女であれば例外なく知っておくべきこと――として、いつしか広まっていた。

ジャックにはサドの気がある。

ジャックの変態性欲は異常過ぎる。

ジャックは相手に睡眠薬を飲ませる。

ジャックは過去に女を嬲り殺している。

最初は飽くまでも「少しだけ真実を含んだ噂」程度だったのだが、そのうち売春飲み屋の女が実際の被害に遭い始めた。ただし表沙汰にはできない。そもそも売春が違法行為であるうえに、被害者によっては睡眠薬を飲まされて記憶がなく、そこに米兵が関わっていたからだ。

店によってはジャックの出入りを、やんわりと断る所も出てきた。とはいえ相手は米兵であるため、無下に追い返すこともできない。それに特別料金を吹っ掛けて、彼を受け入れる店もあった。彼の噂が広まるほどに、そういう灰汁《あく》どい店も——数は少ないものの——現れ出した。

ところが、いつしか恐ろしい噂が夜の女たちの間で、ざわざわっと広がり始めた。

娼婦が切り裂かれて殺された……。

その犯人はジャックである……。

ただし、現場は何処の店なのか。被害者は誰なのか。なぜ警察沙汰にならないのか。他に客はいなかったのか。店主は何をしているのか。という肝心なことが何一つ分からない。

ただのデマなの？

一時は戦慄を覚えた彼女たちも、そう思って安堵し掛けた。が、どうやら本当らしい……という噂が追い掛けて流れてきた。店側が事件を闇から闇へ葬ったというのだ。現場が売春飲み屋の隠された二階だとすると如何《いか》にもありそうな話なので、彼女たちは再び震え上がった。

宝生寺の駅前でジャックを見た。

彼が赤迷路をふらついていた。

奴が例の店に入っていった。

そんな目撃談があちこちで語られたが、そのうち本物が幾つあったのか、それは誰にも分からなかった。

もし事件が本当で、その隠蔽《いんぺい》も事実だとした場合、むしろジャックは赤迷路から遠離《とおざか》るのではないか。何事もなかったかのように歩き回るとは、とても思えない。という冷静な意見を述べる者もいたのだが、ほとんどの女性たちの反応は違った。

だってジャックは頭が可怪しいんだから……。

何ら気にすることなく、これまで通りに赤迷路の店を贔屓にするのではないか。他の闇市で同様の店を開拓する苦労を考えれば、よく知った赤迷路から離れないのではなかろうか。そういう見方が多かった。

やがて彼は赤迷路に関わる夜の女たちの間で、こう呼ばれるようになる。

切り裂きジャック……。

アケヨは知らなかったが、一八八八年にロンドンのホワイトチャペル地区に於《お》いて、五人の娼婦たちがメスで切り裂かれて殺害される事件が発生したとき、その犯人につけられた名称が「切り裂きジャック」だった。

八月三十一日、メアリ・アン・ニコルズがバックス・ロウの小路で、首筋を左右から裂かれて殺される。下腹部には何回も刺された痕《あと》があった。

九月八日、アニー・チャップマンがハンバリー・ストリートの敷地で、斬首されんばかりに喉を裂かれて殺される。また腹部を滅多切りにされて、子宮や膀胱《ぼうこう》など内臓の一部が持ち去られていた。

九月三十日、まずエリザベス・ストライドがバーナード・ストリートの国際労働者教育倶楽部の中庭で、喉を裂かれて殺される。このとき犯人と思《おぼ》しき姿を目撃した人物がいた。そのため犯人は、それ以上の辱《はずかし》めを被害者に施す時間がなかったと考えられた。

次いでキャサリン・エドウズがマイター・スクエアのオールドゲイト広場の南端で、身体中を滅多切りにされて殺される。左目は潰され、右耳は切り取られていた。腎臓と子宮の一部が持ち去られ、腹部から引き摺り出された腸が右肩に載っていた。

三人目と四人目の事件は、同日の一晩で起きた二重殺人だった。

十一月九日、メアリ・ジェーン・ケリーがミラーズ・コートの貸間長屋の十三室で、ほとんど解体されんばかりに殺される。鼻と乳房が切り取られ、肝臓と腸が切除されていた。

ここまで詳しい話をアケヨも聞いたわけではないが、切り裂きジャックの犯行が如何に残忍で残虐だったか、もう嫌というほど知る羽目になった。ただ、だからこそ米兵のジャックは、このホワイトチャペル猟奇連続殺人事件の犯人ほど、幾ら何でも酷い狂気に囚《とら》われているわけではないだろう……という風にも思えた。

しかしながら彼女の「同僚」たちの捉え方は違った。

犯人は捕まっていない。

被害者は娼婦たちである。

ジャックの名前が共通する。

以上の三点が同じであるという理由から、米兵ジャックは切り裂きジャックと完全に同一視されることになる。

もっともジャックによる娼婦殺しの噂は、赤迷路内に辛《かろ》うじて留まっていた。そもそも肝心の殺人事件が実際にあったのか、あったとして本当に犯人がジャックなのか、その彼が今も赤迷路に出入りしているのか、何から何まで不明だらけである。

本来なら時間が解決したかもしれない。ジャックの目撃談も次第に減っていき、やがては消えてしまう。その頃には誰も、もう彼の話などしなくなっている。そういう経過が考えられるところだろうが、ここで新たな展開が起きる。

米兵のオンリーとなった女たちの何人かが、ジャックについて彼氏に尋ねたのだ。すると全員が揃って、なぜか口を噤《つぐ》んだという。どうも上からの命令で「彼の話題はできない」ようなのだ。それでも彼女たちの一人が無理に聞き出したところ、その米兵は「奴は本国に帰された」と口を滑らせた。つまり強制送還を受けたらしい。

やっぱり娼婦殺しは本当にあって、それが闇に葬られたのも事実で、その犯人はジャックだったのである。

新たな噂が広まった。しかし当人が米国へ帰国したのなら、もう何の心配もいらないはずではないか。にも拘《かか》わらず彼を見た……という目撃談が、なぜか後を絶たない。しかも、それだけでは終わらなかった。

薄らと全身が赤っぽい男に尾《つ》けられた……。

そう言って怯《おび》える女性たちが、夜の女だけでなく赤迷路の店で働く者たちからも、ちらほらと出るようになる。

全身が赤っぽいのは、被害者である娼婦の血を浴びた所為だ。

そんな解釈が尾鰭《おびれ》となって加わり、忽ち赤迷路で働く女性たちの間に広まった。米兵のジャックは強制送還されたので、彼が赤迷路に出没するはずがない。と仮に誰かが彼女たちを諭《さと》したとしても、少しも効果はなかった。切り裂きジャックは、ほぼ夜の女たち限定で流れた噂だったのに対して、この薄らと全身が赤っぽい男の話は、赤迷路に関わる全女性に伝わった怪談だったからだ。

米兵のジャックから切り裂きジャックへ、切り裂きジャックから赫衣《あかごろも》へ、赤迷路の恐怖は変化していった。

この「赫衣」という名称の由来も、そもそもの出所も全くの謎だった。赤迷路が出現するよりも前から、そういう噂はあったらしい。よって名づけ親は夜の女たちでも、赤迷路の店舗で働く女性たちでもないと分かる。噂の噂によると、昔から宝生寺に住んでいる何者かが、そう命名したと言われている。だとしたら昔々その人物が宝生寺の何処かで、全身が薄らと赤っぽい男を見たことがあって、こう呼んだのが始まりなのだろうか。

ただ、ここまで命名者を絞れていながら、その人物の特定はできていない。誰も捜そうとしなかったからだ。

藪を突いて蛇を出す。

どうして「赫衣」なのか。その理由を探っていくと、とんでもない何かが飛び出してくる。そんな不安を誰もが、この赫衣という名にどうやら覚えるらしい。

やがて赤迷路で働く人々の子供たちの間で、次のような歌が流行り出した。元になった歌は三木露風《みきろふう》の作詞、山田耕筰《やまだこうさく》の作曲による童謡「赤とんぼ」である。

夕焼け夜更けの、赫衣、
追われて逃げたは、いつの夜か。

店の帳場の、売り上げを、
的屋に渡したは、幻か。

十五で姐《ねえ》やは、闇になり、

お里の便りも、絶え果てた。
夕焼け夜更けの、赫衣、
覗いているよ、すぐ後ろ。

この替え歌を作った子供は文才だけでなく、しっかりとした観察力を持っていることが、歌詞の「店の帳場の――」や「十五で姐やは――」の部分からもよく分かる。赤迷路で働く者たちの厳しい現実が、そこには活写されていた。

この替え歌をアケヨは、夜の女の後輩であるチヨコから、宝生寺の駅前広場の薄暗がりで聞いた。チヨコは本物の歌の曲に合わせて、囁《ささや》くように歌った。

それを聴きながらアケヨは「店の帳場の――」歌詞に思わず笑い、また「十五で姐やは――」の箇所で不覚にもほろりとした。だが最後の「覗いているよ、すぐ後ろ」では、ぞわっと首筋が粟立った。咄嗟《とっさ》に後ろを振り返り掛けたほどである。

「途中はくすっとできたり、しんみりしたりするのに、最後は怖いでしょ」

アケヨの反応を決して笑うことなく、チヨコは実際に周囲を不安そうに見回した。

これまでに斯様《かよう》の経緯があったため、それをアケヨは思い出しつつ、駅前の交番の陰で辛抱強く立っていた。

そろそろ季節は春を迎える頃で日も長くなり、夜の女が立つにしては――今日は午後から曇《くも》り出したとはいえ――まだ少し明る過ぎる時間帯だった。しかしジョージが米軍の施設で仕事を終えてから、真っ直ぐ赤迷路へやって来るとしたら今時分になる。いや最近はそういう習慣ができつつあるらしいと、彼女は睨《にら》んでいた。だから今夕はここで張り込み、きっちり彼を捕まえる心算だった。

……あれ？

つい色々と考えていた所為か、駅の方面から赤迷路へちらほら向かい始めた米兵たちを眺めながらも、ちゃんと見ていなかったらしい。

今の後ろ姿って、ジョージじゃない？

そう思える米兵に気づいて、アケヨは戸惑った。もし彼なら追い掛けなければならない。しかし人違いだったら、彼女が赤迷路に入っている間に、本物が現れる懼《おそ》れがある。

トワイライトの場所さえ分かってたら……。

先回りして待っていられるのだが、それができない。もちろん大凡《おおよそ》の位置は理解している。でも今一つ自信がない。普段から赤迷路に出入りしているとはいえ、彼女の「仕事」で使うホテルや宿は駅の近くに集中しており、そのため不案内なところが実は多い。米兵たちと一緒に行く赤迷路内の店もほぼ決まっているため、その他の店舗に関してはよく知らない。そのうえ彼女には方向音痴の気があったので余計である。

もっともアケヨが迷っていたのは僅《わず》かな間だった。

今のが、やっぱりジョージだったら……。

そう思うと身体が自然に動いて、交番の陰から駆け出していた。

とにかく赤迷路の出入り口から余り奥へと入らないうちに、あの米兵を捕まえるのだ。一般女性ならいざ知らず、自分は夜の女である。米兵に声を掛けるなど朝飯前である。仮に人違いだったとしても、上手く遇《あしら》えばよい。まだ相手は酔ってもいないのだから、それくらい簡単なことではないか。

アケヨは己に言い聞かせながら、赤迷路へ足を踏み入れた。

途端に視界が翳《かげ》り、かつ狭くなった気がする。駅前の広場から急に小路へ入り込んだ所為だろう。おまけに店によっては庇《ひさし》が路地まで迫《せ》り出しているため、振り仰いでも空が見えない場所があり、どうしても薄暗くなる。そのうえ今は曇天の夕間暮れなのだから尚更である。

とはいえ一方で既に提灯《ちょうちん》を点《とも》している店も多く、それなりに明るく感じられるはずなのに、なぜか依然として小路は幽々たる状態にしか見えない。

ぼうっと点る提灯が、まるで仄暗さを引き寄せているようにも思える。実際それぞれの光量が弱いために、日暮れによって蟠《わだかま》り出した薄闇が増幅された如く映るのかもしれない。

嫌だ、いないじゃない。

目の前に延びる短い小路に、既に米兵の姿がないことに、遅蒔《おそま》きながら彼女は気づいた。

第七章　赫衣《あかごろも》の怪

アケヨは焦って走ろうとした。いきなりジョージを見失うわけにはいかない。ここは何としてでも追い着きたい。

だが、とにかく路地が狭いうえに、早くも一杯やりに来た男たちが歩いており無理である。しかも彼女の素性が一瞥《いちべつ》で分かるためか、ほぼ全員にジロジロと見詰められて鬱陶《うっとう》しいことこの上ない。もう慣れっこになっているとはいえ、今の彼女に精神的な余裕がないためか、彼らの視線が妙に痛くて堪《たま》らなかった。幸いだったのは明らかに洋パンと分かる所為《せい》で、一人として声を掛けてくる者がいなかったことだろう。

最初のY字路で、アケヨは急いで左右に目をやった。すると辛うじて右手の路地の果ての曲がり角を、左手に折れる米兵の後ろ姿が、ちらっと見えた。

……良かった。

見失ったわけではない。しかし、あと少しでも引き離されると、もう追い着けないかもしれない。そんな懼《おそ》れを彼女は覚えた。

「ちょっと通して。どいてよ」

アケヨは路地に犇《ひし》めく男たちを搔き分け、とにかく進もうとした。

「おい、押すな」

「何だぁ、てめぇは」

「偉そうに。パンパンじゃねぇか」

忽《たちま》ち周囲から罵声を浴びたが、彼女は全く気にしなかった。

戦争を始めたのは男共で、ただただ犠牲になったのが女と子供ではないか。しかも戦争に負けた途端「鬼畜米英」と叫んでいた男共は、その敵国にすんなりと日本の女たちを差し出したうえに、戦争孤児たちを次々と餓死させている。

アケヨが洋パンになったのは、米兵の方が金になる客だったからだが、その一方で日本男児を相手にすることに大いなる抵抗もあった所為である。

追跡は順調に進んだ。これならトワイライトへ入る正《まさ》にその瞬間、しっかりとジョージを捕まえられそうである。店に行く前なら惚《とぼ》けられてお仕舞いだが、ちゃんと「現場」を押さえられれば彼も言い逃れはできないだろう。

あの人は根が素直だから――。

この手の店は危険だと真摯《しんし》に訴えれば、きっと耳を傾けてくれるに違いない。そうアケヨが考えていると、

「あらぁ、何処《どこ》に行くの？」

明るく声を掛けられたので見ると、目の前にメイコが立っていた。

アケヨが宝生寺《ほうしょうじ》で「仕事」を始めたとき、何かと世話になったのがメイコである。言わば彼女にとっては「姐《ねえ》さん」に当たる。

……困ったな。

すぐに挨拶しながらも、アケヨは天を仰ぎたくなった。メイコは世話好きで夜の女たちから慕《した》われ

ていたが、如何《いかん》せん「話が長い」という難がある。今ここで長話をされたら、確実にジョージには引き離されてしまう。

「ちょうど良かった。あのね――」

早速のようにメイコが喋り始める。アケヨは相槌を打ちながらも、もう気が気ではない。話の内容は、どうやら今すぐ聞く必要のないものらしい。かといって会話を遮《さえぎ》るなど、そんな失礼はできない。

「どうしたの？」

するとメイコに、唐突に訊かれた。

「心ここに在らずって感じよ」

この奇跡のような瞬間を、もちろんアケヨは無駄にしなかった。簡単に事情を説明した。

「それなら早く言いなさい。ほら、急いで」

メイコに尻を叩かれる恰好で、アケヨは先へ進んだ。

しかし路地を右へ、そして左へと曲がっても、ジョージらしき後ろ姿は見えない。分かれ道で辿《たど》るべき小路を選ぶ判断は、こっちの方向にトワイライトはあったはず――という飽くまでも彼女の感覚に過ぎない。方向音痴の気のある彼女の……。

あっ！

そのとき前方の角を曲がる、ジョージと思《おぼ》しき米兵の後ろ姿が目に入った。

こっちで合ってたんだ。

アケヨは嬉しくて堪らなくなった。今夜は運が向いていそうである。

相変わらず次から次へと湧くように出てくる男たちを掻き分け、やり過ごし、縫うようにして彼女の追跡は続いた。

そろそろ着いても良い頃じゃない。

アケヨがそう考えながら、米兵が折れたばかりの角を曲がったときである。

「いてぇなぁ！」

擦れ違い様に肩が軽く当たった男が突然、大声を上げた。

「何だよ、パン助じゃねぇか」

もう酔っているらしい中年の二人組が、彼女に絡んできた。見るからに貧相な形《なり》をしていることからも、少し入った金で安酒を飲みに来ているのが、ありありと分かる男共である。

「パン助の分際で、肩怒らして歩いてんじゃねぇぞ」

「アメ公に、媚《こ》びばかり売りやがって」

アケヨは無視しようとしたが、二人が素早く行く手を阻んだ。一人は物凄く険悪な目つきで睨《にら》み、もう一人は下卑た笑いを顔に貼りつけている。

「何さぁ」

きっとした眼差しを二人に向け、アケヨは啖呵《たんか》を切ろうとした。だが、こんな奴らに関わっている間に、ジョージは先に行ってしまう。

「ふんっ」

彼女は外方《そっぽ》を向くと、そのまま二人の横を通り抜けようとした。

「待てよ」

「このまま黙って行けると思うなよ」

二人が執拗《しつよう》に通せんぼをして、決して先へ進ませない。その間にも三人の側を、ただ無象の男たちが次々と通り過ぎていく。好奇の視線を向ける者も中にはいたが、足までは止めない。そこまでの関心を示す者は誰もおらず、これだけの人間が群れているのに、アケヨは言い知れぬ孤独感に呑まれそうになった。

　相手が一人だけなら……。

　隙を突いて打ちのめして、さっさと逃げることもできたが、二人となると厄介である。それに両方とも酔っており、明らかに暴力的な臭いがする。日頃の溜まりに溜まった鬱憤《うっぷん》を、今ここで吐き出そうとしている。相手は商売女なのだから、それが許されると思っているのだろう。

「この落とし前、どうつけんだよ」

「お前もパンパンなら、それ相応の詫《わ》びをしろ」

　ほとんどヤクザである。いや、彼らより質《たち》が悪いのではないか。絶対に相手をしてはならない存在で、もっと危険かもしれない。

　酔って箍《たが》が外れた素人《しろうと》ほど始末に負えないものはない。

　夜の商売に関わる人たちの間で、絶えず口にされる「常識」である。普段は大人しい者ほど、日常の不平不満が一気に爆発してしまう。しかも素人であるが故に限度を知らない。だから真面《まとも》に相手はせずに、早々に引き取って貰《もら》うか、さっさと追い出すに限る。

　それが夜の世界では当たり前だったが、今のアケヨには何の手立てもなく、このままでは大事になるのが目に見えている。

　選りに選って、こんなときに。

　益々いきり立つ二人を前に、やっぱり打ちのめすしかないか――と彼女が決心し掛けたときだった。

「そこの三人、何をしてる?」

　後ろから叱責され、思わず振り返ったアケヨは、馴染《なじ》みのある顔を見て安堵した。普段から仲間たちと「下駄のような顔」だと陰口を――飽くまでも愛情を込めてだが――叩きながら、なんとか上手く避けようとする相手なのだが、今は大歓迎である。

「伊崎《いざき》さん！」

彼は宝生寺の駅前の交番に勤務している警察官だった。きっと巡回の最中に、偶々《たまたま》ここを通り掛かったに違いない。

「私は先に行きたいだけなのに、この二人が通してくれないのよ」

アケヨは切々と訴えたが、

「こいつが角を曲がりしなに、がんっと打つかってきた癖に、そのまま素通りしようとしやがったんで、礼儀ってもんを教えてるんだよぉ」

「そうそう。俺たちゃ何も悪くない」

二人は目の前にいるのが警察官と理解しながらも、相変わらず強気である。

「ここの路地は狭いから、お互いに譲り合うことが大切だ。この場は本官に免じて、まぁ許してやってくれんか」

しかも伊崎が穏便に済ませようとしているのに、

「何だぁ、ポリ公。お前はパンパンなんかの味方するのか」

「俺たちの税金で食わせて貰ってる身分で、偉そうなことを言うんじゃないよ」

この台詞にはアケヨも頭に来た。

「こうして警察官が見回ってるから、ここの治安もある程度は保たれているんじゃない。そういう人たちの給料が税金から出てるのは、当たり前でしょ」

「男から金を毟《むし》り取ってるパンパン風情が、何を偉そうにほざくか」

「売春婦は黙っとれ」

熱《いき》り立つ二人を前にして、それまでの穏和な伊崎の顔が次第に赤くなり始めた。

「そういう暴言を吐き続けるなら、ちょっと交番まで来て貰うことになるけど、それでも構わんかね」

「おおっ、人権蹂躙《じゅうりん》だぁ」

「俺たちの人権を、警察は守らんとならんはずだぞ」

ここぞとばかりに二人は騒ぎ始めた。

戦前と戦中の国民には人権などあってないようなものだった。それが敗戦後「人権蹂躙」という言葉が俄《にわか》に流行り出した。人権に目が向けられるのは良いことだったが、それを恰《あたか》も免罪符のように使う輩《やから》も多かった。

「民主警察が、俺らの人権を蹂躙してるぞぉ」

「警察官の、これは横暴だぁ」

路地を行き交う人々に、二人は大声で訴え出した。

……不味いなぁ。

アケヨは伊崎の身を心配した。夜の女と警察官なので、日頃から仲良くという関係では決してない。それでも彼女が憂《うれ》えたのは、彼のある噂を聞いていたからだ。

MPと警察による闇市への手入れがある前に、伊崎は貧しい母親と娘が二人で営んでいる小さな店を訪れて、怖い顔をしながら「ここには違法なものなどないよな」と言ったというのだ。お陰で彼女たちは手入れの前に闇物資を他に移すことができ、大いに助かったらしい。同じように密かに救われた店が他にもあったと聞く。その全店に共通していたのが、闇で儲けるわけではなく本当にギリギリの稼ぎで生活をしている、そんな店主ばかりだったという。

これも噂だが、伊崎は戦場で物凄く過酷な目に遭ったらしい。無論ほとんどの日本兵に同じことが言えた。とはいえ彼は真の地獄を見たという。だから生還の暁には、人々の役に立つ仕事をしようと決めた。それが警察官だった、ということらしい。

何処かの親分さんでも……。

通り掛からないかとアケヨが焦っていると、

「それなら彼女の人権は、一体どうなる？」

顔を真っ赤にしながら伊崎が、ぐいっと二人に詰め寄った。

「パンパンなんかに――」

「人間である以上、誰にでも人権はある。違うか」

伊崎の迫力と正論に圧《お》されたのか、うっと男たちは言葉に詰まった。

いつしか伊崎は二人とアケヨの間に身を割り込ませ、おまけに百八十度くるっと位置を入れ替えていた。しかも頻《しき》りに後ろ手を振って、彼女に「行け」と合図を送っている。

……すみません。ありがとう。

心の中でアケヨは頭を下げると、その場を急ぎ足で離れた。

「ああっ、こらぁぁっ」

背後から男たちの声が聞こえたが、構わず先へと進む。伊崎の厚意を無駄にするわけにはいかない。埋め合わせは、また改めてすれば良い。

それよりも今は、ジョージに追い着けるかが心配だった。メイコのとき以上に、あの男たちには足止めされてしまった。さすがに彼を見つけることは、もう無理かもしれない。

物凄い不安に苛《さい》まれながらも、路地の分かれ道では慎重に判断して、トワイライトがあると思われる方向を選ぶ。そうして何度目だったか、ある角を曲がったところで、その先の路地を左手に折れる米兵の後ろ姿が、ちらっと目に入った。

……見つけた。

今夜は本当に怖いほど付いているらしい。そうアケヨは喜ぶ一方で、この反動がそのうちやって来るのではないか、このツキと引き換えに何か不幸に見舞われるのではないか……という懼れにも囚《とら》われた。

そのときは仕方ないか……。

要はバランスの問題である。それで人生の帳尻が合うのなら、黙って受け入れるしかない。そもそも反動が本当にあるのなら、突然やって来るに違いない。避けようとして避けられるものでもないだろう。

とにかくジョージのオンリーになる。今夜はそれしか考えられない。

そこまで強く思い込んで彼のあとを追っていた所為か、その奇妙な事実にアケヨが気づくまでには、ちょっと時間が掛かった。

……あれ？

そう言えば私って……。

……彼の後ろ姿しか見てない？

ジョージと思しき米兵が赤迷路の出入り口に姿を消した刹那から、彼女が路地へ飛び込んで追い掛け出したあとも、ずっと同じ光景を目にしている。

角を曲がる瞬間の彼の後ろ姿だけを……。

赤迷路の中の路地は、確かに総じて短い。とはいえ長短の差が、どの小路にも当然ある。それなのに決まったように角を曲がる後ろ姿しか目撃できていないのは、幾ら何でも変ではないか。

……なんか可怪《おか》しい。

彼女は漸《ようや》く不審を覚えたが、そのときには周囲も劇的に変化していた。開いている店が一軒もない。何処も表の板戸を閉めており、ひっそりと休業している。そればかりではない。つい先程まで路地に犇めいていた男たちが、なぜか一人も見えない。

ここって……。

赤迷路の東の隅にあると聞く「ゴーストタウン」ではないのか。

初期の闇市では「店」の栄枯盛衰が激しかった。多くの「店」が店舗として、そもそも成り立っていなかったからだ。やがてバラック長屋やマーケットのような「箱」が出来上がり、そこに入ることで「店」が独立した一つの店舗となった。お陰で個々の店が安定し出した。

その代わり今度は店を維持するための資金が色々と必要になった。加えて「並べておけば売れる」という当初の闇市の特性も徐々に揺らぎ始める。ほとんどの店主が元は素人のため、うかうかしていると店を畳む羽目になる者も現れた。

そんな店が赤迷路の中にも見受けられたのだが、なぜか東の隅に集中した。まるで端の家から一ヵ月に一人ずつ死人が順番に出るかのように、一軒ずつ店が潰れていく。余り空き店舗が目立つのも外聞が悪いため、その辺りの店舗だけ家賃を安くした所為か、店を出す者は途切れなかった。しかし結局、一軒、また一軒と消えていく。

そうなると完全に負の連鎖である。更に家賃を安くしたところで「あそこの一角は呪われているから、出店しても必ず潰れる」という噂が広まり、そのうち全く新規の店が出なくなった。そして誰が口にするともなく「ゴーストタウン」と呼ばれ始めた。名づけ親は洋パンの一人だと言われているが本当のところは分からない。

もちろん「タウン」の呼称に相応《ふさわ》しいほどの面積が、問題の一角にあるわけではなかった。飽くまでも区画の一部に過ぎなかったわけだが、赤迷路の入り組んだ路地の特徴が実際より広く思わせたらしい。

あそこで迷ったら二度と出られない。

いつしか実《まこと》しやかな噂が流れるようになり、ゴーストタウンの「ゴースト」部分が文字通りの意味として罷《まか》り通るようになっていく。

そんな曰《いわ》くのある場所に入り込んでいると気づき、アケヨは思わず立ち止まった。

いつの間に……。

路地の両側に次々と現れる店の変化を察するのは、今夜の彼女には無理だったかもしれない。店舗になど碌《ろく》に目をやっていなかったのだから仕方ない。しかし各店が軒先に吊している提灯《ちょうちん》が一つも見えず、かなり辺りが薄暗くなっていることが、どうして分からなかったのか。それ以上に、あれほど小路に群れていた男たちが一人もいなくなっている事実に、なぜ気づけなかったのか。少しも見ていなかったという意味では、確かに男共も個々の店と一緒である。とはいえ左右に通り過ぎるだけの店舗と違って、彼らは行く手を遮る邪魔な存在なのだ。それが一人もいないことを認めずに、ひたすら路地を進んでいたなど、幾ら何でもあり得ないのではないか。

だが実際にアケヨは、余りにも異様な状況に陥っていた。

閉じられた店ばかりの人っ子ひとりいない路地を、ちらっと後ろ姿しか見せない米兵のあとを追って、自分だけが歩いている。

その視線の先にあるのは、つい先程あの後ろ姿だけの米兵が曲がった路地の角だった。ただし同じように折れても彼女の目に映るのは、更に先にある曲がり角へ消えようとしている彼の後ろ姿だろう。それは今から彼女が歩いて角を折れようと、走って角を曲がろうと、きっと変わらないのではないか。どちらを選択しても、見える光景は同じ。

先の角に消える米兵の後ろ姿だけ……。

汗ばんで少し暑かった身体が、ぞくっと一気に冷える。それまで熱を持っていた汗の粒が、忽ち冷たい水滴に変わった。

……ここから抜け出さないと。

元に戻るよりも、このままゴーストタウンを突っ切って、赤迷路の東側に出た方が早いかもしれない。ただ、そのためには後ろ姿だけの米兵が曲がった角へと、アケヨも進む羽目になる。しかも、それはトワイライトから遠離《とおざか》ることを意味した。

だったら、そっと引き返した方が……。

あれにも気づかれずに済みそうで、結果的には良いのかもしれない。と彼女が考え直したときである。

前方の角から何かが、ひょいと覗いた。

それは赤っぽい何かで、なぜアケヨが追ってこないのかを不思議がって、こっちを窺《うかが》っているように映った。

いや、そんな風に見えたと認めた途端、彼女は反射的に回れ右をした。そうして一散に駆け出していた。

あれって、赫衣《あかごろも》……。

散々その噂は聞いている。体験談を耳にしたこともある。でも、所詮は気の迷いだと受け取っていた。それに話の基本は、赫衣にあとを尾《つ》けられた……というものだったはずではないか。こちらが追い掛けてゴーストタウンに誘い込まれる体験など一切なかった。

ジョージの件を利用された……。

まさかと思うが、そうとでも考えなければ全く訳が分からない。あんな得体の知れぬ代物に対して理屈をつけようとするのが、そもそも間違っている。と思いつつも、ここで思考を停止してしまったら頭が可怪しくなりそうで、とても彼女は怖かった。

走りながら振り向くと、さっき曲がったばかりの角から、にゅうっと赤い何かが覗くところだった。むしろ朱色と表現するべきか。最初に一瞥したときから同じ色合いなのか、この間で変化したのか、もちろん彼女には分からない。

これまでとは逆になった。

確かなことはそれだけだった。追っていた者が、今や追われる立場にある。あれに追い着かれたら一体どうなるのか。想像もしたくないが、とはいえ気になる。

もしもさっき、私が追い着いていたら……。

ゴーストタウンの廃屋にでも連れ込まれたのか。路地のその場で何かされたのか。そこから先どうなっていたのか。厭《いや》でも考えてしまう。

路地から路地へと駆け続けているのに、相変わらず左右には閉められた店ばかりが現れる。人っ子ひとりいないのも同じである。あんなに鬱陶しいと感じていた男共だったが、今なら大歓迎したい。あの絡んできた二人組でも一向に構わない。今すぐ目の前に出てきてくれたら、きっと喜んで抱きつくだろう。

しかしながら目の前に延びる小路の眺めは、いつまで経っても同じだった。ゴーストタウンのものだった。薄暗さも相当に濃くなって、もう少しで完全に日が暮れそうである。その後は真の闇が隅々まで降りて、本当の闇市と化してしまう。

……そうなったら、もう助からない。

アケヨは本能的に悟った。だから必死に耳を澄ませた。赤迷路の騒《ざわ》めきが届かないか。それが聞こえる方向が分からないか。死に物狂いで走りながらも耳を傾け続けた。

……これは？

そのうち何かが聞こえ出した。駆けつつ聞こうとしても無理があるため、少し足取りを緩めて両耳に集中した。

……じた、じた、じたっ。

はっきりと聞こえてきたのは、あれが湿った地面を踏み締めながら、後ろから追い掛けてくる物音だった。足音と捉えなかったのは、とても人とは思えないからである。

……じたっ。

それが彼女のいる路地に入ってきたのが、不意に覚えた背後の気配で分かった。その瞬間、首筋から漏斗で冷水を流し込まれたような悪寒が、一気に背筋を伝い下りる。

「い、い、厭ぁぁっ」

自然に悲鳴が口を衝《つ》き、アケヨは再び駆け出した。

ところが、幾ら戻ってもこのゴーストタウンから抜け出せない。半ば廃屋と化した店ばかりが続く。路地を走っているのは彼女だけで、他に人の姿は全く見えない。

……なんなの、これ？

余りにも変じゃない……。

ここまでゴーストタウンは広いのだろうか。飽くまでも赤迷路の東端の一画に過ぎないはずではないか。だから的屋《テキヤ》たちも放置をしている。一種の「必要悪的な区画」として密かに認めている。そんな噂も聞いたことがある。

それなのに、いつまで経っても同じゴーストタウンが現れる。何処まで戻っても同じゴーストタウンばかりである。

……同じ？

そこでアケヨはあることに気づき、ぎょっとした。

たった今、その前を通り過ぎた右手の店は、つい先程も目にしなかっただろうか。なんとなく見覚えがある。いいや違う。その前にも一度、既に見ていた気がする。

そこから彼女は左右に流れる店の様子を覚えるようにした。そうして何度目かの角を曲がったときである。

やっぱり……。

ぐるぐるとゴーストタウンの同じ場所を、どうやら自分は逃げ続けているらしい。という恐るべき事実に漸く彼女は気づいた。

……駄目、逃げられない。

アケヨは必死に走りながらも、一方で諦めの涙が流れるのを止められなかった。そのうち体力が尽きて、もう一歩たりとも進めなくなる。現に両足が棒のように感じられている。もしも足が止まったら、忽ち赫衣に追い着かれてしまう。それから何が起きるのか、ちらっと想像しただけで、頭の中が真っ赤に染まった。

赤というより朱色……。

朱色から神社の鳥居を、鳥居から稲荷を、稲荷から狐を、狐から祖母の昔話を……という風に彼女は次々と連想していった。

……祖母の昔話。

それは狐に騙《だま》されたと察した男が、無闇に歩き回るのを止めて、煙草を一服したことで、元の世界に戻れたという話だった。

けど、あれが実際の体験とは……。

とても今では思えないが、祖母は本当の出来事として話していた。彼女は嘘を吐くような人ではなかった。この恐ろしい状況から脱するためには、藁《わら》にも縋《すが》る気持ちで試してみる価値があるのではないか。

アケヨは最後の力を振り絞って、とにかく全速力で駆けた。そうして距離を稼いでから立ち止まり、ハンドバッグからピースの箱を取り出した。ハンドバッグや化粧品などの贅沢品は販売が禁止された時期があったが、もちろん夜の女たちには関係なかった。

闇市で煙草を手に入れた場合、箱の中に本物のピースが入っていることは、まず絶対にない。最も質の良いのが占領軍の吸殻の再生品で、次が自家製の葉煙草、一番安いのが吸殻煙草の混ぜ合わせである。箱がコロナでも同じことが言えた。

彼女が両手の震えを抑えながら苦労して口に銜《くわ》えた煙草は、当然ながら本物だった。ジョージから貰ったのだから間違いない。でも今は最低品質の再生品でも、ちゃんと吸えれば何の文句もなかった。火が点《つ》きさえすれば……。

かちっ、かちっ。

しかし何度やってもライターに火が点《とも》らない。火花は出るのに一向に炎と化さない。

……じた、じたっ。

そうこうしている間にも、あれは確実に迫っていた。まだ一つ前の路地にいるようだが、ここへ入ってくるのも時間の問題である。

燐寸《マッチ》よ。

ライターを投げ捨て――バッグに戻す時間も惜しい――鞄の中を掻き回すように燐寸箱を捜して、それを開けて燐寸棒を取り出し、横薬を塗った側面に擦《す》りつける。でも火が点かない。再び擦る。点かない。その燐寸棒を捨てて、新しい一本を取り出そうとして、全てを地面に打ち撒けてしまう。

慌てて蹲《しゃが》んで、燐寸棒を拾う。

……じたっ。

あれが彼女のいる路地に入ってきた。

燐寸棒の頭を、急いで箱の側面に擦りつける。ぼっと火が点く。その燐寸を口に銜えた煙草の先に近づける。しかし手が小刻みに震えて、なかなか安定しない。煙草の前で、燐寸の火が行ったり来たりしている。

……じたっ。

あれが近づいてくる。

ようやく煙草に火が点く。思いっ切り吸い込もうとして、焦る余り噎《む》せる。

ごほっ、げほっ。

……じたっ。

あれがすぐ後ろまで来ている。

一通り咳き込んでから、ゆっくり息を吸って吐く。

あれが凝《じ》っと見下ろしているのが分かる。

呼吸が落ち着くのを待ってから、煙草を深く吸って肺まで入れて止め、そして静かに少しずつ吐き出していく。

ふうぅぅぅぅっっ。

煙草の煙が口から出るに従い、遠くの方から何処か懐かしいような喧噪が、徐々に近づいてくる気配があって……。

はっと気づくと路地の雑踏の直中《ただなか》で、アケヨは地面に蹲み込んでいた。

「この女、何してんだ？」

「おい、邪魔だろ」

「道の真ん中に座ってんじゃねぇぞ」

路地を行き来する男たちから、忽ち罵声を浴びせられた。

「ご、ご免なさいね」

だが彼女は嬉しくて仕方ない。言い返すどころか詫びの言葉が口から出たほどである。

「あっ！」

立ち上がりながら周囲を見回して、アケヨは驚きの声を上げた。なんと目の前に「トワイライト」があるではないか。

急いで扉を開けて店に入ると、ジョージが若い女に先導されて、ちょうど店の奥の小さな階段を上がろうとしていた。

「ジョージぃぃ！」

彼女の呼び掛けに、大きな身体がびくっと震えて、恐る恐るといった感じで彼が振り返る。

「オオッ、アケヨぉ」

独特の発音で呼ばれた彼女は、いきなり安堵感を覚えて、その場で泣き崩れた。あとから考えると、この反応が良かったらしい。もしあそこでヒステリックに叫んでいたら、恐らく彼のオンリーにはなれなかっただろう。

ジョージは慌ててアケヨに駆け寄ると、頻りに彼女を宥《なだ》め出した。評判の悪い売春飲み屋にいる自分を見て、彼女が大いに嘆いていると勘違いしたらしい。

米兵は体格が良くて押し出しが強そうに見えるうえに、あちこちで狼藉の噂が実際に立っていたため、かなり怖い存在と見做《みな》されていたが、心根の純粋な者も結構いた。特に下級の兵士たちに顕著だった。彼らの多くは字が書けなかった。「I」と「me」または「What」と「Where」の区別がつかない米兵もいた。日本の中学生が英語を書くと、それは驚いたものである。

ジョージは読み書きこそできたが、その中身はまだ少年のようだと、これまでの付き合いでアケヨは感じていた。そんな彼の一面が号泣する彼女を目にして、自然に出たのだろう。

「ヨシヨシ、ナカナイ」

たどたどしい日本語を話すジョージに抱えられて、アケヨは立ち上がった。泣き腫《は》らした顔がみっともないのではないか、と思えるくらいはもう冷静になっている。

そのため新たな心配を覚えた。

「カエル」

店主のスミコに挨拶をして、彼は勘定を済ませようとしている。

しかし、このまま無事に店を出られるのか。ここは相手の縄張り内である。売春飲み屋には裏でヤクザが関わっていると、これまでにも聞いていた。客が米兵のため滅多なことはないと思うが、安易な油断はできない。

　アケヨが大いに構えていると、隠し階段の下に立っていた若い女が突然、

「あんたって、アケヨって言うの？」

　こちらに声を掛けてきた。

「ええ、そうだけど……」

　警戒しながら頷くと、その女が妙なことを言い出した。

「ついさっき、あんたを訪ねてきた人がいたよ」

「……メイコ姐さん？」

「ううん、男の人」

「……どんな人だった？」

　全く心当たりがないため、アケヨも素直に訊いたのだが、それに答えようとした若い女の様子が急に可怪しくなった。

「……あれ、そう言われたら、どんな人だったかなぁ」

「ついさっきなんでしょ？」

　意地悪で教えないのかとアケヨは勘ぐったが、女の態度はどう見ても違った。本気で思い出そうとしているのに、どうしても分からない。それは間違いなさそうである。

「着てた服とか、印象に残ってないの？」

　アケヨが尋ねると、若い女は記憶の底を探るような表情をしながら、

「……なんかね、赤っぽかった」

「えっ……」

ぎくっとアケヨが身体を強張《こわば》らせたところへ、店主であるスミコの呟きが聞こえた。

「あれは赤っぽいというより、もっと朱色に近かったわね」

第八章　一つの推理

「あれ以来、親分さんのパチンコ屋から奥へは、なるべく行かないようにしてるの」

そんな言葉でアケヨは長い話を締《し》め括《くく》った。

「パチンコ　私市《きさいち》遊技場」は赤迷路の中で、ほぼ中央に位置している。そして駅側の出入り口から見ると、パチンコ店は東の方向にある。ここを通り過ぎないとゴーストタウンには行けないことから、きっと彼女はそう言ったのだろう。

「ちょっと待って下さい」

ひたすらアケヨの体験談に耳を傾けていた波矢多《はやた》が、かなり険しい表情を彼女と私市吉之助《きちのすけ》の二人に、交互に向けながら尋ねた。

「赫衣《あかごろも》を見た人の多くが、アケヨさんと似た目に遭っているのですか」

「いやいや先生、それやったら赤迷路から、疾《と》っくに皆が逃げ出しとるわな」

吉之助は慌てて否定すると、

「この子を選んだんは、今のところ最も新しい赫衣の体験者で、かつ話の内容が一番凄かったからなんや」

「それをお聞きして、少し安心しました」

波矢多が安堵する様子を見て、アケヨは逆に不安そうな口調で、

「私はちっとも、そんな気持ちになれんよ」

「今の体験は、いつ頃ですか」

「一月くらい前かなぁ。もう四月になってたと思います」

「お前が炭坑夫をやってた頃か」

この新市《しんいち》の言葉が余りにも意外だったのか、アケヨは両目を丸くさせて、

「ええっ！　ハヤタさんて、炭坑夫をやってたの？」

「びっくりするよな」

「ちょっと想像できんよ」

このやり取りでアケヨの気分も少しは晴れたのか、微《かす》かに笑みまで浮かべている。

「ジョージさんとは、その後どうですか」

この波矢多の質問で、それが満面の笑みへと変わった。

「彼のオンリーになりました」

「お目出度《めでと》うございます」

「おおっ、やったな。お目出度う」

彼と新市が祝いを述べると、今度は少女のように両の頬を少し赤く染めながら、

「ちょうどタイミング的にも、良かったみたいで――」

「どういう意味です？」

「お目出度《めでた》なの」

一瞬、きょとんとした顔を男三人はしたが、

「そうか！　それは目出度いなぁ」

まず吉之助が大声を上げ、次いで新市と波矢多が再び祝いの言葉を述べた。

アケヨが夜の女である以上、その妊娠が普通に祝福されて済むとは思えない。しかも父親のジョージは米兵である。やがて米国に帰国する日がやって来る。母親と子供が取り残されるとしたら、二人に降り掛かる差別や偏見は凄まじいものになるのではないか。日本人の戦争孤児に対してさえ、同じ日本人の大人や子供が侮蔑的な扱いをする。それが米兵の、おまけに黒人との間にできた子供と当の母親の場合——彼女には夜の女だった過去まである——果たしてどんな仕打ちをされることか。

波矢多は想像しただけで胸が痛くなった。恐らく似た思いを、新市も吉之助も抱いているのではないか。二人の笑顔には、何処《どこ》か無理がありはしないか。

もしかすると私市さんは——。

同じように妊娠中の祥子をアケヨとダブらせて、仮に娘の相手が黒人兵だったとしたら……という想像をしているのかもしれない。戦場で二人の息子を、空襲で奥さんと上の娘を、吉之助は亡くしている。そんな彼にとって、もし孫の父親が米兵だったら……。果たして彼は受け入れることができるだろうか。

そういう例はもう既に嫌というほど生まれていた。その事実を新市も吉之助も十二分に知っている。だからこそ彼らの笑顔に、何処か陰が感じられるのだろう。

しかし、当のアケヨの顔は非常に晴れやかだった。賢い彼女が厳しい未来を予想できていないわけがない。それが分かるだけに、この彼女の笑顔は天晴《あっぱ》れだった。

「良かったですね」

波矢多は祈るような気持ちで、彼女を祝福した。

「もう彼との住まいも決まってて——」

そこから暫《しばら》くはアケヨの惚気話《のろけばなし》が続いた。お陰で赫衣に対する恐怖が払拭《ふっしょく》されたのか、帰るときには元の元気さを取り戻していた。

「ゴーストタウンには二度と近づかないから、もう大丈夫よね」

それでも一応、そんな風に波矢多に対して確認したのは、やはり彼女の体験が尋常ではなかったからだろう。

「安請け合いはできませんが、夕暮れ以降に赤迷路へは入らずに、もし入るにしてもジョージさんと一緒だったら、余り問題はないかもしれません」

「慎重な言い方ねぇ」

はっきり問題ないと保証されなかった所為《せい》か、アケヨは不満そうだったが、

「ああっ、ちょっと、もう夕方じゃないの」

一般人には貴重品である腕時計に目をやると、男三人に挨拶をして、さっさと応接間からパチンコ店の方へと出て行ってしまった。

「で、どうだ?」

待ち兼ねたように新市が、波矢多に尋ねた。

「いや、どうだ――と言われても、アケヨさんの体験は、かなり特異なんですよね」

後半は私市に顔を向けると、

「他の子ぉらは皆、赫衣に尾《つ》けられたいう話が、やっぱり多いな。行く手の路地の角から、ちらっと覗いとったいう例もあるけど、回れ右して逃げたら、別に追い掛けてこんかったそうや」

「つまりアケヨさんの話は、例外中の例外と言えるわけです。そんな体験をおいそれと、合理的に解けるわけないだろ」

今度の後半は新市に向けてである。

「そうは言ってもお前なら、何とか――」

「無茶を言うな」

「いきなりアケヨいうんは、失敗やったか」

少しも気にしていない新市とは違い、吉之助は頻《しき》りに謝り出した。

「ほんま先生には、済まんことした」

「いいえ、アケヨさんのお話は、非常に興味深かったです。ただ、あそこまで超常的な体験をされている以上、それに筋の通った解を与えるのは、まず不可能かと思われます」

「ほんならアケヨは、ほんまもんの化物に……」

「……遭ってしまったのかもしれません」

そう吉之助に応えた波矢多を、暫く新市は黙って見詰めてから、

「野狐山《やこやま》地方の鯰音坑《ねんねこう》に出た例の黒面の狐と、どうやら同じってわけか」

「その種類は異なるにしても、どちらも怪異であるという点に於《お》いては、そうなのかもな」

そこへノックの音がして、住居側の扉から祥子《しょうこ》が顔を覗かせた。

「アケヨさんが終わったみたいだから、和《かず》ちゃんに入って貰《もら》っていい？」

「なんや、そっちであの子は、もう待っててくれたんか」

「うん、来てくれてから、もう随分と経つよ」

するとと新市が苦笑しながら、

「アケヨの話は、関係のないところも長かったからな」

「そりゃ気の毒したな。早う入って貰ってくれ」

吉之助が急《せ》かせて、祥子と入れ替わるように現れたのは、まだ成人前の垢抜けない少女だった。アケヨの次なので余計に野暮ったく映るのかもしれないが、どう見ても地方から出てきたばかりです――という朴訥《ぼくとつ》とした雰囲気がある。

「和ちゃん、待たせて済まんかったな」

吉之助が労《ねぎら》うと、和子は慌てて頭を下げた。しかも下げたままで、その場で固まっている。

「さぁ、こっちへ来て、ここに座ってくれるか」

飽くまでも吉之助は優しく接するのだが、なかなか彼女の緊張が解けない。そこに新市と波矢多も加わって、なんとか彼女を喋り易くさせようとした。だが、ほとんど効果がない。そのうえ本人は余り話したくないのに、世話になっている的屋《テキヤ》の親分の頼みだからと、店主に促されて仕方なく出向いてきた……そんな雰囲気もあって余計にやり辛い。

もっとも苦労して聞き出した和子の体験は、アケヨに比べると物足りなかった。当初は緊張から上手く全てを話せていないのでは――と波矢多も考えたのだが、それで本当に全部らしい。纏《まと》めると次のようになる。

和子は赤迷路の「天一《てんいち》食堂」で働いていた。料理人も兼ねた店主、店主の下で修業中の板前の青年、配膳と皿洗いの彼女、この三人だけの小さな店である。閉店して片づけを終えると、ほぼ夜の十一時になってしまう。和子は店を出ると赤迷路の北側にある銭湯に行って、それから宝生寺《ほうしょうじ》駅の南側に広がる貧民街の家まで帰る。板前の青年も近所に住んでいたので、日によっては一緒に退店して銭湯へ寄り、彼女の家まで送って貰うこともあった。

ところが、彼の修業が進むにつれ、閉店後も店に居残ることが増えた。料理人の店主から色々と教わるためである。お陰で和子は独りで帰る夜が多くなった。それが彼女には寂しいうえに、とても恐ろしかった。

赤迷路内も、そこから銭湯までも、銭湯から貧民街へ帰る途中も、物騒な場所は多々あった。しかし彼女は慣れているうえ、その時間帯なら人通りもまだある。暗がりを避けて歩き、なるべく女性と同伴になるように気をつければ、まず大丈夫そうだった。

ただ、そんな帰路の中で、どうしても苦手な場所が存在した。もっとも問題の場所は決して特定できなかった。なぜなら突然、その場は現れるから……。

大抵の夜、和子は天一食堂を出ると、赤迷路の路地を北へと向かう。周りを歩いているのは、ほとんど酔っ払った男ばかりだが、偶に和子と同じような女性も見掛ける。つまり一日の働きを終えて、今から銭湯へ行く者である。そんなときは、ほぼ同行の恰好を取る。互いに話し掛けることはなくても、なんとなく一緒に歩く。

しかし、そういう僥倖《ぎょうこう》には恵まれずに、独りのときも多い。すると決まって酔客に声を掛けられる。もちろん相手にはしない。また酷く絡まれる場合も少ない。とはいえ疲れているときは、これが辛い。頼むから放っておいて……という気分になる。

ところが、それほど嫌な酔漢でさえ、ぜひ側にいて欲しいと願ってしまう場所が、不意に現れることがある。

それは赤迷路内の路地なのだが、いつも同じ場でではない。和子が歩いていて、ふと人通りが完全に途切れた瞬間で、かつ周囲の店舗もすべて閉店しており、その小路には彼女だけしか偶々《たまたま》いない……という状況が、本当に極稀《ごくまれ》にだが出現する。

まるで赤迷路の東の端にあると聞くゴーストタウンみたい……。

そう和子は感じるのだが、表を閉ざした店は飽くまでも営業を終えているだけで、別に廃屋ではない。それに赤迷路内にいる客たち全員が、さっさと引き上げたわけでもない。その証拠に近くの路地からと思しき騒《ざわ》めきが、耳を澄ませば聞こえている。酔っ払いの声や足音が、引っ切りなしに響いている。

でも和子のいる路地には、誰もいない。その行く手からも背後からも、ここに入ってくる者は一人もいない。ふと立ち止まってしまった彼女だけが、そこにいる。そういう異様な空間に、はっと気づくと足を踏み入れていることがあった。

無論すぐに歩き出して、さっさと人通りのある路地へ向かう。角を一つ曲がりさえすれば、簡単に賑やかな小路へ出られる。

しかし、その夜の和子は違った。咄嗟《とっさ》に足を止めたのは同じだったが、なぜか後ろが気になって、反射的に振り返っていた。

すると彼女がついさっき折れたばかりの角から、こっちを覗いている赤っぽい人影が見えた。顔が赤いのか、着ているものが赤いのか、よく分からない。ぱっと目に入ったのが、赤っぽい人のようなもの……というだけで、すぐさま前に向き直って逃げ出したからだ。

……赫衣。

その噂は聞いていた。赤迷路にいるらしい得体の知れぬ何かである。ただし飽くまでも昔話のようなもので、それを見たという人はいない。敗戦後に赤迷路が出来上がった事実を考えると、昔話というのも変なのだが、そういう認識がここで働く者たちの間にはあった。その程度の噂に過ぎなかったとも言える。

見間違い……。

だから和子も次の路地に出て、そこで酔漢たちと一緒になった途端そう考えた。食堂の仕事は立ちっ放しのうえに皿洗いまであって、今日も相当に疲れ果てている。その疲労感が、ああいう幻を見せたに違いない。

もう別の小路に入っていたのに、彼女が再び振り向いたのは、その事実を無意識に確かめたかったからかもしれない。

えっ……。

たった今、和子が曲がってきた角から、赤っぽい人影が彼女を覗いていた。そっと盗み見るような様子にも拘《かか》わらず、ひたすら彼女を凝視している。

……跟《つ》いてきた。

周りの男たちに助けを求めようとしたが、誰もが通り過ぎていく。こんなときに限って彼女に声を掛ける者が一人もいない。ならば彼女の方が呼び止めようとしたのだが、少しも相手にされない。とにかく帰路を急ぐ者、彼女を新手の客引きと勘違いする者、酔い過ぎていて話が全く通じない者など、全く役に立たない男ばかりである。

人混みと言っても間違ってはいない状態の中にいるのに、和子は圧倒的に孤独だった。これでは人っ子ひとりいない路地の直中に佇んでいるのと、何ら変わらないではないか。むしろ周囲に男たちが大勢いるのに、誰にも救いを望めない状況には、もう絶望しか感じられない。

和子は諦めると、すぐさま足を速めた。

でも新しい路地に入る度に、どうしても後ろを見てしまう。

すると赤っぽい人影が、必ず角から覗いている。それが続く。ずっと続く。赤迷路から出るまで続いた。

銭湯では石鹼で、いつもより念入りに身体を洗った。あれに覗かれ続けたことで、なんだか身体が汚れてしまった気がしたからだ。石鹼は天一食堂の常連である客から、こっそり買ったものだが、幸いにも本物だったので助かっている。

闇市で売られている「インチキ石鹼」は二、三日もすると縮むだけでなく、肌がぴりぴりするなど粗悪な代物が多かった。これはドラム缶に苛性《かせい》ソーダを入れ、それを四角い木の枠に流し込んで、固まったところを叩きだし、手術用の手袋を嵌《は》め、ピアノ線を使って同じ寸法に切って作られた。つまり石鹼ではなく洗剤だった。

そもそも石鹼は統制品のため、完全に違法である。だから売る側も飽くまで「洗剤です」と一応は断った。とはいえ、それを石鹼に見せ掛ける――明らかに誤認させる――工夫をしていたことは間違いない。

この夜の体験を和子は天一食堂の店主に話して、板前の青年の居残りに自分も付き合う許可を貰った。彼と一緒に帰ると、あの赫衣は現れなかった。しかし彼女が独りになると、まるで待っていたかのように角から覗き、ずっと跟いてくる。幾ら帰りが遅くなっても構わないので、彼女は青年を必ず待つようになったという。

以上が和子の話だった。

すっかり落ち込んだ様子の彼女を頻りに慰めながら、吉之助は店の外まで親切にも見送ってから戻ってくると、

「あの子の体験が、今のとこ赤迷路では一番古い話ですわ」

つまり最も古い事例と最も新しい事例を、波矢多は聞いたことになる。

「あとは似たようなものですか」

「そうやなぁ。赫衣に覗かれた、尾けられた……いうんが、ほとんどやろか」

「小父さん、その中には襲われた――も、確かあったんじゃないですか」

新市の指摘に、波矢多は驚いて、

「その体験が一番、問題ではありませんか」

「いやぁ――」

するると吉之助が苦笑いしながら、

「そう言うとる女の子は、ちと嘘吐きの気があってな。大方どこぞの男の気ぃでも引こうとしたんやろ、いうことになっとります」

「こういう噂が広まったとき、必ず出てくる御仁ですね」

「人騒がせな」

あっさりやり過ごした波矢多とは違い、新市は腹を立てている。

「けど、ほんまに怯《おび》えとる子ぉもおるから、こりゃ始末に負えんわけや」

「……仰《おつしや》る通りです」

波矢多が相槌を打つと、新市が諦めの表情で、

「とはいえ今の和子の話にしても、合理的に説明するのは無理だろ」

「そうでもないよ」

しかし波矢多が否定的に応えると、途端に彼の顔が輝いた。

「例えば？」

「和子さんに懸想する男がいて、その帰りを尾けた。だから板前の青年がいるときには、姿を現さなかった」

「赫衣のように見えたのは？」

「角の向こう側にある店の提灯《ちょうちん》が、その男に当たっていたから――」

「うむ。一応の筋は通るか」

「もっと筋の通る推理もある」

「何だ？」

「全ては和子さんの嘘だった……」

これには新市だけでなく吉之助も反応した。

「何ぃぃ」

「どういうことです？」

波矢多は飽くまでも想像に過ぎないと断ってから、

「もしかすると和子さんは、板前の青年が好きなのではないでしょうか。だから一緒に帰れることを、彼女は楽しみにしていた。でも彼には修業がある。かといって店主の手前、彼の居残りを待つこともできない。そこで彼女は、前からある赫衣の噂を利用した――」

「なるほど」

「和子さんは自らの体験を、どう見ても話したくないようでした。そして語り終わったあとも、なぜか落ち込んでいる風だった」

「罪悪感があったから……か」

「そう考えると、しっくりこないか」

新市は一頻《ひとしき》り頷いたあと、

「そうなると嘘吐き娘は論外として、他の女性たちの体験はどうなる？」

「私市さんにお訊きしますが、和子さんと板前さんの仲が、その後どうにかなったという話はありませんか」

波矢多の問い掛けに、吉之助は思い当たることがあるのか、

「結婚するんやないか――いう噂を、前に聞いたような気もしますが、どうでしたか。ちと確かめてみましょうか」

「いいえ、それで充分です」

「おいおい、他の娘っ子も何処かの男の気を引くために、結局は嘘を吐いたってことなのか」

呆れる新市に、波矢多は素の表情で、

「それは和子さんの『体験談』の影響の、きっと『正』の部分だろうな」

「なら『負』の部分は？」

「自分も赫衣を見た……という思い込みだよ」

「集団幻覚か」

「その両方が混じったからこそ、ここまで噂が広まったとも見做《みな》せる」

「アケヨは、どうなる？」

途端に波矢多は困った顔になって、

「……分からん」

「分からんと言えば、赫衣の噂の出所もそうか」

「赤迷路が出来上がる前から、既に宝生寺にはあった怪異らしい……という話ですよね」

波矢多が確認すると、吉之助がこっくりと首を縦に振ったが、

「その辺りのことを教えて頂ける方に、お心当たりはないでしょうか」

彼が続けて尋ねたところ、途端に困り顔をした。

「……いるには、いるんやけどぉ」

「小父さんが家を建てた宝生寺駅の西側に、それこそ昔から住んでる人ですよね」

新市が確かめると、やはり吉之助は頷いたものの、

「ただなぁ、あっちの人らと赤迷路とは、あんまり付き合いがのうてなぁ」

「小父さんにとっては、ご近所さんなのに？」

「所詮こっちは新参者や」

宝生寺に於ける昔ながらの西の住人と、それ以外の新住人との間には、どうやら確執があるらしい。赤迷路という闇市が出来たことと、ひょっとすると無関係ではないのかもしれない。

そんな風に波矢多が考えていると、

「誰ぞ話の聞ける人がおらんかどうか、ちょっと当たってみますんで、すんませんが暫くお時間を貰えませんか」

吉之助が申し訳なさそうな顔をしたので、

「とんでもないです。よろしくお願いします」

波矢多は慌てて頭を下げた。

「赫衣の由来については、その話のできる誰かが見つかってからだな」

すると新市が残念そうに言ったので、

「実は君から赫衣の話を聞いたとき、ふと連想したことがある」

咄嗟《とっさ》に思い出した波矢多は、そう応えた。

「何だ？」

「赫衣の、色だよ」

「赤色のことか。人によっては朱色だとも言われてるけど……」

「かつての宝生寺が信仰していたのは、その寺院名から考えて、宝生如来ではありませんか」

波矢多の質問に、吉之助が自信なさげに、

「そのように聞いた覚えが……」

「インド仏教には、五大要素という考え方があります。地・水・火・風・空で、これに黄・白・赤・黒・青の色が呼応します」

「そこまで話が飛ぶのか」

新市は茶々を入れながらも、

「前にお前から聞いた平安京の風水にも、そんな色分けがあったな」

「東の青竜が青、西の白虎《びゃっこ》が白、南の朱雀《すざく》が赤、北の玄武が黒で、天上の北極星が黄だ。同じことが仏様にも言える。これには諸説あるのだが、阿閦如来《あしゅくにょらい》は青、阿弥陀《あみだ》如来は白、宝生如来は赤、不空成《ふくうじょう》就《じゅ》如来は黒、大日《だいにち》如来は黄になるという、如来と五色の対応を説明する考えがある」

「その説だと、宝生如来は赤か」

「宝生如来を信仰していた宝生寺の名がついた、ここの宝生寺の土地の所有者は、そもそも何処の誰だった？」

「……朱合寺《しゅあいじ》ですよね」

新市の確認に、吉之助が頷く。

「つまり宝生寺には赤色が、朱合寺には朱色が、それぞれ隠されているとも言える」

「それが赫衣の由来……」

「赫衣と命名した人物は、この二つの寺を無意識に思い浮かべたのかもしれない」

「うーむ」

いきなり吉之助は大きく唸《うな》ると、

「やっぱり先生に、この件をお願いして正解でした」

「いえ、でも、これ以上は――」

「お前なら、もっと突っ込んだ推理が、絶対にできるから安心しろ」

焦る波矢多に、新市が無責任な保証を与えた。

もう自分の役目は終わったのではないか――と切り出す波矢多を、とにかく赤迷路に滞在して少し調べて欲しい――と吉之助と新市が頼み込むやり取りが暫く続いた。

「しかし本当に、これ以上は望み薄のような……」

「まぁ、そう言うな」

「先生のようなお方が調べておられる、いうだけで赤迷路の者たちも、随分と安心いたしますからな」

「そうそう、そういう恰好を見せるだけでも、充分に役立つわけだ」

「君も適当なことを――」

ほとほと波矢多は困ったが、そんな会話を二人と続けている中で、

「ただ……」

ぽつりとした呟きが彼の口から漏れた。

「何だ？　もっと礼を弾めって話か」

新市が冗談口調で返すと、波矢多は苦笑いを浮かべて、

「違うよ、赫衣の名称について、少し気になることがあって……」

「さっきの解釈じゃ駄目か」

「いや、半分は問題ない。宝生如来の赤や朱合寺の朱から『赤』という色が出てきたのは分かるんだ。でも、どうして『衣』なのか」

「赤マントの場合は、文字通りマントを翻していたからだろ。だったら赫衣は、赤っぽい衣のようなものを――」

「全身に纏っていたという表現を、アケヨさんも和子さんも特にしていない。飽くまでも印象として、赤い人だった……と感じただけだ」

「そうだったな」

新市は思い出すような仕草をしたあと、

「小父さん、赤い衣を着込んだような……って言ってる噂を、これまでに聞いたことは？」

「……いいや、ないな」

吉之助も記憶を呼び覚ますように、

「そもそも赫衣が、どんな風に見えたかなんて、ほとんどの話では出てこんかった思う」

「恐らく『赫衣』という名称が、既にあるからでしょう」

波矢多が応えると、新市が納得できると言わんばかりに、

「名前がなければ、逆に体験者は一生懸命に説明しようとする。自分が目にしたものを、できるだけ的確に描写しようとする。そういうものだろ」

「なまじ名前があるだけに、誰もが『赫衣』の一言で済ませてしまう」

「うん。で、どうして『衣』なんだ？」

「それが分からないからこそ、引っ掛かってるんだよ」

せっかちな新市に、そう波矢多は返しつつ、

「普通に考えると、という言い方も変だけど、素直に『赤服』とか『赤い人』とか命名されても良いのに、なぜ『赫衣』なのか」

「よし」

するど新市が嬉しそうな顔で、

「その謎を解明するためにも、やっぱりお前は赤迷路に暫く留まって、赫衣について調べるべきだ。これで決まり」

「一つ先生、よろしくお頼み申します」

こうして吉之助と新市の希望通り、波矢多は赤迷路に滞在することになった。

第九章　歓迎会

物理《もとろい》波矢多《はやた》が赤迷路に赴《おもむ》いた日の夜、私市《きさいち》遊技場の裏の住居部分では、細《ささ》やかな彼の歓迎会が開かれた。出席者は、熊井《くまがい》新市《しんいち》、私市吉之助《きちのすけ》、その娘の祥子《しょうこ》、彼女の夫の心二《しんじ》、パチンコ店の玉売り・景品交換所で働く中国人の楊作民《ヤンツオミン》、パチンコ台を担当する少年の柳田清一《やなぎだせいいち》、駅前の交番に勤務する巡査の伊崎《いざき》、そしてアケヨの九人である。かなり手狭だったため、料理の多くは応接間や従業員休憩場所に置かれた。

「それでは物理波矢多先生を歓迎して、まず乾杯したい思います」

ビールの注がれたコップを持って、吉之助が立ち上がった。妊婦の祥子と子供の清一はジュースだが、どちらも一般家庭ではまだ貴重な代物である。妊婦と言えばアケヨも同じだったが、本人が「初期だから」という理由をつけており、端《はな》から飲む気が満々である。

先生という呼び方には大いに抗議したいものの、乾杯に水を差すのは良くないと考えて波矢多は黙っていた。

「また本日は伊崎巡査が非番いうことで、特別にご参加を賜《たまわ》りました」

丁寧に頭《こうべ》を垂れる吉之助に倣《なら》って、波矢多も頭を下げた。

「お、お招きを頂き、こちらこそ、あ、ありがとうございます」

夜の女たちの描写による「下駄のような顔」の厳《いか》つさとは裏腹に、伊崎はかなり緊張しているらしい。声が裏返っている。

「では皆様、物理波矢多先生の赤迷路でのご活躍を祈って、かんぱぁーい！」

全員が唱和して、ビールとジュースに口をつけるのを待ってから、

「ほんなら、あとは無礼講いうことで――」

吉之助が宣言して、賑やかな飲み食いが始まった。

赤迷路での活躍という文言が、波矢多としては大いに気になったものの、彼自身も赫衣《あかごろも》に興味を覚えているのは間違いなかった。ここで民俗学的な活動ができれば、と虫の良い考えも持っていた。

あっ、それよりも――。

とにかく「先生」は止めて貰《もら》わなければと思ったのだが、もう既に遅かったかもしれない。新市以外の者は全員が、当たり前のように波矢多を「先生」と呼んだからだ。

酒が入った所為《せい》もあるが、新市、吉之助、伊崎、アケヨの四人が陽気な性格だったため、忽《たちま》ち座は盛り上がった。

意外だったのは伊崎の乗りが、かなり良かったことである。第一印象では堅物と思われたのだが、酒が回るに連れ舌も回り出した。

「上野で盗まれた自転車が、なんと二時間後には青いエナメルで塗り直されて、新橋の闇市で売っておった、という報告がありまして――」

などと警察官の仕事に絡んだ面白い話を次々と披露するものだから、新市とアケヨの受けも上々である。

波矢多は放っておいても喋る四人を除き、あとの祥子と心二、楊と清一と話そうとした。だが祥子はともかく、残りの三人はなかなか難しかった。ただし心二は大人しい性格から、楊は日本語の不自

由さから、清一は子供らしく波矢多とまだ打ち解けていないから、という理由がそれぞれにある。

祥子とアケヨの二人は気を利かせて、何度も応接間と従業員休憩場所へ料理を取りに行った。そんな祥子を最初のうちは吉之助も心配したが、酒が回り始めると注意もしなくなり、それはアケヨも同様だった。

心二は大いに妻を労《いたわ》る気持ちを持ちながらも、義父の話を遮《さえぎ》ってまで座を立てないのか、黙って見ているだけである。楊は酒に弱いらしく、早くも半ば眠っている。清一はできるだけ祥子を手伝おうとするのだが、逆に彼女が許さなかった。

「こっちは大丈夫だから、あっちでちゃんとお食べ」

そう言って清一を応接間と従業員休憩場所から追い払った。

というわけで波矢多が、祥子の手助けを度々した。彼は歓迎会の主役のはずなのだが、今や新市、吉之助、伊崎、アケヨの四人が大いに燥《はしや》いでおり、その場にいなくても何の問題もない。そんな有様だった。

「すみません。父も新市さんも、先生をそっち除《の》けで騒いでしまって……」

頭を下げる彼女に、波矢多は笑顔で、

「いいえ、お気遣いなく。あっちにずっといると、むしろ疲れますので。こっちで適当に休めるのが、本当に有り難いです」

「あんなに嬉しそうにお酒を飲む父を見るのは、久し振りかもしれません」

「普段は、そうでもない？」

「惰性で飲んでいるように思えます」

この表現には波矢多も苦笑した。

「酒飲みの多くは、取り敢えず……という気持ちで飲酒している気もします」

「箍《たが》が外れるほど飲まなければ、別に構わないんですけど……」

祥子の口調に感じるものがあったので、彼は遠慮がちに尋ねた。

「お酒で失敗でも？」

「ちょっと酒乱の気がありまして……」

と口にしたあとで彼女は慌てて、

「いえ、相当量のお酒を飲まなければ、そうはならないんです。過去に賭博関係で一度、それで大失敗をして痛い目にあったらしくて……。実は赤迷路が出来上がる過程でも、第三国人の方たちと揉めたとき、そうなり掛けたことがあって……」

「でも私市さんは、己を抑えた？」

「……私が止めました。彼らにも生活があるって。そして最後は、もう飲んでくれるなって泣いて頼んだんです」

「昭和十七年に中国の館陶《かんとう》県に於《お》いて、駐留中の日本軍内部で前代未聞の事件が起きました。六人の兵士たちが、上官に対する暴行、銃剣による威嚇《いかく》行為、小銃の発砲、果ては手榴弾の投擲《とうてき》まで行なったのです」

「まさか、それって……」

「はい。一番の原因は、過度の飲酒でした。動機と思われる兵士たちの鬱憤《うっぷん》も確かにありましたが、引き金となったのは酒です。恐らく普通に我々が使う『酔っ払い』という言葉を、遥かに超える泥酔状態だったのではないかと思われます」

「……怖いですね」

「私市さんの場合、的屋《テキヤ》の仕事に第三国人が絡むわけですから、親分さんも引くに引けなかったのでしょう。それをよく止められましたね」

「新市さんから、何かお聞きですか」

　頷く波矢多を見て、祥子は困ったような表情で、

「日本人の多くが心の奥底では米兵を憎みながらも、個人と接するときは違うように、父の第三国人の方々に対する態度も、それと同じなんです」

「新市からも、そう聞いています」

　ほっとした顔を彼女は見せつつも、急に思い出したように、

「それでも心二と一緒になるときには、結構な騒動がありました」

「なんでも一波乱あった……とか」

「嫌だ、新市さんですか」

　そう口では言ったが、祥子は少しも嫌がっていない様子で、

「このパチンコ店に心二が、仕事を求めて訪ねてきたとき、ちょっと日本語がたどたどしくて、父も最初は大陸の人と思ったようです。だからといって不採用の理由にはなりません。むしろ頼りなさそうなところが、うちの商売には向いていないと、そう父は判断したのですが……」

「日本人ではないことが、逆に採用の理由になったわけですね」

「はい。仕事がなくて困っている彼を、父は放っておけなかったようです」

　その後の展開を予想しつつも波矢多が黙っていると、

「やがて私と心二は、互いに意識するようになって、やがて惹かれ合って……。それで彼が『娘さんを下さい』と父に頼んだのですが……」

「私市さんは悩まれた」

「心二に対する差別など全くなくて、父も大いに彼を気に入っていました。でも娘の婿《むこ》になると考えると、やっぱり動揺したみたいで……」

「なかなか難しい問題です」

「可笑しかったのは、父が悩んでいる理由を、ちっとも心二が知らなかったことです」

「どうなりました？」

純粋なる好奇心で波矢多は尋ねた。

「父は私たちを呼ぶと、好き合ってる二人に人種なんか関係ない――みたいなことを言って、私市家の婿養子になることを条件に、結婚を許してくれたんですけど、当の心二はぽかんとした顔で、全く何も分かっていません。それで私は決心して、父に一応は断ったうえで、その悩みを打ち明けたんですが……」

「そのときの心二さんの反応は？」

「とても弱々しく笑ってました。私はびっくりして、その訳を訊いたのですが、もう驚くやら腹が立つやらで……」

「ひょっとすると彼は、日本人だった」

「そうなんです。たどたどしい日本語は、子供の頃に朝鮮人のご夫婦に引き取られて、そのお二人に育てられた所為だったんです」

かつて新市と訪れた新宿の闇市で、看板に「ホルモン　李《リ》」と記された店へ入っていく心二の姿を見たことを、波矢多が思い出しつつ話すと、

「心二がご夫婦の元を離れるのと同時に、お二人が始められたお店が、そのホルモン屋さんだと聞い

ています」

「立ち入ったことをお聞きしますが、心二さんが李さんご夫婦に引き取られたのは、どんな事情からですか」

この質問に祥子の表情が曇った。

「実は私も、よくは知らないんです。心二の家はかなり裕福で、そこの使用人が李ご夫婦だったこと。彼の父親が賭け事にのめり込んだ結果、一家離散の憂《う》き目に遭ったこと。その直前に李ご夫婦が、息子の恒寧《ハンニョン》さんを病で亡くされたこと。そして李ご夫婦が、長年に亘《わた》る一家のご温情に対する恩返しとして、また亡くなった自分たちの息子を偲《しの》ぶ縁《よすが》として、彼を育てる決心をしたこと。それくらいです」

「心二さんとしても、思い出したくない辛い過去でしょう」

「……はい。ただ、それ以外にも訳がありそうなんです」

「と言いますと？」

「一家離散の原因は、元を辿《たど》れば父親の賭け事なんですが、それを切っ掛けにした事件が、どうもあったらしくて……」

「どんな事件です？」

「……そこは未だに、彼も話してくれません」

「大凡《おおよそ》の年代が分かれば、あとは当時の新聞記事などで、幾らでも調べる手立てはあると思います。貴市《きし》という名字の手掛かりもありますから――」

「いえ、心二が話したくないのなら、私も知りたくはありません。それは父も同じです」

「私市さんも驚かれたでしょう」

「はい。でも、そこから父は、ちゃんと心二に詫《わ》びました。また心二の方も、要らぬ誤解を与えたことを謝りました」

「それから心二さんは、私市家の婿養子になられたわけですね」

「ええ、もう喜んで」

ほっこりとした笑顔を祥子は見せたあと、それを苦笑いに変えつつ、

「心二にしてみれば、ずっと大陸の人と思われていたなんて、全く想像もしていなかったみたいです。あとは父と二人で笑ってました。もっとも父が大笑いしていたのに対して、彼の笑顔は強張《こわば》っていたような……。普段から父を前にすると、ちょっと心二は緊張してしまうところがあって……。そんな風に誤解されていたと知って、きっとショックだったのかもしれません」

祥子は思い出したという風に、

「そのあと父は、李さんご夫婦とも会って、向こうのご主人と意気投合したようです。日本の敗戦後、第三国人は占領軍から特別扱いを受けて、何かと不自由な日本人とは違うことに浮かれているが、そんな待遇はそのうち綺麗になくなって、再び立場が逆転するに決まってるから、この国で我々が生きてくためには、地道に働くのが一番だ――と、向こうのご主人が仰《おつしや》ったみたいです。それに父も大いに同意したと聞きました」

「何はともあれ良かったですね」

波矢多が大きなお腹に視線を落とすと、祥子は顔を赤らめつつ軽く一礼してから、

「赤迷路で食堂をやってる『浜松屋《はままつや》』の娘の里子《さとこ》さんも、ちょうど今お目出度《めでた》で、子供同士が同級生になるわねって、いつも喜んでいます」

「同じ妊婦さんが近くにいると、何かと心強いでしょう」

「はい。ただ里子さんって、かなり臆病なところがあって、自分の妊娠も不安がってて、それで私が

しっかりしなければ――って、つい思ってしまうんです。けど、そのお陰で私の方は、ほとんど心配する暇がなくなって、結果的に助かっているのかもしれません」

そう言って微笑《ほほえ》んだが、不意に少し憂《うれ》いを含んだ顔になって、

「でも私が出産すると、この店のことまで手が回らなくなるのと、清一の世話が疎《おろそ》かになりそうなのが、今は心配なんです」

「新市に聞きましたが、あなたに懐いているそうですね」

「彼が戦争孤児であることも？」

「はい。こうして私市さんの店で働けて、住む所まで提供されているのは、戦争孤児という現実を考えると、かなり恵まれていると思います。彼が受けたであろう惨《むご》い仕打ちを想像すると、こんなこと清一君には、とても言えませんが……」

「本当に酷い目に、あの子は遭ってるんです」

祥子が本人から聞いた話を纏《まと》めると、次のようになる。

柳田清一は九歳のとき、昭和二十年八月十四日の大阪大空襲で、祖母と母親と幼い弟妹の家族を亡くした。大阪では同年の三月十三日から七月二十四日まで既に七回も空襲が行なわれ、この日が最後だった。しかも翌日の十五日には玉音放送があり、日本は戦争に負ける。あと一日だけ生き延びることができていれば、祖母も母親も幼い弟妹も助かった。そう考えると彼の小さな胸は、いつも物凄く痛んだ。

大工だった父親は戦争の初期に戦死していたため、清一は焼け野原で独りになった。近所の親しかった小父さんや小母さん、また幼馴染みたちも死んでしまったのか、元は柳田家が建っていた土地に彼が戻って待ち続けても、誰一人として帰ってこない。

ここにいたら、死んでしまう。

食べ物が何もない状態で、いつまでも全焼した家の跡地に留まることはできない。それに全員が死んでいたら、そもそも待つ行為自体が無駄である。

でも、そのうちお国の人が……。

もしかすると自分を捜しに来て保護してくれるのではないか、と清一は頭の片隅で思っていた。なぜなら彼は「靖国の遺児」だったからだ。

戦争で父親を亡くした子供たちは、戦時中「誉《ほま》れの子」と呼ばれた。彼らは毎年その代表が全国から集められ、靖国神社の式典に出席した。それは「社頭の対面」という行事で、子供たちは「名誉の戦死を遂げた父親に会える」と教えられた。皇后による「御紋菓」の下賜ののち、式典では内閣総理大臣の訓示などが行なわれ、七歳で参加した清一は完全に理解できないながらも、かなり得意な気持ちになった覚えがある。

もっとも社頭の対面が実施されたのは、昭和十四年から十九年（一九三九〜四四）までの六年間だけだった。靖国の遺児は増え続ける一方なのに、戦局は悪化の一途を辿ったのだから、当然と言える。

しかし、いつまで経ってもお国の人の迎えが来る気配などない。

誉れの子と讃《たた》えてくれた大人たちも、今では誰も見向きもしない。

仕方なく清一は京都まで歩くことにした。そこには父方の親戚が住んでおり、これまでに何度も泊まり掛けで遊びに行っている。向こうでは伯父さん夫婦にも、年上と年下の二人の従姉妹にも、いつも「清ちゃん」と呼ばれて可愛がられた。だから彼は迷うことなく、その家を目指して歩き出した。

ところが、清一を出迎えた向こうの家族の態度が、それまでとは一変していた。京都は一度の空襲にも遭っていないため、もちろん伯父たちの家も無事である。家族を失ったうえに焼け出された彼から見れば、どれほど恵まれていることか。

だが、ふらふらになりながら辿り着いた清一が、伯母から掛けられた言葉は酷かった。

「あんたは、何しに来たんや」

彼女の背後から二人の従姉妹が顔を出していたが、まるで物乞いを見るような眼差しで彼を眺めている。

「お前を養うような余裕は、うちにはあらへん」

その後に帰宅した伯父からも、はっきりと言われた。

要は清一の姿を一瞥《いちべつ》しただけで、彼の身に何が起きたのか、伯父たち一家は瞬時に理解したのだろう。だからといって慰撫《いぶ》するわけではなく、厄介者と見做《みな》したのである。

とはいえ清一も、他に行く所などない。ここに何が何でも居座るしかなかった。

彼の辛い日々が始まった。学校には行かせて貰えず、朝から晩まで常に家の用事を言いつけられる。少しでも上手くできないと叩かれ、その度に食事を抜かれた。二人の従姉妹には大っぴらに苛《いじ》められ、それに近所の子供たちも同調した。

「戦災乞食」

いつしか清一は、そう呼ばれるようになる。

家で何か失せ物が出ると、当然のように盗みの疑いを掛けられた。そのうち近所の不審な出来事は、全て彼の所為になった。

空腹も苛めも冤罪も堪《たま》らなく遣《や》る瀬《せ》なかったのは事実だが、清一が最も堪《こた》えたのは伯父夫婦の心ない一言だった。

「なんでお前は、生まれてきたんやろうねぇ」

事ある毎《ごと》に言われた。彼の存在自体を、家族との全ての記憶を、これまでの人生を、完全に否定するかのように。

ここにいたら駄目になる。

なぜそう感じたのか、当時の彼には理解できなかった。でも、このままでは確実に自分の中の何かが腐ってしまう。そんな風に強く思えた。

清一は伯父の家を出る決心をした。伯母が簞笥《たんす》の中に隠している現金の中から、今までの労働に見合っていると判断した分だけを取る。これが盗みではないと証明するために、その理由をいちいちメモとして残すこともした。

一大決心をして家を出たものの、かといって行く当てなどない。大阪に戻っても意味がないことは分かる。では何処《どこ》に行くべきか。

東京。

大阪よりも大きな街と言えば、清一の知識では東京になる。日本の主要都市が空襲の大きな被害に遭っているに違いないと、大人なら想像できたかもしれない。だが九歳には無理だった。いや当時の大人たちでさえ、明確な目的もなく廃墟と化した故郷を離れて上京した者が多くいたのだから、誰も彼を責められない。

現金はあったが電車の切符など手に入らないので、清一は無賃乗車を重ねて東京を目指した。子供だからこそ可能だったのだろう。とはいえ三日も掛かったのは、見つかって逃げるために途中下車をしたからだ。名古屋で降りたときは一瞬そこで暮らすことも考えたが、当初の計画を変えることはしなかった。計画と言っても、ただ上京するだけしか頭にはない。それでも「東京に行けば何とかなる」と思ったのは、彼だけでなく大人も一緒である。

苦労して上野駅に着き、駅前へ出たところで、清一は魂消《たまげ》た。名古屋の駅前で目にして驚いた以上の闇市が、そこには広がっていた。現金さえあれば何でも食べられる。それが分かり彼は興奮した。ただし値段は異様に高く、あっという間に所持金がなくなると思った。そこで一日に芋を一本だけ買うことにした。それを朝と晩の二回に分けて大切に食べた。

夜になると寝る場所に困ったが、駅の地下道に入ってみたところ、当たり前のように横になっている人が多くいた。びっくりしたのは寝ている大人に交じって、かなりの子供もいたことだった。彼らを一瞥しただけで、瞬時に清一は悟った。

……僕と一緒で家族全員を亡くしたんや。

そういう子供たちは「戦争孤児」と呼ばれた。つまり戦争の犠牲者であると、大人たちも分かっていたわけだ。しかし彼らが同情されることはなかった。

彼らが駅の待合室に入ろうとすると、必ず「出て行け」と怒鳴られた。足で蹴り出された子もいた。恰《あたか》も野良犬に対するような態度を取られた。いや、相手が犬なら反撃を恐れて、そこまでの暴挙に出なかったかもしれない。空腹を抱えて抵抗できない子供だからこそ、大人たちも強気に出られたのだろう。

大人の男たちが始めた戦争の最大の犠牲者が、戦争孤児だった。

清一は一日に一本の芋を買うとき、それを朝と夜に食べるとき、とにかく周囲に注意を払うことを覚えた。うかうかしていると盗られてしまうからだ。そんな乱暴を振るわない子供は、ひたすら凝《じ》っと彼を見詰めてくる。芋を食べる彼を、ただただ眺め続ける。

可哀想に……という気持ちはあったが、食べ物を分け与える余裕など全くない。己が生き延びるだけで精一杯だった。

どうしてお国の人たちは、この子らにお握りの一つも持って来ないのか。

そんな疑問が浮かんだものの、街には「浮浪児に食べ物をやらないで」という貼り紙が公然とある、という年上の少年の話を思い出して諦めた。浮浪児とは不潔なうえに不良であると、大人たちは見做していた。

……僕らはお国にも大人たちにも棄てられた。

疾《と》っくに理解していたはずの現実を、この地下道で嫌というほど彼は思い知らされる。

地下道は清一にとって「家」のような場所になったが、いつまで経っても慣れないものがあった。彼と同じ子供の目である。

清一に向けられる子供の視線に、強い飢えが感じられれば、まだ理解できた。しかし中には死んだような眼差しがあった。死人のような目で見られると、途端に芋の味もしなくなる。だから食べるときは周りを警戒しながらも、決して視線を合わせないように気をつけた。

地下道で寝るようになって清一が最も怖かったのが、毎日のようにやって来る特定の大人たちである。彼らは横になっている子供の、肩を揺すったり、背中を叩いたりする。相手が反応すれば、そのまま通り過ぎる。でも無反応だった場合は、抱え上げて何処かへ連れていく。

最初のうちは清一も、余りにも弱った子供を助けているのだと思った。だが、すぐに真相を察した。

……死んだ子を運び出しとる。

そうやって消えた子供たちの多くが、その直前に死んだような眼差しを見せていたことに、彼は気づいた。

……やがて僕も、ああなるんやないか。

死んだ人間なら嫌というほど目にしてきた。地下道の中でなくても、街を歩いていれば道の端に横たわった死体に出会《でくわ》す。単に寝ているだけの者もいただろうが、恐らく多くは事切れているに違いなかった。だから死体には慣れっこになっていたが、自分が死ぬことを想像するのは全く別だった。

怖い、怖い、怖い……。

空襲のとき以上の圧倒的な恐怖を清一は覚えた。もちろん空襲の恐ろしさは言語に絶するものがあったが、あれは彼がどう足掻《あが》いても絶対に対応できない、そんな諦めも同時に覚えた気がする。しかし今は、どうにか食べていけさえすれば、まだ生きていられる可能性があった。それ故に「死」そのものが物凄く身近に感じられた。これが圧倒的な恐怖の正体だった。

遂に所持金が底を突いた。もう何も買えない。何も食べられない。

こうなる少し前に、清一には友達が二人できた。同じ年頃の仲原《なかはら》と笠南《かさみなみ》である。活発でよく喋る仲原と大人しく無口な笠南は、以前から清一に目をつけていたらしい。かといって彼の金を盗むためではなくて、空巣の仲間にしようと考えていたという。

仲原から誘われた清一は、少しも迷うことなく承諾した。それから彼は最後の現金で一本の芋を買うと、三人で分けて食べた。

彼らが狙ったのは、ある程度の構えを持つ家だった。予《あらかじ》め清一が廃材で梯子擬《はしごもど》きを作る。それを用いて仲原が塀を乗り越え、内側から裏木戸を開け、笠南と一緒に侵入する。清一は表玄関と裏木戸の両方が見える角で、家人が帰って来ないか見張る。もし表玄関に近づく者がいれば、鋭く短い口笛を一回だけ吹いて知らせる。すると二人は裏木戸から逃げる。裏木戸に近づく者がいた場合は長い口笛を吹くので、二人は表玄関から逃げる手筈《てはず》だった。

空巣に入った家では、如何《いか》にも現金を隠していそうな箪笥などを笠南が担当し、その他の物色を仲原が行なった。この役割分担は非常に上手くいった。見張りの清一も適役だった。帰宅した家人に見つかるまえに、二人が逃げ出すことができたのは、彼のお陰である。

とはいえ空巣だけで三人が食べていくのは、かなり難しかった。まず現金がありそうで、かつ侵入し易い家を見つける。これが大変だった。次に同じ地域で空巣を繰り返すのは危険なため、どうしても遠出をする必要がある。そのうち「労多くして功少なし」が増え出した。

空巣ができないとき、仲原は闇市の店で掻《か》っ払《ぱら》いをした。これは大人しい笠南には荷が重かったので、いつも清一と二人でやった。もっとも盗む行為それ自体をやる度胸は、まだ清一にもなかった。そこで店から食べ物を掻っ払うのは、仲原の役目となった。彼が物を抱え持って走って逃げると、当然ながら店の者が追い掛けてくる。それを引き離したところで、彼は物を清一に渡す。それから追っ手にわざと姿を見せて、全く違う方向へ逃げる。その隙に清一は食べ物を持って移動する。彼のあとを笠南が追いながら、別の追っ手がいないかを確認する。あとは予め決めておいた場所で、三人で落ち合う。

その日も同じ段取りだった。闇市の真ん中には道路が通っており、仲原が狙う店は道の向こうにあったため、清一はこっちで待っていた。なるべく周囲の大人たちに紛れるようにして、道の向こうを注視していた。

「泥棒ぉぉっ！　待てぇぇぇ！」

するとき大きな叫び声が聞こえたあと、仲原が汚い風呂敷包みを両手で抱えるようにして、群衆の間から飛び出してきた。

その一瞬、清一と目があった彼は、にやっと笑った。それは成功したぞ、今日は食べ物にありつけるぞ、という会心の笑みだった。

どんっ――と鈍い衝突音が辺りに響き、次の瞬間、助手席に若い日本人女性を乗せた米兵のジープに、仲原は轢《ひ》かれていた。彼の身体から流れ出した血潮《ちしお》と、風呂敷に包まれていた何個もの潰れたトマトの汁が混じって、あっという間に道路が赤く染まった。

仲原を追い掛けてきた店の者は、ちらっと事故現場を見やっただけで、すぐに引き上げた。米兵は毛布を持って降りると、それで仲原の遺体を包んでジープの荷台に載せた。助手席の女は車が発車するまで、ずっと外方《そっぽ》を向いていた。

仲原が何処に運ばれて、その後どうなったのか——清一は知らない。ちゃんと埋葬されて、線香の一本でも手向けて貰えていれば……と願うことしかできなかった。

笠南は前にも増して無口に、大人しいではなく無気力になった。彼と二人では空巣も掻っ払いも、以前のようには上手くいかない。次第に彼らは飢え始めた。

ある日、笠南の姿が見えなくなった。今や唯一の友達である彼を、清一は捜し回った。踏切の近くまで来たとき、子供の飛び込みがあったことを知る。遠目で確認しただけだが、それは笠南のように思えた。

敗戦後は餓死や病死や凍死をする者が後を絶たなかった。その一方で自ら命を絶つ者も多かった。そこには子供も含まれていた。

再び清一は独りぼっちになった。

そんな孤独をまるで見越したかのように、子供だけで組織された盗みの集団に「入らないか」と誘われた。このままでは自分もいずれ飢え死にすると思い、彼は誘いに乗った。だが決して居心地は良くなかった。

ボスの佐竹《さたけ》は十三、四歳くらいと思われたが、既に「おっさん」のような雰囲気があり、常に不貞《ふて》不貞《ぶて》しい顔つきをしていた。飲酒にも喫煙にも賭博にも——噂によると女にまで——手を出す、絵に描いたような不良少年だった。世間が認める「浮浪児は不良」を正《まさ》に地で行っていた。そのため「子供による盗みの集団」というよりも「立派な犯罪者集団」が出来上がっており、強盗紛《まが》いの行為が平気で行なわれていた。よって被害を受けた者が怪我を負うことも別に珍しくなかった。

「俺らが惨めな思いをするのも、全ては大人の所為だろ。そんな大人から盗むんだから、堂々としてりゃいい」

これが佐竹の考えだったが、とにかく荒っぽいやり方が清一には合わない。苦痛で堪らなかった。そうなると彼の「成績」も落ちるので、当然のように食い扶持《ぶち》が減らされた。このまま自然に抜けたいと思うのだが、それを佐竹は「裏切り」と捉えて報復を行なう――という専《もっぱ》らの噂もあって、迂闊《うかつ》には逃げられない。

慣れ親しんだ上野を離れるしかないか。

清一が悲壮な決心をしようとしていたとき、行政による「狩り込み」が始まった。都の職員たちが子供を捕まえては、一匹、二匹……と数えながら、次々とトラックやオート三輪の荷台、またはリヤカーに載せていく。そこから「保護所」や「養育院」や「収容所」と呼ばれる施設まで、彼らを連れていくのである。

これは戦争孤児の保護に向けて、ようやく国が動いたためではなかった。ＧＨＱの公衆衛生福祉局は予々《かねがね》、路上生活をする浮浪児の多さを問題にしていた。痺《しび》れを切らせた同局の福祉課長であるネフから、日本政府は「一週間以内に何とかしろ」と迫られた。その結果が突然の狩り込みとなったに過ぎない。

よって施設での子供の扱いは劣悪を極めた。連れて来られた子は丸裸にされ、冬でも全身に水を浴びせられる。所によっては逃亡防止のために、裸のまま全員を檻に閉じ込めた。食事は支給されたが質量共に酷かった。故に脱走者が続出した。

施設から逃げてきた子供に、そこでの実態――路上生活の方が、まだ人間らしい暮らしができる――を聞いていた清一は、死に物狂いで逃げ回った。佐竹が率いる盗み集団の子供たちも、もちろん同様である。

しかし清一は、とうとう捕まってしまう。

トラックの荷台で揺られながら、早くも彼は脱走を考えていた。だが、どうにも様子が変だった。当初は見えていた街の風景がやがて消えて、代わりに田舎の眺めとなった。街中を通り過ぎたあと、どんどん郊外へ向けて走っているらしい。そのうち田圃《たんぼ》や畑さえ目に入らなくなる。もちろん人家など一軒も見当たらない。広大な林の中を抜けて、その先は山へと入っている気配がある。

……こんな場所に、孤児の収容所が？

清一だけでなく他の子供たちも、この異様な状況に不安を覚えていると、薄暗い森の中でトラックが止まり、そこで全員が荷台から降ろされた。大人たちは一言も喋らないまま、急いでトラックに乗って消えてしまった。

……棄てられた。

かつて国に見捨てられたように、今また国に見離されたことを清一は知った。

孤児の収容所は圧倒的に不足していた。それでもＧＨＱに言われれば従うしかない。路上から浮浪児を一掃するために、彼らは見知らぬ山中に棄てられたのである。

戦争孤児に対する理想は「保護」だが、現実は「遺棄」だった。ここにも戦争に負けた日本の建前と本音があった。

清一たちは互いに励まし合いながら、全員で山を下りた。最初に会った人に尋ねると、そこは茨城の土浦《つちうら》の近くらしい。それから皆で上野まで歩いて戻った。

この体験が切っ掛けとなり——また佐竹から離れるためにも——清一は「仕事」に就く決心をする。当ては一つあった。前に仲原から聞いた「宝生寺《ほうしょうじ》のパチンコ屋の親分は人情家だ」という噂である。とはいえ、たったそれだけだった。普通ならとても期待できない「当て」だろう。だが彼には他に頼れるものが何もなかった。それに宝生寺なら上野からも充分に離れている。そして何より教えてくれたのが仲原だという事実が、彼にとっては大事に思えた。

この余りにも細い繋《つな》がりが、僥倖《ぎょうこう》にも清一に仕事と住処《すみか》を与えたことを考えると、亡き友達が彼を導いたような気がする……と祥子は長い話を締《し》め括《くく》った。

「ここまでの詳しい体験を、父も夫も、それに新市さんも知りません」

「あなただけに、清一君も話したのですね」

こくんと彼女は頷いたあと、心配そうに続けた。

「そこまで信頼してくれてるのに、子供が生まれた所為で、彼の世話が疎かにならないかと、ふと考えるときがあるんです」

「私市さんも可愛がっておられるのが、すぐ分かったほどですから、きっと大丈夫ですよ」

そう波矢多が応えると、ぱっと祥子は笑顔になって、

「あの子がうちで働き出したとき、最初は大人を信用していないような、そんな雰囲気が何処かありました。真面目に働いて、誰にでも丁寧に接するのですが、絶対に心を許さない……とでも言いますか。でも父が銭湯に連れていって、彼の背中を流してからは、少しずつ変わり始めました。路上生活の影響で、とにかく疥癬《かいせん》が酷くて……。それを父が洗ってくれたことが、あの子は本当に嬉しかったみたいで……。そこから次第に打ち解けるようになったんです」

「……お嬢さん」

そこへ遠慮がちな声がして、かなり眠そうな表情の楊が顔を出した。

「あっ、ご免なさい。料理がない？」

「いいえ、まだ大丈夫。それに親分さんたち、もう飲むばかりで、余り食べない」

楊は笑ってから、

「実は明日、親分さんに、東宏彦《ひがしひろひこ》いう人を紹介する。私の中国人の友人の知り合い。お嬢さんの産休に合わせて、うちで雇う従業員のこと、前から頼まれてたから」

「それを父が忘れていないか、楊さんは心配なのね」

「普段なら大丈夫だけど、今夜はお酒、かなり飲んでる」

「うん、分かりました。あとで父に忘れないようにって、ちゃんと言っておきます」

「よろしくお願いします。お休みなさい」

住居部分を通り抜けて帰る楊を見送りがてら、祥子と波矢多は宴席に戻った。

この東宏彦の件も含めて、翌日には幾つもの出来事が起きた。それらは残念ながら全て悪しき問題ばかりだった。しかしながら最悪の事件が最後の最後に待っていることを、もちろん祥子も波矢多も知らなかった。

第十章　その日の始まり

昨夜の「物理波矢多《もとろいはやた》の歓迎会」という名の宴会が終わったのは、午前三時頃だった。楊作民《ヤンツオミン》が帰ったあと、暫《しばら》くして私市祥子《きさいちしょうこ》と心二《しんじ》も二人で帰宅した。その前に柳田清一《やなぎだせいいち》は住居部分の隅で寝てしまった。伊崎《いざき》は名残惜しそうだったが、翌日の勤務を考えて泣く泣く辞した。私市吉之助《きちのすけ》とアケヨが頻《しき》りに巡査を引き留めたが、波矢多が説得して帰した。

こうして残ったのが、機嫌良く酔った吉之助、熊井新市《くまがいしんいち》、アケヨと、そろそろお開きにしないといけない――と冷静に考えている波矢多だった。

ところが、パチンコ店が開くのは午前十時である。アケヨも午前中は布団の中だという。新市は波矢多に付き合い、隣の珈琲《コーヒー》店カリエに泊まると決めている。カリエの二階部分が波矢多の宿泊先になっていた。パチンコ店の住居部分に寝泊まりした場合、パチンコ台と軍艦マーチが煩《うるさ》いだろうという吉之助の配慮である。カリエの店主には吉之助から、それ相応の所場代が払われるという。

つまり残ったのは明日の朝の起床が遅れても一向に困らない、そんな三人だった。そのため波矢多は閉宴させるのに苦労した。自分の歓迎会ではなかったのか……と苦笑しつつも、どうにか午前三時頃にはお開きにさせることができた。

もっとも波矢多と新市が住居部分を出たとき、そのまま今夜は泊まると決めた吉之助とアケヨは残ったので、更に二人が飲み続けた可能性はある。とはいえ波矢多も、そこまで面倒は見られない。

「お前は相変わらず、ちと真面目過ぎるぞ」

カリエの二階というか屋根裏のような空間に上がるまで、新市には絡まれて閉口した。

「ここって、まさか前は客を取っていたとか」

しかし波矢多が疑わし気に狭い部屋を見回していると、

「実はそうなんだ」

にやっと新市は笑ってから、その話題に乗ってきた。

「女の子が逃げて、代わりの子も見つからなかったんで、そっちの商売は止めた――としか俺は聞いてねぇけど。恐らく米兵ジャックの所為《せい》じゃねぇかな」

「アケヨさんの話から、そう考えたわけか」

「あぁ。お陰でこうして、俺たちの塒《ねぐら》もできたんだから、まぁ良かったよ」

この台詞に波矢多は引っ掛かった。

「今夜ここに君が泊まるのは、飲んで電車がなくなったからだろ」

「何を言ってる。俺とお前で赫衣《あかごろも》の正体を暴いて、赤迷路に安寧を取り戻すためだ」

「いや、そんな話は聞いてないぞ」

波矢多が即座に否定すると、新市は少し考え込む仕草をしたあと、

「……そう言えばアケヨの話を聞いて、お前の推理に耳を傾けてるうちに、こりゃ面白そうだなと思い出して、それでお前を手伝おうと決めたんだった」

勝手なことを言い出したので呆れたものの、すぐに波矢多は考え直した。

新市がいた方が、こっちも助かるか。

まず彼は闇市について詳しい。赤迷路には不案内なところもあるが、アケヨのような知り合いもい

る。探偵活動に大いに役立ちそうである。

「名探偵の助手でいいからな」

そう呟いたのを最後に、新市は寝入ってしまった。

波矢多は彼に布団を掛けてやると、自分も寝床に入った。まさか戻ってきたばかりの東京で、またしても探偵紛いのことをするとは思いもしなかった。しかも仮に結果が出なくても、特に問題はなさそうな「仕事」である。

でも……。

赫衣という存在には、余りにも得体の知れなさが感じられる。ただの噂では済まなそうな、その話の中から何かが実際に這い出てきそうな……そんな危なさがある。

ともすれば恐ろしい想像に、ふっと波矢多は溺れ掛けたので、
まず明日は、赤迷路を知るために歩き回るか。

現実的な行動を思い描くことにした。この地の赤裸々な姿を目にすれば、赫衣に覚える怪奇性も薄れるに違いない。

翌朝、いつも通り波矢多は目覚めたが、新市は熟睡しており一向に起きる気配がない。仕方なく独りで近所の食堂に行き朝食を済ませる。それからパチンコ店の住居部分を訪ねると、意外にも私市吉之助は起床しており、既に心二も出勤していた。ただし二人の顔色はかなり冴えない。吉之助は二日酔いかもしれないが、どう考えても心二は違うだろう。ちなみに清一は、せっせと流し台で洗い物をしている。

朝の挨拶を済ませてから、何かあったのかと波矢多が遠慮がちに尋ねると、

「心二の育ての親の李《リ》さんの、お義父さんが亡くなりましてなぁ」

吉之助が沈痛な面持ちで答えた。

「……それは、ご愁傷様です」

まず波矢多は心二に悔やみを述べたあと、再び吉之助に向かって、

「前々からお身体が悪かったとか……」

「そういう気が、少しあったようです。ただ、どうも奥さんにも、病気の本当の進行具合を隠してたようで……。彼女が承知してた以上に、悪かったみたいで……」

「ということは心二さんも、ご存じなかったんですね」

もう頷く気力さえないのか、俯いたままの彼に代わって吉之助が、

「そのことが心二には、偉《えろ》うショックやったわけですが……。それに加えて、お義父さんの遺言によって、こいつに知らせるのは、通夜も葬儀も全てが済んでからでええ——と、そういうことになったいうんです」

「えっ……」

これには波矢多も、どう応えたものかと戸惑った。

世話になった義父の病状を知らなかったばかりか、その死に目にも会えず、更に訃報を聞いたときには、既に弔《とむら》いの一切が終わっていたのである。

こんな仕打ちを、なぜ心二さんはされたのか。

李夫婦と彼の間に何らかの確執があったとしか思えない。そこに他所《よそ》者の自分が首を突っ込むべきではないと分かりながらも、波矢多は大いに気になった。しかし、余りにも意気消沈している心二を前に、彼は何も訊けなかった。

するとそ吉之助が、思わぬことを言い出した。

「ええか、心二。お義父さんの気持ちを、お前は汲み取らんとあかん」

「…………」

「お義父さんが病気を隠したんは、お義母さんとお前に心配を掛けんようにや」

「……それは、まだ分かります」

蚊の鳴くような心二の声である。

「けど、私を通夜にも葬儀にも呼ばないなんて……」

「それもな、お義父さんの親心やと、儂《わし》は思う」

訳が分からないという顔つきの心二に、吉之助は諭《さと》すような口調で、

「李夫婦は、お前の育ての親や。そんな二人を、お前が実の親のように慕《した》ってるんは、儂もよう知っとる。せやけど夫婦にしてみたら、やっぱり元の主人の坊ちゃんいう意識が、きっとあったやろう。そんなお前が大人になって、祥子と結婚して、うちの婿《むこ》養子になった。ご夫婦は、そら偉う喜ばれた。あんときのお二人の嬉しそうな顔を、儂はよう覚えとる。そこからご夫婦にとっては、もうお前は私市家の人間になったわけや。自分たちの下《もと》から巣だって、立派な大人になっただけやのうて、貴市《きし》心二やったんが李心二となり、それが私市心二にまで成長した。そんな思いを、きっと抱かれたんやと思う。せやからこそ、自分たち夫婦よりも、何より私市家のことを大事にして欲しいと、恐らく考えられたんやないかな」

「だ、だからと言って……」

「せやな。お義父さんの通夜にも葬儀にも呼ばんいうんは、ちと酷いかもしれん。せやけど、そうまでしてお前を突《つ》っ撥《ぱ》ねたんは、私市家の人間としての自覚を持ていう、お義父さんの想いやないかと、儂には思えてならんのや」

「…………」

「お義母さんにも、訊いてみたらどうや」

「……はい」

まだ完全には納得していないようだったが、心二の顔色は少し増しになっている。

「私市さんの見方は、私にも目から鱗《うろこ》でした」

波矢多が素直な感想を述べると、吉之助は照れたような表情になり、心二は更に義父の考えを受け入れる気になったように見えた。

ただし、そこから吉之助が香典袋を四つも用意したので、心二だけでなく波矢多も戸惑った。こういう場合は私市家を代表して、吉之助の名前を記した香典袋が一つあれば済むはずなのに、更に三つもあるのはどうしてなのか。

そんな二人の当惑を余所《よそ》に、吉之助は墨を擦っている。そしてパチンコ店の看板を描いた見事な達筆で、四つの香典袋に四人の名前を書いた。

李心二、私市心二、私市吉之助、そして李恒寧《ハンニョン》の名を……。

心二には「李姓」と「私市姓」の二つの香典を用意して、そこに私市家の代表者である自分を加え、尚且つ李夫婦の亡き息子の名前でも香典袋を用意したのだ――と波矢多は気づき、何とも言えぬ気持ちになった。

思わず心二を見やると、彼は静かに泣いていた。

「これをお供えして、お義父さんとお別れしてきたらええ」

「……ありがとうございます」

「お義母さんを、あんじょう労《いたわ》るんやで」

心二は一旦、祥子が待つ家に戻ってから、新宿の李家へ行くことになった。

「私市さんと祥子さんは、どうされるんですか」

余計なお世話かと思いつつも波矢多が気になって尋ねると、

「あちらのお義父さんのご遺言では、心二だけに知らせるようにと、あったそうで……。けど祥子は、もちろん納得せんわなぁ」

「では、お二人で――」

「身重で電車いうわけにもいかんので、タクシーを用意しました。新宿までの往復やから、偉い出費ですわ」

吉之助は無理に笑ったあと、

「ほんまは儂も、お参りしたいんやけど、向こうのお義父さんのお気持ちを思うと、それを無下にもできん。少し落ち着いてから、こそっと行きますわ」

そこへ楊が出勤してきた。

「親分さん、お早うございます」

パチンコ店側ではなく住居部分の東側の扉から入ってきて、朝の挨拶をした。

「楊さん、お早う」

「それで親分さん――」

「あぁ、皆まで言うな。祥子から聞いとる。いやいや、儂も忘れてたわけやない。ちゃーんと頭にあったんや」

昨夜、楊が言っていた従業員を紹介する話だろう。吉之助が覚えていると分かり、彼も安心したようである。

「よろしく、お願いします」

吉之助に一礼してから、楊はパチンコ店側の引き戸を潜《くぐ》った。開店の準備をするのだろう。

「お仕事前に申し訳ありませんが――」

波矢多は恐縮しつつも、吉之助に頼んだ。

「赤迷路全体の略図を、本当に簡単で結構ですので、ちょっと描いて頂けませんか」

「歩いて回られるんなら、そら必要やな」

清一に適当な紙を用意させると、吉之助は鉛筆で地図を描き始めた。

「お早うぅぅございぃぃますぅぅ」

そこへ新市が、まだ寝ぼけ眼《まなこ》で現れた。

「こら、物理先生より遅う起きる奴があるか」

吉之助に小言を食らい、彼は殊勝に頭を下げたものの、描き掛けの地図を目にした途端、

「小父さん、そりゃ違うでしょ」

いきなり駄目出しをした。

「何処《どこ》がや」

「ここですよ。いや、こっちも変だな」

そこから二人は揉めに揉めた。

「儂が赤迷路のこと、ちゃんと分かってないわけないやろ」

「そうですけど、ここは違うと思います。あっ、こっちも――」

地図を巡って喧喧囂囂《けんけんごうごう》しているところへ、楊が顔を出して、

「あのー親分さん、そろそろ店を――」

「あっ、もうこんな時間か」

腕時計を見やった吉之助は素《す》っ頓狂《とんきょう》な声を上げたあと、

「新市、お前、暇やろ」

「えっ、何ですか」

心二の養父が亡くなったことを吉之助は伝えてから、

「それで祥子も、心二について向こうへ行っとる。楊さんの紹介者が来るんは、今日の午後からや。それまで店には、儂と楊さんと清一の三人しかおらん。せやけど儂は、いつ何時《なんどき》用事ができるかもしれん。ちゅうことで新市、今日は店を手伝うてくれ」

「そうしたいのは山々ですけど、俺には名探偵の助手という大切な役目があるから、幾ら小父さんの頼みでも――」

しれっと新市は断ろうとしたようだが、

「お前がおっても、足手纏《まと》いやろ」

「どう考えても店は人手不足なんだから、ここは助っ人に入るべきだろ」

透かさず吉之助と波矢多に返されて、彼も反論できない。

「宜しければ私も、お手伝いしましょう」

しかも波矢多がそんな台詞を吐いたので、新市は仕方なくといった様子で、

「分かったよ。パチンコ店の方は俺がやるから、お前は赤迷路を調べろ」

波矢多は新市に頷くと、次いで吉之助に、

「私が戻ったとき、やっぱり忙しくて大変だという状況でしたら、どうかご遠慮なく仰《おっしゃ》って下さい。微力ながらお手伝いしますので」

頻りに感謝する吉之助と、厄介なことになったと言わんばかりの新市に見送られ、波矢多は赤迷路の探索へ出掛けた。

ところが、吉之助に対する申し出の実行が、とても不可能かもしれないと感じるまでに、それほど時間は掛からなかった。

まず宝生寺《ほうしょうじ》の駅前広場まで戻る。そこから新市に先導されて潜った赤迷路の出入り口から、私市遊技場へと続く路地を、昨日と同じ道順で歩こうとした。でも、これができない。かなり迷いに迷った結果、漸《ようや》くパチンコ店に辿《たど》り着いたことを考えると、無理もないかと諦める。ならば最短距離となるルートを突き止めようと試みたものの、これも徒労に終わる。

宝生寺駅と私市遊技場の間は、容易に移動できるようにしておきたい――という波矢多の思惑が、早くも頓挫《とんざ》したわけである。

ふと気づくと、もう昼になっていた。

とにかく歩き回った所為で空腹である。何か腹に溜まる食事を摂りたいと思いながら店を探していたのに、目に留まったのは「うどん」の看板である。なぜなら「本物」の二文字が小さくではあったが「うどん」の前に、はっきりと記されていたからだ。

波矢多は誘い込まれるように店へ入ったが、他に客の姿が見えない。

昼時なのに大丈夫か。

少し不安になったものの、頑固そうな店主に突然、

「うちは看板通り、本物を食わせるからね」

と声を掛けられた以上、カウンターだけの狭い席に座らざるを得なくなった。

「海藻麺ではなくて――という意味でしょうか」

恐る恐る波矢多が確かめると、店主は鼻で笑いながら、

「お客さん、それは闇市の初期の頃の話だよ。饂飩《うどん》も蕎麦《そば》も打てないから、海藻の粉末を代用した。それにアミノ酸で作った醬油《しょうゆ》を使い、どうにか饂飩擬《もど》きを拵《こしら》えた。けど元が海藻だから、すぐに腹が空いてしまう。饂飩は腹持ちがいいはずなのにな」

「それが今では、本物の饂飩を――」

と言い掛ける波矢多を、店主は素早く遮《さえぎ》るように、

「いや、そうじゃない。さすがに海藻麺はなくなったけど、他の店で出してるのは、ありゃ安い米国の粉で作ったもんで、とても饂飩とは呼べない代物だ」

店主が批判しているのは所謂《いわゆる》「米利堅粉」である。米国産の小麦粉のため、当初は「アメリカン粉」と呼ばれていたのが、訛って「メリケン粉」になったと言われているが、本当のところは分からない。

「あっちの粉で作った紛い物の饂飩は白いけど、日本の小麦粉で手打ちした本物は、ほれ、この通り黒いだろ」

店主は喋りながらも両手を動かせていたため、全く待たされた気がしないまま、さっと目の前に饂飩の丼が出てきた。

「美味い！」

一口ずずっと啜《すす》った途端、褒《ほ》め言葉が自然に口を衝《つ》く。

「そうだろ」

満足そうな店主とは、その後も話が弾んだため、頃合いを見計らって波矢多は尋ねた。

「ところで、付かぬ事をお訊きしますが、この店に住んでおられますか」

「いやいやお客さん、幾ら俺独りだけといっても、この狭さじゃ無理だよ」

店主は特に機嫌を悪くするでもなく苦笑いしながら、

「宝生寺駅の南側に、貧民窟があってね。毎日そっちから通ってる」

態々《わざわざ》「窟」と表現したのは、自嘲の意味を込めてだろうか。

「……迷われませんか」

という問い掛けに、一瞬だが店主の顔が強張《こわば》ったように見えたあと、

「自分の店まで行くのに、迷う奴はいないでしょ」

豪快に笑い出したのだが、なぜか虚勢を張っているようにしか思えない。

「当たり前ですよね。失礼しました」

その証拠に波矢多が謝ると、途端に店主は笑みを引っ込めた。そして暫く口を閉じたまま、何やら思案しているような顔つきをしてから、

「ここで迷わないか……と、どうしてお客さんが訊くのか、その理由をこちらからお尋ねすることはしません」

急に丁寧な口調になって、

「私がお教えできるのは、ここに店を持って通っている者の多くが、自分の住まいから店までの道順しか、恐らく知らないだろう……ってことです」

「それ以外の赤迷路については、不案内だと？」

「仕事の都合上、足を運ぶ必要のある他の店舗までの道順は、さすがに分かってますがね」

「赤迷路そのものは、ほとんど把握していないわけですか」

店主は重々しく頷いたあと、

「お客さんになら、別に話しても良い気がしてきた」

まるで自分自身に言い訳をするような台詞を口にしてから、

「態《わざ》とね、少し遠回りをするんですよ」

「お住まいからお店まで？」

思わず波矢多が確認すると、再び店主は無言で頷いた。

「他の店主の皆さんも、同じですか」

「……多分」

「なぜです？」

「ここに店を出すとき、周りの店の人に、そう教えられたからです。訳を訊くと『迷わないためだ』って言われて……珍紛漢紛《ちんぷんかんぷん》だったけど、郷に入っては郷に従えだと思って、その通りにしています。だから店まで最短で行ける道順については、実は知らないんですよ」

赤迷路の秘密を垣間見た気が、ふと波矢多はした。

この地に関する隠れた情報が他にもないか訊き出そうとしたが、もう店主はすっかり元の態度に戻っており、幾ら探っても何も出てこなかった。

勘定を頼むと、通常の闇市の饂飩よりも更に高い値段を言われた。日本産の小麦粉を使っているのだから仕方ないとはいえ、道理で客がいないわけである。

それでも味には大いに満足できたうえ、赤迷路の新たな知識も得られたので、波矢多に文句などなかった。気持ち好く支払いをして店を出た。

午前中は赤迷路の西の区画を歩いたので、午後からは北と南と、そして東の主要部分を探索して、日暮れ頃に東端に位置するゴーストタウンに行く計画を彼は立てていた。最後の区画と時間をそのように設定したのは、できるだけアケヨの体験と似た環境に我が身を置くためである。本当は彼女が辿ったのと同じ路地を通りたかったが、これぱかりは諦めざるを得なかった。本人に尋ねても正確な再現など不可能だろう。

この日の午後、私市遊技場では幾つかの問題が起きていた。波矢多はのちに各人から聞くことになるのだが、それを纏めると次のようになる。

第十一章　その日の午後

いつも通り私市《きさいち》遊技場は客の入りが良かった。朝昼晩と分けると、やはり仕事帰りに寄る人の多い夜に混む傾向がある。しかし「朝っぱらから」であろうと「真っ昼間」であろうと、パチンコを打つ者は必ずいた。

こいつら仕事もせずに大丈夫か。

他人事ながら熊井新市《くまがいしんいち》は心配になったが、最初のうちだけだった。ちゃんと金を払ってパチンコ玉を買い、不正をせずに大人しく台に向かっていれば、あとは放っておくに限る。彼も一応「従業員」の役目を果たす中で、そう自然に学んでいた。

仕事をしてないのなら、なぜ金を持ってるんだ？

しかし、つい余計なことを考えてしまう。今日は仕事が休みなど、それこそ個人的な理由は幾らでも考えられる。とはいえ「こいつら」は違うという気が、どうしてもするのだ。もちろん全員ではない。客の一部に過ぎないが、そういう輩《やから》が朝と午後に集中するのではないか――と、たった一日だけの手伝いにも拘《かかわ》らず、新市は変な自信を持って決めつけた。

実はそんな手合いの一人が、先程からパチンコ台に向かっている。こいつが明らかに可怪《おか》しかった。まだ成人には達していないのに――十六、七歳くらいか――妙に大人びて見える。それも良い意味ではない。早くも中年男性が人生に覚える倦怠感のようなものが、そいつからは強く臭っていた。ここまでの嫌悪感を覚える気配が纏《まと》いついてしまうほど、一体こいつは今までの長くもないはずの人生で何をしてきたのか。それが碌《ろく》な経験でないことだけは確かだろう。

　とはいえ入店して楊作民《ヤンツオミン》が担当する玉売り・景品交換所でパチンコ玉を買って、台を選ぶために店内を彷徨《うろつ》くまでは、その行動だけ見れば普通だった。

　だが新市は、そいつが決して台を選んでいるわけではないと、早くも察しをつけた。恰《あたか》も店全体を観察して値踏みしている。そんな不穏さが、ぷんぷんと臭ってくる。その気配をパチンコ台の裏側の通路に設けられた「不正防止のための監視用の覗き穴」から、ずっと彼は見取っていた。

　やがて男は一台の前に立ち、パチンコ玉を打ち始めた。暫《しばら》くは大人しく遊んでいたが、そのうち「玉が詰まった」などと文句を言い出した。

　でも新市が応対すると、あっさり「叩いたら戻った」と訴えを引っ込める。そういう不審なやり取りが何度かあったあと、新市が他の客の相手をしていたとき、またしても男が難癖をつけ始めた。そうなると清一《せいいち》が出ていかざるを得ない。祥子《しょうこ》と心二《しんじ》は李《り》夫婦の所へ、吉之助《きちのすけ》は臨時の赤迷路商業組合の会合へ出掛けており、楊は持ち場を動くことができない。

　奴の目当ては、清一だったんじゃねぇか。

　途端に新市は心配になった。この店に少年の従業員がいることを知り、その子供に絡めば不正ができると奴は考えたのではないか。しかし文句をつけても出てくるのは新市ばかり。その彼が他の客の相手をしているのを見て、漸《ようや》く機会が巡ってきたと思った。だから新たな難癖を言い出した。そう新市は推理したのだが――。

　奴が打っている台は、新市が客の応対をしている台とは、別の通路にあった。そのため直接は見えないが、二人の会話は聞こえるはずである。奴が声を上げて、清一が応えて出て行くまで、そのやり取りは普通に新市の耳に届いていた。それなのに二人が対面したと思《おぼ》しき瞬間から、全く何も聞こえなくなってしまう。

よくよく耳を澄ますと、ぼそぼそぼそっ……とした会話が交わされているのは分かる。だが、とても客と従業員が話している感じではない。そもそも奴はパチンコ台に対して文句をつけているはずではないか。相手が子供であることを見透かして、凄んで脅した挙げ句、きっと余分にパチンコ玉を分捕るなど狡《ずる》い行為をする心算《つもり》だろう。そう新市は睨《にら》んでいた。

ところが、そんな気配など一向に伝わってこない。むしろ隠れて内緒話でもしている。そういう隠微さが感じられて、咄嗟《とっさ》に新市はぞくっとする寒気を覚えた。

……なんか可怪しいぞ。

急いで客の応対を済ませると、新市はもう一つの通路へと顔を出した。

「もう直った」

その途端、奴は問題が解決したと言わんばかりの台詞を口にして、かつ清一を追っ払うような仕草をした。

「お客さん――」

新市がドスの利いた声で、相手を問い質《ただ》そうとしたところ、

「ここは玉の出が悪い」

奴は捨て台詞を吐いて、素早く店から出て行った。

「おい、清一――」

気になった新市は、奴に何を言われたのか訊こうとしたが、そこへ新たな客がどっと入ってきたため、店は急に忙しくなった。

そのうち吉之助が組合の臨時会合から帰ってきた。だが、どうにも機嫌が悪い。あとから分かるのだが、朱合寺《しゅあいじ》への土地の賃貸料と的屋《テキヤ》への店舗の賃貸料、二つも賃貸の料金が掛かるのは違法ではないのか、という声が日増しに高くなっており、それで会合が揉めに揉めたらしい。

「一軒ずつ店を建てたんは、俺ら的屋やないか」

吉之助の主張は間違っていなかったが、二重の賃貸料が問題なのも確かである。赤迷路の将来を考えても、これらを一つに纏める必要があるだろう。とはいえ、この問題を解決する良い案が今のところない。

ただ、ここまで吉之助の機嫌が悪くなったのは、この騒動の中心にいたのが第三国人だった所為《せい》も多分にあったと思われる。日頃の第三国人嫌いが、どうやら一気に噴出しそうになって、それを彼は我慢したらしい。そのため余計に鬱憤《うっぷん》が溜まったようである。

そんなこんなで、ぶすっとした顔のまま吉之助は戻った。ちょうど楊の友人の知り合いが仕事の面接のために現れる、それは約束の時間の少し前だった。にも拘わらず幾ら待っても、相手が現れない。吉之助は時間に煩《うるさ》く、だらしのない者は大嫌いである。そこに会合の件も加わり、彼の不機嫌は増すばかりだった。

「小父さん、かなり怒ってるぞ」

仕事の合間を縫って、応接間にいる吉之助の様子を新市は見に行くと、それを玉売り・景品交換所に座る楊に教えるのだが、

「東《ひがし》の莫迦《ばか》野郎、何してる」

当の楊も気が気でないのか、その度に知り合いを罵倒する始末である。

「楊さん、こんにちは」

約束の時間を一時間も過ぎた夕方になって、漸く相手が店を訪れた。四十前後くらいの、何処《どこ》となく調子の良さそうな男である。

「今、何時だと思ってる！」

普段は温厚な楊が店内にも拘らず激怒したので、新市は驚いた。しかし無理もないと即座に同情した。世話になっている吉之助に対して、きっと楊は申し訳ない気持ちで一杯なのだろう。

「今日の午後からって話だろ」

しかし相手は謝るどころか開き直るかのような態度で、

「まだ日が暮れたわけじゃないんだから、大丈夫だよ」

「親分さんを待たせて、何を言うか」

「そこは大陸的に、大らかに考えようや」

「お前は、ただでさえ――」

と何か言い掛けて、はっと楊が我に返ったように黙った。

「し、新市さん、すみません」

それから新市に声を掛けて、少しの間だけ玉売り・景品交換所を見て欲しいと頼み、就職志望者と一緒に奥の応接間へと入った。

さて、どうなるか。

新市は興味津々だった。吉之助は明らかに怒っている。とはいえ人手は欲しい。相手は楊の紹介なので、まず信用できるだろう。ただし今の楊とのやり取りを耳にしていた彼は、あの調子で吉之助にも接すれば、更なる怒りを買って雇われるどころか叩き出されるのが落ちである――という予想も充分にできた。

はてさて、どっちに転ぶのか……。

新市が奥の応接間に注意していると、

「儂《わし》を舐《な》めとんのかぁっっ！」

物凄い怒号が響いたあと、すぐさま先程の男が、店内を駆け抜けて逃げていく姿を目にして、新市は呆気に取られた。

やっぱり小父さんを怒らせたか。

そう思う一方で、あそこまで激怒させるとは、一体あの男は何をしたのか――と、それはもう気になって仕方がない。かといって玉売り・景品交換所を離れるわけにもいかず、また清一に任せることもできない。新市が奥へ行ってしまえば、店は清一だけになってしまう。

楊さん、早く戻ってきてくれ。

じりじりしながら待っていると、その楊が意気消沈した様子で現れた。

「……代わります」

そして新市に一礼して、力なく持ち場に座った。

新市が急いで応接間へ飛んでいくと、かなり不機嫌そうな吉之助がいた。ただし彼の見立てでは、きっと少し前は不動明王の如く憤怒《ふんぬ》の形相をしていたに違いない。それが楊と話すことで、少しは落ち着いたのだろう。そういう流れが手に取るように分かるだけに、もう新市の好奇心ははち切れんばかりだった。

「小父さん、今の男は、何か問題でも？」

むすっとした顔で吉之助は、黙ったまま一枚の履歴書を差し出した。

「へぇ、履歴書を持ってくるなんて、なんか第一印象とは偉く違いますね」

新市は素直に感心したのだが、

「名前をよく見ろ」

吉之助の不機嫌さは変わらない。しかも履歴書に記された「東宏彦《ひろひこ》」を目にしても、事前に聞いていた名前と同じということ以外、特に何も分からない。

「その履歴書を儂に出したときに、奴は間抜けにも、この手紙を落としたんや」

次に吉之助が示したのは、宛名に「陳彦宏」と書かれた封書だった。

「えっ、これって……」

履歴書と封書の二つの名前を交互に見やったあと、新市は「あっ」と声を上げた。

「つまり日本人の東宏彦として来たあの男は、本当は中国人の――チン、ピンインと読むのかなぁ――陳だったと？」

「そういうことや」

大きな溜息と共に吉之助が頷いた。

「陳が日本人に化けることを、楊さんは必死に止めたらしい。別に中国人やからいうて、儂が差別するとか、決して雇わんとか、そういうことはない言うてな」

「けど陳は、聞く耳を持たなかった」

「これまでに色々と差別を受けてきて、幾ら同胞の楊さんの言葉でも、おいそれと承知できんかったんやろう。そこは同情する、けどなぁ」

「かといって嘘を吐かれたのでは、やっぱり雇えないでしょ」

「さすがにな。なまじ日本語が上手いんが、どうやら仇《あだ》になったらしい」

「完全に騙《だま》せると、陳は自信があったのか」

文藝春秋の新刊

12

2021

「京都の灯」©大

●75年の時を超えて発見された奇跡の日記文学——田辺聖子版「アンネの日記」

田辺聖子
十八歳の日の記録

月刊「文藝春秋」に掲載され、話題となった、田辺文学の源泉にして時代の証言。雑誌未掲載原稿と中短篇4作を収録した完全版

◆12月3日
A5判
仮フランス装
1760円
391474-9

●アフターコロナの介護業界の闇、その先の希望を描く。熱き刑事の物語

田辺聖子
マンモスの抜け殻

相場英雄

都心の限界集落で介護施設経営者が死んだ。容疑者となった友を救う為、刑事が疾走。高齢化社会の絶望と希望を描く社会派ミステリー

◆12月8日
四六判
並製カバー装
1980円
391475-6

●ホラーミステリーの名手、シリーズ第3弾

赫衣の闇

『黒面の狐』事件後、上京した物理波矢多は、闇市「赤迷路」に巣食う怪人「赫衣」の正体を調べるなかで、凄惨な殺人事件に遭遇する

◆12月9日
四六判
上製カバー装
1980円
391476-3

◆発売日、定価は変更になる場合があります。
表示した価格は定価です。消費税は含まれています。

私のことを憶えていますか 7

東村アキコ

め初めて故郷を訪れたＳＯＲＡには、この地で確かめたいことがあった。秘密裏に遥に協力を求める

◆12月9
Ａ５判
並製カバ

1045円
091015

●つくづくエンタメは現実を救う――マンガ愛が炸裂するコラム集！

今日もマンガを読んでいる

宇垣美里

週刊文春の人気連載「宇垣総裁のマンガ党宣言！」を書籍化。宇垣美里が選りすぐった傑作マンガの数々を熱量たっぷりに評します

◆12月14日
四六判
ソフトカバー装

予価1760円
391483-1

●司馬遼太郎、幻のデビュー作をマンガ化

ペルシャの幻術師 1

原作 司馬遼太郎　作画 蔵西

海音寺潮五郎が「幻覚の美しさに惚れこんだ」と絶賛した名作に、文化庁メディア芸術祭審査委員会推薦作品選出の漫画家・蔵西が挑む

◆12月15日
Ａ５判
並製カバー装

990円
090113-1

至極のスイーツと占星術があなたの幸せを後押しします
満月珈琲店の星詠み ～ライオンズゲートの奇跡～
望月麻衣 画・桜田千尋
737円
791792-0

平成の高校生が明治に転生！ 驚きの未発表小説、文庫で登場
約束
葉室麟
715円
791793-7

大ヒット『神様の御用人』著者が贈る新・ファンタジー始動！
神と王 亡国の書
781円
791794-4

久蔵が蔓延る悪を斬る！ シリーズ第十二弾
凶状持 新・秋山久蔵御用控（十二）
藤井邦夫
792円
791799-9

いま、母親の視点から描かれる、娘の性的虐待
ダンシング・マザー
内田春菊
880円
791801-9

女の中で何が壊れ、何が生まれたのか
玉蘭〈新装版〉
桐野夏生
957円
791802-6

あなたの体が静かな復讐を始める！
軀 KARADA〈新装版〉
乃南アサ
858円
791803-3

こんなに短くてとても面白い！ 初期の傑作短編ミステリー15篇
山が見て
-0

「見た目だけでは、ちょっと分からんからなぁ」

吉之助は大きく溜息を吐くと、

「東洋人は見た目が違うから、西洋人に差別されるんやないか」

「それはあるでしょう。白人による黒人差別も、要は肌の色の問題です」

「東洋人同士は見た目も似とるのに、なんで差別が生まれるんか……」

「けど小父さん、だからといって陳を許すことは、ちとできんでしょ」

「日本人に化けることなんかで頑張らんで、仕事で励んでくれたら良かったのにな」

「楊さんは……」

吉之助は思案顔で、

「これまで真面目に働いてくれてるし、相手に押し切られて仕方なく……いうんが儂も分かったんで、な、今回はお咎《とが》めなしにした。それに正直、もうすぐ祥子が赤ん坊を産むいうときに、楊さんがおらんようになったら、この店はやっていけんわ」

「従業員の募集は――」

新市が尋ね掛けたところにノックの音がして、清一が顔を出した。

「すみません。お客さんが増えてます」

「えっ、もうそんな時間か……」

すぐに吉之助も新市も店へ出た。仕事帰りの男たちが集中する時間帯に入ったらしく、確かに店内が賑わっている。その中には米兵の姿もあったが、もう客たちも慣れっこになっていて誰も気にしていない。

そこから午後七時過ぎまでは、とにかく盛況で大忙しだった。この後に少しだけ暇になるのは、パチンコで遊んだ男共が揃って飲みに行くからである。常連の中には「パチンコ店↓飲み屋」という順番を、絶対に崩さない者が何人もいた。もちろん「飲み屋↓パチンコ店」もいれば、少数ながら「パチンコ店↓飲み屋↓パチンコ店」の強者もいる。そのため八時過ぎから閉店の九時の間も、また忙しくなるのが常である。

「そろそろ祥子たちも帰ってくるやろ。そしたら清一、ちょっと休め」

吉之助は客が減り始めたのを見計らって、少年を気遣った。

「はい……」

しかし清一は返事をしながらも、何処となく様子が可怪しい。

「どないした？　なんや元気ないな。腹でも痛むんか」

心配する吉之助に、清一は何か言いたそうにしている。それに気づいた新市は、先程の薄気味の悪い客が原因ではないかと察した。

「小父さんに何か話があるんだったら、今のうちにしておけ。飲んだ帰りの客が、そのうち押し掛けてくるぞ」

だから新市は、そう言って清一を促した。こうやって後押しをしなければ、きっと彼も喋り難いのではないかと思ったからだ。

「儂に話？　そうなんか」

「……はい」

と答える言葉は弱々しかったが、清一が何か決心したような感じを、新市は強く受けた。

「そうか。ほな、ちょっとあとは頼むで」

新市に声を掛けると、吉之助は清一を伴って応接間に消えた。

厄介事でなければいいけど……。

そう新市は願ったが、あの薄気味の悪い客の存在と、その後の清一の態度を振り返る限り、それは残念ながら望めそうにもない。

短いような長いような中途半端な時間が過ぎたあとで、清一が項垂《うなだ》れながら奥から出てきた。そうして新市に、吉之助が呼んでいると伝えた。

少年のことが物凄く気になったが、かといって吉之助の方を後回しにするわけにもいかないので、新市は応接間に急いだ。

「何かあったんですか」

引き戸を閉めながら尋ねたところ、

「今日の午後、子供の客はおらんかったか」

逆に訊かれたので、例の大人のような少年の話を詳しくすると、

「そこまで怪しい奴やのに、お前は追い出さんかったんか」

いきなり吉之助に叱られた。

「けど小父さん、そのとき俺は別の客の相手をしていたし、清一と客が揉めてる声も聞こえなかったから、すぐにどうこうはできなかったんですよ。その代わり客の問題が片づくと同時に、俺は奴の所に行きました。でも、すぐに奴は帰ったし、清一に話を聞こうにも、そのとき客が一気に入ってきてしまって――」

「そうか。事情はよう分かった」

がっくりと吉之助が頭《こうべ》を垂れたのは、短気にも怒ったことを新市に詫《わ》びると共に、この清一の件に衝撃を受けたからかもしれない。

「奴は何者です？　清一の知り合いなんですか」

「……佐竹《さたけ》いう名の男で、かつて子供だけで構成されてた盗みの集団の、ボスやった奴らしい」

「えっ……」

自分の嫌な予感が当たったことに、新市は腹立たしさを覚えながら、

「そう言えば前に祥ちゃんから、清一の過去について、ちらっと聞いた覚えがあります」

「儂もそうや」

「でも、そこまで詳しくは……」

「あぁ、儂も知らんかった。仲のええ二人の友達と、空巣をしとったんは聞いとったけどな。でも、それは別にええ。あの子の過去がどうであろうと、今は真面目に働いとる。それに盗みをやったんも、生きるために仕方なくやろう。せやけど佐竹のやり口は、ほとんど大人の犯罪者と一緒やったらしい」

「清一は抜けたがっていたんですね」

「そのとき浮浪児の狩り込みがあって、お陰で佐竹から逃げられたようやな」

「ところが今になって、居所を嗅ぎつけられた」

「しかも佐竹は、うちに押し入る計画を持ち掛けて、清一に手引きするように強要したんや。もし言うことを聞かんかったら、お前の過去の悪事を全てばらすと脅してな」

「くそっ、卑劣な野郎だ」

新市は大いなる怒りを佐竹に覚えたが、どうも吉之助はそれだけではないらしく、なんとも浮かない顔をしている。

「小父さん、どうしたんです？」

「もちろん清一は、何も悪うない。佐竹との付き合いも、そんときだけや。せやのにあの子は、なん

で奴が訪ねてきたことを、そんな恐ろしい計画に誘われたことを、すぐに打ち明けてくれんかったんか……」

吉之助の憂慮は痛いほど理解しながらも、それを清一に求めるのは少し酷ではないか……と新市は思った。

「小父さんの気持ちは分かりますが、先程も説明したように、佐竹が帰ったすぐあと、急に客が増えたんです」

「ほんなら儂が帰ってきたときは、どうや。幾らでも話せたんやないか」

「でも、あのとき小父さんは組合の会合の件と、例の東宏彦を待っている件とで、かなり苛《いら》ついてましたよね。それが清一にも分かるだけに、きっと話し辛かったんですよ」

「そう言われたら、そうやな」

漸く吉之助も納得したらしいが、かといって彼の心が晴れたわけではないだろう。

「遅くなりました」

そこへ新宿から帰ってきた祥子と心二が、応接間に顔を出した。

「大変やったな。お義母さんは、さぞ気ぃを落とされてたやろ。大丈夫やったか」

「……はい。私市の親分さんに、呉々も宜しくお伝えして欲しいと、そう申しておりました」

力なく答える心二の顔色は、かなり優れない。彼の義父の悔やみに行ったのだから、その表情が暗いのは分かる。だが、どうも他にも理由がありそうで、心二だけでなく珍しく祥子も口籠《くちご》もっているような、なんとも妙な気配があった。

「一体どないした？　なんぞあったんか」

さすがに吉之助も察したのか、やや心配そうに尋ねると、

「お父さん、向こうのお義父さんの遺言と、それを守りたいお義母さんの気持ちを、どうか汲んで上げて欲しいの」

祥子が意味深長な物言いで返したので、途端に新市は嫌な予感を覚えた。

「そりゃ何のことや」

吉之助の問い掛けに、四つの香典のうち義母が受け取ったのは「私市吉之助」の分のみで、あとの三つは「お気持ちだけで充分です」と言われた——と祥子は答えた。

「な、何やてぇ」

もちろん吉之助も、相手の気持ちは十二分に理解できただろう。とはいえ的屋の親分としての面子《めんつ》が、彼にはあった。容易に「はい、そうですか」とは言えない。その一方で李夫婦の心二への想いも痛いほど分かる。それを蔑《ないがし》ろには決してできない。

新市はテーブルの上に並べられた三つの香典袋を眺めながら、そんな吉之助の葛藤が手に取るように感じられ、どうにも居《い》た堪《たま》れなくなった。

「……そうか」

同じく三つの香典袋に目を落としていた吉之助は、ぼそっと呟いたあと力なく項垂《うなだ》れた。それから心二と二人で話をしたいと言い出した。

これには新市も祥子も少し懸念を示したが、かといって吉之助が心二を怒鳴りつけるかと言えば、恐らく違うだろう。ただ二人でこの件について話し合いたいと思っている。それだけのような気が新市はした。祥子も同じ結論に達したのか、彼らは互いに目配せをして応接間を出た。

意外だったのは二人の話が、すぐに終わったことである。

パチンコ台の裏側に設けられた従業員の椅子に、新市と祥子が座って幾らも経たないうちに、もう心二が姿を現した。

「小父さんは？」

思わず新市が尋ねたところ、

「飲みに行く……と、一言だけ」

すっかり落ち込んだ様子で心二が答えた。

「お父さん、怒ってた？」

祥子の問い掛けに、心二は項垂れた姿勢で、

「……哀しそうやった」

ぽつりと漏らした。

「色々と重なり過ぎたからなぁ」

新市は天を仰いでから、組合の会合での揉め事、楊の紹介による東宏彦の件、佐竹が清一を訪ねてきた問題を、搔い摘まんで二人に説明した。

「悪いときには悪い出来事が重なるって言うけど、そこに三つの香典も加わったわけだ。だから小父さんは――」

と言い掛けてから新市は、自分の失言に気づいた。

「いや、香典のことは、悪い出来事に含めるべきじゃねぇな。すまない」

すると祥子が首を振りながら、

「お父さんにしてみれば、李さんご夫婦のお気持ちをちゃんと分かったうえで、それでも突き返された……っていう思いが、どうしても拭えないのかも」

「自棄《やけ》酒にならなきゃいいけどな」

この新市の心配が不幸にも完全に当たってしまう。しかも誰もが全く予測できないような大惨事となって……。

――という話を波矢多は、のちに知ることになる。

その前に波矢多は赤迷路の北と南で散々に迷い、彷徨して、吉之助が描いて新市が修正した地図の間違いを多く発見していた。にも拘わらず赤迷路については、相変わらず不案内なままだった。お陰で東端のゴーストタウンに足を踏み入れたとき、疾《と》っくに日は暮れたあとで、辺りは真っ暗になっていた。

そしてゴーストタウンでも、彼は当たり前のように迷った。懐中電灯を用意していたので明かりには困らなかったが、そういう問題ではない。赤迷路の他の区画とは明らかに異なる空気が、そこに流れていたからだ。

大して広くもないはずなのに……。

波矢多は半ば廃墟と化した路地から路地へ、幽鬼の如く歩き回る羽目になった。どうにか全体図を頭の中に描こうとするのだが、なぜか矛盾が出てしまう。路地と路地とが上手く繋《つな》がってくれない。まるで彼が歩く側《そば》から路地の構造が変わり、赤迷路のゴーストタウンそのものが己の正体を隠そうとでもしているかのように。

そのため波矢多が私市遊技場まで戻れたとき、もうパチンコ店は閉店していた。もっとも彼が自分の居場所を察したのは、例の応接間に面した路地を歩いている最中だった。

あれ、この窓は……。

カリエの珈琲《コーヒー》が出前された小窓ではないか。その左横には閉め切りの扉が見える。念のため手を掛けてみたが、びくとも動かない。

そこから表に回ろうとして、扉の向かいの路地の暗がりに潜《ひそ》む人影に気づいた。二人いる。ちらっと目に入った限りでは、一人は清一のように思えた。しかし少年が顔を逸らしたので、そのまま店舗の表へ向かう。

すると玄関の側に楊の姿が見えた。

「今晩は。もう閉店ですか」

波矢多は気さくに声を掛けたが、今さっきの清一と一緒で、どうも様子が可怪しい。

「……あぁ、今晩は。今日は仕舞い。終わりました」

ちゃんと返事はするのだが、何処かぎごちない。そんな楊の側には一人の男がいて、なんとなく波矢多から顔を背けている感じがある。

ここでも彼は気を利かせて、すぐさま通り過ぎると、店舗の東側の路地へ入った。表玄関が閉められている以上、あとは住居部分の扉しかない。

その前には心二とアケヨがいたので、波矢多は少し驚いた。ちょっと意外な取り合わせだったからである。

「あらぁ、ハヤタさん」

彼女に呼ばれると「波矢多」ではなく「ハヤタ」と言われている気がするのは、米兵相手の夜の女たちが片仮名表記の英語をよく口にするからだろうか。

「何処に行ってたの？」

「この赤迷路の中を一通り歩いてみたのですが、ほぼ半日は掛かりました」

「へえぇぇ、物好き――いいえ、ご苦労様です」

アケヨは失言を急いで取り消すと、

「で、何か分かりました？」

「いいえ、ただ迷っただけです」

大笑いする彼女に、波矢多は苦笑いを返しながら、

「アケヨさんは、どうされたんですか。日が暮れたら赤迷路には、もう絶対に入られないのかと思ってました」

「その心算だったんだけど――」

彼女は側のカリエの店舗を指差して、

「このお店の珈琲が大好きで、一日に一杯は飲まないと嫌なの。けど今日は暇がなくて、こんな時間になっちゃってさ。親分さんのパチンコ店を越えて、東側に行かなきゃ大丈夫だろうから、つい来たわけ。それで帰ろうとしたら、心二君が家から閉め出された子供みたいな顔で、ここに突っ立ってたんで、どうしたの――って話し掛けてたところへ、ハヤタさんが来たのよ」

「どうしたんです？」

確かに意気消沈しているらしい心二に、波矢多も問い掛けたときである。

うおおおぉぉぉおっっっ！

物凄い叫び声がかなり近くで轟《とどろ》いた。

「えっ、何なの？」

「今のは……」

パチンコ店の中から聞こえたように波矢多には思えた。

「お二人は、ここにいて下さい」

咄嗟にそう注意してから、彼は目の前の扉を通って住居部分に入り、左に見える引き戸を開けて店

舗へと足を踏み入れた。

その彼の両目に飛び込んできたのは、従業員用の休憩場所に置かれた机の上で、こちらに頭を向けた恰好で横たわる祥子だった。その下半身は血潮《ちしお》に染まり、彼女が絶命していることが一目で分かった。しかも机の向こう側には、祥子の鮮血によって両手と上半身を血塗《まみ》れにした吉之助が、呆けたような表情で床に座り込んでいる。

彼の両手には、彼女の腹から引き摺り出されたと思しき胎児が、ちょこんと載っていた。

第十二章　惨劇

「……私市《きさいち》さん」

物理《もとろい》波矢多《はやた》が静かに声を掛けたのと、

「ぎやあぁぁぁっっ！」

とんでもない絶叫が彼の背後で響いたのが、ほぼ一緒だった。

慌てて振り返ると、アケヨが両の目をひん剝《む》いた顔つきで、ぶるぶると全身を震わせながら立っている。波矢多の言うことを聞かずに、あとについてきたらしい。

「アケヨさん、駅前の交番まで走って貰《もら》えませんか」

「……し、しょ、祥子《しようこ》……さん？」

「はい、被害者は彼女です。ですから駅前の交番まで行って、伊崎《いざき》さんに知らせて下さい」

「……ジャ、ジャックよ。切り裂きジャックが、で、で、出たんだ」

「それはまだ分かりませんが、とにかく駅前の——」

「……わ、わ、分かった」

漸《ようや》くアケヨはその場を離れて、外の路地へと駆け出していった。

「どうしたんですか」

その彼女と入れ替わるようにして、住居部分から楊作民《ヤンツオミン》の声が聞こえた。どうやら側には私市心二《しんじ》と柳田清一《やなぎだせいいち》もいるらしい。

「三人とも、そこにいて下さい」

波矢多は自らの身体で戸口を塞《ふさ》いで、少なくとも心二と清一には休憩場所が見えないように配慮しながら、どう伝えたものかと思案していると、

「そんなとこで、何してる？」

僥倖《ぎょうこう》にも新市《しんいち》が現れたので、急いで手招いて現場を見せた。

「……ううっ」

さすがの彼も絶句して暫《しば》くは何も言えないでいたが、

「小父さん」

波矢多と同じように、まず物静かに吉之助《きちのすけ》に声を掛けた。だが相手は相変わらず呆けたような顔のまま微動だにしない。

「おい、まさか小父さんも……」

死んでいるのではないかと新市が疑うほど、完全に無反応である。

「それは、ない……」

と波矢多が言い掛けたところで、ゆっくりと吉之助は崩れるように倒れた。その様が恰《あたか》も絶命したようにも見えたため、二人とも大いに焦った。

「小父さんだけでも、ここから運び出すか」

「現場を無闇に触るのは、やっぱり不味《まず》いだろう」

「おいおい、現場って……」

そこで新市は初めて事の重大さに気づいたらしく、

「お前……、小父さんが、しょ、祥ちゃんを……」

「いや、そうだと決めつけることはできない」

「あ、当たり前だ」

「しかしな、この現場の状況は、決して楽観できないと思う」

「実の娘だぞ。しかも、こんな……」

新市は怒りを露《あら》わにしたが、当の波矢多は冷静な口調で、

「よく考えろ。ここで私市さんと親しいお前が、勝手に彼を動かして現場を乱したら、警察がどう感じるか。それは私市さんにとっても、良い結果は生まないのではないか」

「…………」

新市は怖い顔で波矢多を睨《にら》んでいたが、やがて表情がふっと揺らぐと、

「……お前の言う通りだな。いや、すまん」

がっくりと項垂《うなだ》れてしまった。

「謝る奴があるか。お前の反応は、至極真っ当だよ。俺が客観的になれるのは、私市さんとも祥子さんとも、まだ会ったばかりだったからだ」

「探偵だから……も理由に入るだろ」

「莫迦《ばか》言え」

新市が軽口を叩いたので、波矢多は少しだけ安堵できた。

「……話してくる」

住居部分を見やって新市が言ったので、楊と心二と清一への説明は彼に任せることにした。

暫くすると引き戸越しに、心二らしい慟哭《どうこく》が聞こえてきた。それは波矢多の胸が苦しくて痛くなる

ほど、かなり激しい悲惨な嘆きだった。

　彼が妻を一目でも見ようとして、こっちに来たら……。

どう応対すれば良いのか、波矢多にも分からない。だが幸いにも杞憂《きゆう》に終わった。新市が止めているのか、彼から遺体の有様を聞いて確かめる気にならないのか。

　予想よりも早く交番の伊崎が、手回し良く刑事たちを連れて現れたので、波矢多はびっくりした。てっきり彼だけが先に来るかと思ったのだが、よく考えると巡査の案内がなければ、刑事たちは赤迷路内で迷うかもしれない。伊崎の機転である。

　波矢多は求められるまま刑事たちに発見の経緯を伝え、机の上の祥子と床下に倒れている吉之助の身元を教えた。次いで自分自身と、住居部分にいる四人についても簡単に説明する。

　そこへＭＰが現れた。被害者は日本人なのに――と波矢多は訝《いぶか》ったが、交番に駆け込んだアケヨが「切り裂きジャックが出た」と口にした所為《せい》ではないかと考えた。もし米兵ジャックの犯行だとしたら、この事件は有耶無耶《うやむや》になるかもしれない。被害者が日本人で犯人が米国人という関係は、ＧＨＱが最も警戒して嫌う事件だからだ。

　佐奈田《さなだ》という名前の警部は、まず吉之助の意識を戻そうとした。しかし彼が全く無反応だったため、すぐに宝生寺駅の北側にある木舞《こまい》病院に送った。

　それから現場検証をする一方で、波矢多たちの事情聴取を一人ずつ行なった。応接間での聞き取りには、もちろんＭＰも同席した。全てが終わって警察が撤収したときには、疾《と》っくに日付が変わっていた。

　見張りのために残った警官を除くと、最後に私市遊技場を出たのは波矢多と新市である。

「俺は朝のうちに、まず病院に行って、小父さんの様子を見てくる」

「回復していることを祈ってるけど……」

波矢多の口調に感じるものがあったのか、新市は鋭い眼差しで、

「奥歯に物が挟まったような言い方に聞こえたんだが、何かあるのか」

「壁耳だ」

そう言って波矢多がカリエへ向かったので、新市も大人しく従った。

彼の「壁耳」という表現が「壁に耳あり障子に目あり」だと、さすがに察したためだろう。赤迷路の店主や従業員の中には、波矢多たちと同様に、狭い店舗の二階で寝泊まりしている者もいる。下手に路地で会話をすると、それを聞かれてしまうかもしれない。

カリエの二階に落ち着いたところで、

「まさかお前、小父さんを疑ってるわけじゃねぇよな」

新市が凄んだ。ただし彼の表情には懼《おそ》れの感情も多分に含まれている。

「いや、それはない」

そのため波矢多も、まず友を安心させるために、きっぱりと否定した。

「被害者は実の娘のうえ、彼女は私市さんの初孫を妊娠していた。どう考えても犯人になりようがないだろ」

「当然だ。ただ……」

かなり不安げな顔で新市は、

「あんな状況でお前に発見されたのは、さすがに不味いだろう」

「……見たままを警察に話した」

「そうか……。仕方ないな」

「でも、あの凄惨な現場を私市さんが目にして、咄嗟《とっさ》に錯乱した結果、被害者の腹部から胎児を取り出した……とも見做《みな》せる」

「小父さんが……」

「もちろん真犯人が、やったのかもしれない。その場合は、この猟奇的な行為の動機が問題になるわけだが……」

「小父さんがやったのなら、思わず赤ん坊を助けようとして……ってことか」

「仮に胎児を取り出したのが真犯人だったとしても、私市さんが両手で持ち上げたのは、祖父として不自然な行為ではない——と幾らでも言い訳できるだろ」

「そ、そうだよな」

　新市の顔色が少し明るくなったのも束の間、すぐさま元に戻ると、

「だったらお前は、それほど何を気にしてるんだ?」

「ちゃんと確認できたわけではないけど、他の人たちが応接間で事情聴取を受けているとき、できるだけ聞き耳を立てるようにした」

　新市は無言で頷いている。

「その結果、もしかすると犯行時に、店内にいたのは祥子さんと私市さんの二人だけではなかったのか……という気がしてきた」

「えっ……」

「住居部分の扉の前には心二さんとアケヨさんが、パチンコ店の玄関の前には楊さんともう一人が、応接間の閉め切りの扉の近くには清一君ともう一人が、それぞれ立ち話をしていて、誰も出入りしていないと証言しているようなんだ」

「………」

「パチンコ店の東西の壁には、窓が三つずつあるけど――」

「閉店後なら、戸締まりしてたはずだ。仮に鍵を閉め忘れていて、その一つから犯人が出入りしたのだとすると、心二やアケヨや清一に、まず目撃されただろうな」

「しかし、そんな証言は出ていないようだ」

「住居部分の北側の壁には、窓が二つある。ただ、やっぱり閉店と同時に、あそこの窓にも鍵を掛けてるはずだ。それに北隣の店との間がかなり狭くて、あの小路に入るのは、なかなか難しいと思う」

「応接間の小窓は？」

「お前も珈琲《コーヒー》の出前で見ただろ。あそこを通れるわけがねぇ」

「つまり私市遊技場は犯行時、密室状態にあったと言える」

「その密室の中で、祥ちゃんは殺された……」

「彼女の側にいたのは、両手が血塗《まみ》れの私市さんだけだった……」

新市は激しく髪の毛を掻き毟《むし》りながら、

「幾ら動機がなくても、警察は小父さんが犯人だと思う……よな」

「しかも私市さんは、かなりの深酒をしていたらしい」

「……不味いな」

「私市さんに酒乱の気があることを、遅かれ早かれ警察も知るだろう」

新市は暫く考え込んでいたが、

「朝のうちに木舞病院で小父さんの具合を見てから、警察を始め関係機関を回って情報を集めてみる」

「そっちに伝手《つて》があるのか」

波矢多が尋ねると、新市は呆れたように、

「前から言ってるだろ。俺たちの同期の多くは、政府や大企業でそれなりの立場にいるって。まだ若いから役職に就いてる者は少なそうだが、そういう立場の人間の片腕に、誰もがなってるんだよ。未だにぶらぶらしてるのは、俺とお前くらいだぞ」

「一緒に行こうか」

「うん、最初は俺もそう考えた。皆もお前に会いたいだろうしな。俺たち二人が巻き込まれてると分かれば、どんな情報でも教えてくれるし、どんな便宜も図ってくれる」

そこで新市はにやっと笑うと、

「むしろお前だけ顔を出した方が、その効果は望めるかもしれん」

「何処《どこ》に行けば誰に会えるのか、何も知らんぞ」

「それは俺が教えてやれる。けど不案内なお前に任せるより、やっぱり俺の方が適任だろ。それにお前には、その間に探偵の活動をしておいて欲しい」

「楊さんたちから話を聞いて、事件までの状況をはっきりさせるのか」

「さすがに察しが良いな」

「しかしな、それで現場の密室性が、完全に証明されるかもしれないぞ」

するると新市が真顔になって、

「そうなったら名探偵の物理波矢多が、密室の謎を解けばいいじゃねぇか」

「簡単に言うな」

正直この役目は荷が重過ぎる——と波矢多は思った。しかし赫衣《あかごろも》の件を引き受けている以上、その依頼人である私市吉之助が巻き込まれた事件に取り組むのは、当然とも言える。しかも相手は新市が

「小父さん」と呼んで慕《した》う人物である。友のためにも尽力したい。

朝食を済ませると新市はすぐに出掛けた。

私市遊技場の従業員休憩場所では、朝から警察が現場検証を再開した。それと並行して関係者の事情聴取も、再び応接間で行なわれた。波矢多、心二、楊、清一、アケヨの順番である。もっとも話す内容は昨夜と変わらない。もし少しでも違うと、佐奈田警部に突っ込まれる。そんな洗礼を全員が受けた。ちなみに新市の外出は警部の怒りを買ったため、波矢多が代わりに謝っておいた。

楊と清一が一緒にいた者の姿はその場に見えず、アケヨは朝が弱い所為か元気がない。いや、それは他の四人も同じだった。

祥子が惨《むご》い殺され方で亡くなり、その犯人が吉之助かもしれない……という疑念に苛《さいな》まれているのだから無理もない。口に出してこそ言わないが、誰もが同じだったのは間違いなかった。

波矢多は昨夜のうちに新市と打ち合わせをして、今日の午前中だけカリエの店内を借り切ることにした。店主には熊井潮五郎《くまがいちょうごろう》から、その間の賃貸料が支払われる段取りになっている。

警察の再度の事情聴取が終わった順で、波矢多は昨日の出来事を全員から聞いた。それを纏《まと》めたのが左記である。

午前中　私市心二と祥子が新宿の李《リ》家を訪ねる。物理波矢多が赤迷路を探索する。
午前十時　私市遊技場の開店。
午後二時頃　私市吉之助が組合の臨時会合に出掛ける。
午後二時半頃　佐竹《さたけ》が客として私市遊技場に来店する。
午後三時半頃　佐竹が私市遊技場を出る。この間、彼は柳田清一と内緒話をする。

午後四時頃　吉之助が組合の臨時会合から戻る。
午後五時頃　楊作民の紹介で、東宏彦《ひがしひろひこ》（陳彦宏《チンビンイン》）が吉之助の面接を受けにくる。
午後七時過ぎ　清一が佐竹の件を吉之助に伝える。
午後八時過ぎ　心二と祥子が私市遊技場に戻る。
午後八時半前　吉之助が酒を飲みに出掛ける。
午後八時半頃　アケヨがカリエに来店する。
午後九時前　佐竹と陳が私市遊技場に再び現れ、それぞれ清一と楊を呼び出す。
午後九時　私市遊技場の閉店。新市が波矢多を捜しに出る。
午後九時過ぎ　楊が陳と私市遊技場の玄関横で、清一が佐竹と応接間向かいの路地で、それぞれ密会をする。なお楊と清一は店を出る前に、従業員休憩場所で帳簿をつけ始めた祥子に挨拶をしている。
午後九時十五分頃　吉之助が泥酔状態で私市遊技場に戻る。心二が住居部分から路地へ出る。アケヨがカリエを退店する。
午後九時半頃　波矢多が私市遊技場に戻って従業員休憩場所で、殺害された祥子と茫然自失状態の吉之助を発見する。
午後九時半過ぎ　新市が私市遊技場に戻る。

以上を纏めていて波矢多が気になったのは、吉之助に鬱憤《うっぷん》の溜まっていく様が手に取るように分かったことである。
まず組合の会合で揉め事があり、次いで楊に紹介された陳に騙《だま》されそうになり、それから清一の昔の悪い仲間が私市遊技場に押し入る計画を立てていると知らされ、更に李夫婦のために用意した四つの香典袋のうち三つを返されてしまい……と正《まさ》に立て続けに問題が起こり、その度に吉之助は怒りに駆られた。いや、最後の香典の件では、もう怒る気力もなかったらしい。

それでも吉之助は酒を飲みに出掛けた。そして戻ってきたときには、ほとんど泥酔していたという。これは心二の証言による。

出掛けてから戻るまで約四十五分しかない。何処の店に行ったのか今のところ不明だが、往復に五分から十分を見るとして、そこで飲んだ時間は三十五分から四十分ほどに過ぎない。そんな短時間で、そこまで酔えるものなのか。

カストリとバクダンなら可能だ。

そう波矢多は考えた。吉之助であれば高級ウイスキーからビールまで、どんな種類の酒でも好みのままに飲めただろう。多くの者は金がないため、安いうえに酔いが早く回るカストリとバクダンを選ぶしかないわけだが、もしかすると吉之助は個人の嗜好《しこう》から、この二つを飲んだのかもしれない。

カストリの一杯目は鼻を摘まないと飲めないほど、つーんとした臭いがある。ほとんど異臭というべきか。だが我慢して口に含んで飲み下した途端、口内から喉、喉から胃袋へと強烈な刺激を覚える。特に胃の中は燃え上がるような騒ぎとなる。普通の者なら二杯目で早くも酩酊し、三杯目で完全に酔い潰れる。

バクダンも同様だ。文字通り胃の中で爆弾が爆発した如くに感じる。その爆風と炎が喉を伝って込み上げてきて、口から噴き出すのではないかと実感するほど、その威力は凄まじい。これ以外の命名が絶対に考えられない酒である。

恐らく吉之助は、この二種類を痛飲したのではないか。そのため酒豪の彼と雖《いえど》も短時間で酔いが深く回ってしまった。

ここまで推理を進めたところで、波矢多は思った。

いずれ私市さんは回復するだろうけど、もしも彼に昨夜の記憶が戻らなかったら、なかなか厄介なことになるな。

警察は昼過ぎに私市遊技場から引き上げた。ただし惨劇の現場は、そのまま手をつけずに現状を維持するように言われた。波矢多たちは警察の許可を得て、従業員休憩場所で線香を上げた。それが祥子に対して今できる精一杯の供養だった。

私市遊技場は立入禁止となり、当分は店舗の営業ができないため、心二は清一を連れて私市家へ帰り、榻も貧民街の家に戻った。

吉之助が収容された木舞病院に行くかどうか、心二は迷ったようである。妻が惨殺され、その現場に義父がいた。彼の立場なら頭が混乱して当然だろう。だが結局、清一の面倒を見るという口実で、心二は家に籠《こも》ることを選んだらしい。

ただし心二も清一も榻も、私市吉之助が警察に逮捕されるのかどうか、その点を大いに気にしたのは言うまでもない。

三人に詰め寄られて波矢多は、ある程度の回復を見るまでは入院という措置が取られるだろうが、事情聴取が可能になったところで本人から話を聞いたうえで、今後のことが全て決まると思うと慎重に答えた。

「とはいえ私市さんの容疑が濃いのは、ほぼ間違いないでしょう」

そう最後に付け加えたのは、それなりの覚悟が必要になると、暗に伝えるためである。

新市が情報収集を終えて戻るまで、波矢多は私市遊技場の周囲を巡った。特に表玄関の横開き戸、住居部分の扉、応接間の閉め切りの扉の三ヵ所は重点的に調べ、次いで店舗に設けられた換気用の窓と、住居部分と応接間の窓も検《あらた》めた。

苦労したのは住居部分の二つの窓だった。新市が言っていたように、北隣との店の間が異様に狭い。普段ほとんど使われていないのか、ゴミも溜まり捲《まく》っている。この小路に犯人が出入りしたのだとしたら、必ず痕跡が残るだろう。

住居部分を通り過ぎると、履物を扱う店舗「等々力屋《とどろきや》」の側面に出る。私市遊技場の応接間の北側が、この店の分だけ凹んでいるからだ。もっとも小路の狭さと汚さに変わりはなく、ここを等々力屋でも使用していないことがよく分かる。

一通り調べ終えたあと波矢多は、カリエの二階で事件直前の各人の細かい動きを改めて纏めた。その作業が終わる頃、漸く新市が帰ってきた。かなり疲労した表情をしている。

「大変だったたな。疲れただろ」

労《ねぎら》いの言葉を波矢多が掛けると、新市は「まぁな」と軽く応えたあと、今日あちこちで会ってきたばかりの建国大学の同期生たちの話を始めた。

「そうか。そいつらは元気でやってるのか」

波矢多は純粋に嬉しかった。同期生たちの中には戦死した者や、未だに生死の分からない者もいる。しかし今、新市が名前を出した友たちは、新たな人生を確実に歩んでいた。優秀な奴ばかりのため、きっと全員が成功するに違いない。

二人は一頻《ひとしき》り同期生たちの話をして大いに盛り上がった。

「よし。ここからは事件についてだ」

新市は区切りをつけるように、そう言いつつ波矢多を階下に誘った。

「この店が使えるのは、午前中だけだったんじゃないのか」

「そういう話になってたんだが、午後からだけ店を開けたり、俺たちに午前だけ貸したりと、ややこしいと店主が言い出して――。それで良い機会だからって完全に店を休みにして、千葉方面の実家に帰ることにしたらしい。親父もその分の賃料を払うと言ってる。だから当分の間、俺たちで好きに使えるわけだ。珈琲や酒も飲めるぞ」

「一日中ずっと動き回って、君は酒の気分かもしれないが――」

　波矢多が皆まで言う前に、

「確かに飲みたいけど、今は頭をはっきりさせとく必要がある。珈琲にしよう」

　新市はカウンターの内側に入って、早くも湯を沸かし出した。

「珈琲を淹《い》れてる間に、こっちで纏めた事件前後の関係者の動きを説明するから、何か補足があったら言って欲しい」

　それに新市は頷いたが、波矢多が話している間は、ずっと口を閉じたまま耳を傾けていた。

「ほい、出来上がりだ」

　ちょうど波矢多が話し終えたところで、珈琲が入った。

「どうだ？　ここの店主の珈琲と比べても、なかなかいけるだろ」

　新市はカウンターから出ることなく、そのまま腰を落ち着けて珈琲を味わい出したので、波矢多も口をつけた。

「うん、美味いな」

「そうだろ。俺も珈琲の店を出すかな」

　何処まで本気か分からない口調だったが、新市は珈琲を飲みながら、

「よく纏まってると思う。俺が付け加えることは特にない」

「一つ気になったのは、楊さんを訪ねて陳が、清一君を訪ねて佐竹が、再びパチンコ店に現れたとき、どっちも君は気づかなかったのか、という点だ」

「面目ない」

新市は力なく項垂《うなだ》れながら、

「楊さんによると、陳は玄関から顔だけ出して、彼に合図をしたらしい。清一の場合は、店内に再び入ってきた佐竹を、彼の方で先に見つけたので、追い払うために仕方なく、あとで会う約束をした。陳はともかく、佐竹を見逃したのは、俺の責任だ」

「とはいえ君も、仕事をしてたんだろ」

「パチンコ台の裏でな。しょっちゅう覗き穴から、店内を監視してるわけじゃねぇからな。それにしても不覚だった。小父さんなら、もっと佐竹を警戒したかもしれない」

「また来るんじゃないかって？」

「ああいう手合いは、なかなか諦めが悪いからな。しかも清一が勤めてるのは、羽振りが良さそうなパチンコ店だ。佐竹のような奴が、昔の美味しい伝手を簡単に捨てるわけがねぇ」

「お陰で――という言い方は、この場合どうかと思うけど、犯行時あの店舗は密室状態にあったと分かるわけなんだが……」

「……うん」

「私市さんの様子は？」

新市が戻ったところで、本来なら真っ先に尋ねるべきことだろう。それを波矢多が躊躇したのは、新市に躊躇《ためら》いの気配を覚えたからである。だから二人とも同期生たちの話題に熱中して、肝心な要件を先延ばしにしたのかもしれない。

「病院で意識が戻った。ただ……」

「記憶がないのか」

「……ほとんど喋らないらしい」

新市の物言いに、引っ掛かりを覚えた波矢多は、

「一言も？」

「……いきなり呟きめいたものを、時折ぼそっと口にするらしいんだが、全く意味が分からんみたいでな」

「どんな言葉を？」

「なんでも『……かぶ』とか、または『……ほら』とか、あるいは『……きり』とか」

「株式会社の『株』のことか」

「的屋《テキヤ》で株式会社にしてる奴なんて、まずいねぇぞ」

「そうだろうな。『ほら』は法螺《ほら》話や洞窟が、『きり』は天候や大工道具が浮かんだけど――」

「とても関係あるとは思えねぇ」

「警察は？」

「最初は事件の手掛かりになると考えたようだが、いくら調べても何のことか分からんので、今じゃ意味のある呟きとは認めていないらしい」

「私市さんには――」

「いや、会わせて貰えなかった。身内じゃねぇからな」

それは病院へ駆けつけない心二を、暗に非難しているかのように聞こえた。

「医者の話は聞けたのか」

「あぁ。医者が断言したのは二つ。一つは小父さんが確実に泥酔していたこと。もう一つは途轍もない精神的な衝撃を受けたに違いないこと。そして後者の理由として、娘の惨殺された遺体を目の当たりにした所為である——と医者は診立てている」

「でも、警察は違う？」

「酒乱によって娘を殺《あや》めてしまったあと、ふっと酔いから醒《さ》めたところで、己の信じられない行為に気づき、精神的に可怪《おか》しくなった——という見立てだ」

「しかし幾ら酒乱とはいえ、何の動機もないのに……」

そう突っ込む波矢多に、新市は険しい顔をしながら、

「この警察の見立てを支えているのが、お前が指摘したように、犯行時あの店は密室状態にあったという事実なんだ」

「他の者に犯行は不可能だった——と？」

「よって小父さんが犯人である」

「筋は通ってるけど、被害者と容疑者の関係性を、幾ら何でも無視し過ぎてるだろ」

「だから——」

と新市は、凝《じ》っと波矢多を見詰めつつ言った。

「この密室の謎を、お前に解いて欲しい」

第十三章　安普請の密室

「うん、分かった」

　波矢多《はやた》は返事をしたあと、すぐさま尋ねた。

「私市《きさいち》さんが短時間のうちに、どの店で、どんな酒を、どれほど飲んだのか。それを警察は突き止めているのか」

「いや、まだのようだ。しかしな、小父さんが飲んだのは、カストリやバクダンだと思う」

　新市《しんいち》の考えも、波矢多と同じらしい。

「あれは病みつきになると、真面《まとも》な酒では物足りなくなる。お前の歓迎会のとき、小父さんの酔いが穏やかだったのも、その所為《せい》だ」

「充分に酔われていたように見えたけど……」

「そう感じたってことは、程好い酔いだった証拠だ」

「確かに酒乱と化した場合、とても手には負えなくなるだろうからな」

　新市は眉間に皺《しわ》を寄せると、

「だから小父さんが飲んだのは、カストリやバクダンに違いない。ただ、そうなると店を突き止めるのは、かなり難しくなってしまう」

「警察に訊かれて『はい、うちの店です』とは、普通は答えないか」

「密造酒だからなぁ」

難しい顔のまま新市は、

「かといって親父の伝手で探って貰《もら》ったとしても、余り結果は期待できんぞ」

「駄目か」

「酒で泥酔した男が、妊娠中の娘を惨殺した……って噂が、もう赤迷路中に広まってるだろ。そんな中で『男が飲んだのは、うちの店でござい』なんて言う奴がいると思うか」

「ごもっとも」

波矢多は充分に納得してから、

「私市さんの酷い飲酒は、ほぼ事実と認められている。警察としては裏を取りたい。とはいえ何が何でも必要だ――というほどでもない。そんなところか」

「多分な」

新市は相槌を打ったあと、事件の検討に話を進めた。

「凶器は出刃包丁で、昨日の新宿行きの帰りに、祥《しょう》ちゃんが新しい鍋なんかと一緒に買い求めた物の一つだった」

「それは、痛ましいな」

思わず口にしてから、波矢多は確認した。

「買った品物は、現場の従業員休憩場所に置かれていたのか」

「どうやら、そうみたいだ」

的屋《テキヤ》が闇市で果たした役目は色々とあるが、元軍需工場の経営者に手持ちの材料で鍋や釜を作って持ち込むようにと、新たな商売の提案をしたのも彼らだった。そのため鉄兜《てつかぶと》の多くが薬缶《やかん》に化けた。

また軍刀の生産者には包丁やナイフや鉈《なた》を作ることを勧めた。同じようにして飛行機の材料のジュラルミンが、フライパンや弁当箱や匙《さじ》になり、アルミの茶碗や盆が生まれた。

　そうした品が当初の闇市では売られた。もっとも在庫が一掃《いっそう》するまでの、言うなれば代用品だった。やがて正規品が出回るようになったため、それを祥子が買ったらしい。

「となると計画殺人ではなく、突発的な殺しだったことになるか」

「それだと小父さんが不利になると思ったんだが……」

　新市が妙に言い淀《よど》んだため、波矢多が先を促したところ、

「実は現場に、理解し難い物が残されていた」

「何だ？」

「注射器だよ」

「まさか、ヒロポンか」

　大日本《だいにっぽん》製薬が販売していた商品が「ヒロポン」で、その正体はメタンフェタミンという覚醒剤だった。疲労回復と眠気除去に効果があることから、第二次世界大戦でドイツ軍が導入して、それに日本軍も追従した。戦時中は軍需工場でも使用された。

　敗戦後、その在庫が一気に市場へと流れて庶民の間に広がってしまう。余りにも愚かな戦争により肉体的にも精神的にも疲弊《ひへい》し切った人々にとって、この薬は文字通りの麻薬だった。一度打つだけで無限とも感じられる元気が出るのだから、正《まさ》に魔法の薬である。

　だが一時の快楽は、とんでもない代償を使用者に齎《もたら》した。覚醒剤中毒が進むと身体ばかりか心まで病んだうえに、最後は人格の崩壊を起こして廃人と化した。

　そんな薬が昭和二十六年の「覚醒剤取締法」の施行まで、各々の薬品会社によって普通に市販され

ていた。薬局に行けば注射器とセットで買えた。その中でも大日本製薬のヒロポンが最も売れたため、この名称がいつしか代名詞となった。

当時は「疲労をポンと取る」から「ヒロポン」と命名されたと噂されたが、実際はギリシア語の「philoponos」が語源である。この言葉は「philo（愛する）」と「ponos（仕事）」から成り立っているため、要は「仕事を愛する薬」を意味した。軍隊にとって「仕事」とは「戦争」であり、それを兵士に愛させるため覚醒剤を使った。もっとも「ponos」には「苦痛」の意味もあることを考えると、何とも言えぬ恐ろしさを覚える。

ちなみに日本軍はヒロポンを「猫目錠」または「突撃錠」と呼んだ。前者は夜間でも兵士が平気で「仕事」を続けられるからであり、後者は特攻隊員にも用いた所為である。

「でも小父さんは、薬中とは違う。もちろん祥ちゃんも心二《しんじ》も……」

「楊《よう》さんも清一《せいいち》君も？」

念のために確認した波矢多に、新市は頷いてから、

「つまり真犯人の持ち物だった可能性が高い」

「ヒロポンを打った所為で、猟奇的な殺人を実行してしまった……」

「あの惨《むご》い現場は、薬の影響だったたって言うのか」

「薬中が進むと、かなり酷い幻覚を見るらしいからな」

「…………」

「または猟奇的な殺人を実行するために、真犯人は態々《わざわざ》ヒロポンを打った……」

「……幾ら何でも、その推理は飛躍し過ぎだろ」

波矢多は少し考える素振りを見せたあと、

「まずは昨夜の、関係者の動きを整理しよう」

「そうだな。祥ちゃんが従業員休憩場所で独りになったのは、九時の閉店後からだ。これは間違いないよな」

「それを楊さんと清一君が、店を出る前に確認している。正確に言うと、彼女を最後に見たと思われるのは心二さんになるわけだが――」

波矢多は答えてから補足するように、

「閉店後の手順を、先にお復習《さら》いしておこう。まず楊さんが玄関の横開き戸に内側から鍵を掛けて、更に二つの掛け金を下ろす。二枚の戸は横開きになっているので、それを閉めたあと鍵穴に鍵を差して回すと、右側の戸の側面から鉤《かぎ》の手が出て、左側の戸の穴に掛かる仕掛けだ」

「それだけだと外から抉《こ》じ開けられる心配もあるから、小父さんは戸の上と下に掛け金を取りつけたと聞いてる」

「片方の戸に回せる板状の金属を、もう片方にそれを受ける建具を取りつける。そして二つの戸に跨《また》がるように、板状の金属を建具に掛ける。極めて簡単な鍵だけど、それを横開き戸の上下に取りつけているところがミソだな」

「つまり玄関は、三重の鍵によって閉められていたわけだ」

「玄関戸の鍵は住居部分の箪笥《たんす》に仕舞われて、翌朝の開店まで使われないらしい」

「事前に合鍵を作っておくことなど、まぁ容易《たやす》いか」

「そうだな。楊さんが表玄関の戸締まりをしている間に、心二さんと清一君が換気のために開けてある店の窓を閉める。窓は店内の東西の壁に三つずつあり、その鍵は螺子《ねじ》締まり錠になる。三人が戸締まりを始めると同時に、祥子さんがその日の帳簿をつけ始める。私市さんがいれば彼女を手伝うが、ほとんど飲みに行っていることが多い」

「まっ、そうだろうな」

「戸締まりが終わったところで、楊さんと清一君は祥子さんに挨拶をして、住居部分の扉から店外へと出る。楊さんは帰宅のために、清一君は赤迷路を彷徨《うろつ》くために」

「清一の日課のようなものか。もっとも目的は、貰った給金での買い食いにあるんだから、酒飲みの小父さんと比べたら可愛いもんだよ」

自分が稼いだ金で食べ物を買うという行為は、かつて浮浪児だった彼にとって、こちらの想像以上に心震わせる体験であるに違いない。そんな風に波矢多は強く思った。

「最後に残った住居部分の北側にある窓は、いつも心二さんが鍵を掛けている」

「隣の店との間には、かなり狭っ苦しい隙間しかないから、あの窓を開けていても意味はないんだけどな」

「赤迷路の店舗の密集具合を見る限り、店と店の間に少しでも空間があるのは、かなり贅沢と言えるのではないか」

「まぁな」

新市は気のない相槌を打ちつつ、

「祥ちゃんを最後に見たのが心二ということは、彼も従業員休憩場所にいたのか」

「心二さんは普段、彼女と一緒に従業員休憩場所に残ることもあれば、住居部分で仕事が終わるのを待っている場合もあるらしい」

「そして昨夜は、前者だったわけか」

やや興奮気味に確認をする新市に、波矢多は冷静な口調で、

「ところが、どうも違うようだ。心二さんが従業員休憩場所に残っていたのは、祥子さんに声を掛けた、ほんの二、三秒に過ぎないらしい。だから楊さんたちが住居部分から出る前に、そこで心二さんにも挨拶ができた」

「その後、彼は従業員休憩場所には入っていない？」

「私市さんが酔って戻るまでの約十五分間、心二さんは住居部分にいたという」

「つまりその間、あの店の中にいたのは、心二と祥ちゃんだけだった……」

「うん。しかし心二さんにも私市さんと同様、祥子さんを手に掛ける動機が全くない」

「店の外に出たあと、楊さんと清一は？」

「住居部分の扉の前で、二人は左右に別れた。楊さんは表の玄関まで行き、そこで待っていた陳《ちん》と立ち話を始めた。清一君は店の北側の狭くて細長い空間を通り抜けると、応接間に面した路地へと出て、その向かいの小路で身を潜《ひそ》めていた佐竹《さたけ》と会った」

「あそこを通ったのか」

「一刻も早く佐竹と会って、追い返したかったと、本人は言っている」

「その佐竹と陳だが、警察は行方を追ってるようだ。ただし彼らが、私市遊技場殺人事件を知ったら、間違いなく逃げるだろうけどな」

「どちらも見つかることは、まずないか」

新市は頷きながら、

「で、楊さんと清一は彼らと、一体どんな話をしてたんだ？」

「それが二人とも、全く同じだったらしい」

「まさかとは思うが、あの店に押し入る算段とか」

「もちろん楊さんと清一君は、きっぱり断ったと言っている」

「佐竹はともかく、陳までもそうとは……」

「私市さんに罵倒された腹癒《はらい》せに、ということらしいぞ」

これには新市も呆れたようで、

「完全な逆恨みだな。ただ、そうなると二人とも、すんなり引き下がったとは思えねぇな」

「かなり執拗《しつよう》だったみたいだけど、楊さんも清一君も突《つ》っ撥《ぱ》ねた」

ここで波矢多は困惑したような顔で、

「相手との会話の内容を、少しも隠すことなく警察に話したのは、二人が真っ正直だったからだと思うのだが――」

「余りにも正直過ぎるのは、他に隠したい事実があるから……という穿《うが》った見方もできるか」

「どちらかが相手に押し切られて、二人で店に侵入した。それを祥子さんに咎《とが》められ、咄嗟《とっさ》に相手が殺してしまった……」

「押し込みを考えるような奴らだからな」

「隣の住居部分にいた心二さんに気づかれなかったのは、祥子さんが声を荒らげなかったからかもしれない」

「押し入った二人の片方が、楊さんと清一のどちらかだったので、祥ちゃんは説得して止めさせようとした。その隙を陳か佐竹に突かれて、彼女は殺されてしまった……」

「心二さんや私市さんが犯人と考えるよりも、遥かに納得できそうだけど、大きな問題が立ち開《はだ》かっている」

「……密室か」

新市の表情が忽《たちま》ち険しくなった。

「店の玄関の施錠は、鍵と二つの掛け金の三重状態だった。君が言った通り事前に合鍵を作れるけど、外側から掛け金を外して店内に入り、犯行後に外へ出てから再び掛け金を下ろすのは、どう考えても不可能だろう。そして応接間の扉は、完全に閉め切り状態で開かない。これに関しては警察も、何度も確認していた節がある」

「その警察の調べによると、店の六つの窓は全部、ちゃんと内側から螺子締まり錠が掛かっていたらしい。そして住居部分の窓の外、例の狭い小路には、明らかに何者かが入った痕跡があったということなんだが――」

「それは清一君が慌てて通ったから、とも見做《みな》せるわけか」

「あぁ。しかも二つの窓には、やはり内側から螺子締まり錠が掛かっていた」

鹿爪らしく頷く波矢多に、新市が問い掛ける。

「住居部分の扉は？」

「楊さんと清一君が帰ったあと、私市さんが戻ってくるまで、誰も入っていないと心二さんが証言している。そして私市さんと入れ替わるように、心二さんが表に出ている」

「そのとき祥ちゃんは……」

「既に殺害されていたのかどうか、それは分からない。心二さんが表の路地に姿を見せた直後、カリエからアケヨさんが出てきて、彼と立ち話を始めた」

「心二が入れ替わるように表へ出たのは、小父さんと二人だと気詰まりだったからか」

「泥酔した私市さんが絡んできたとか、そういう出来事は別になかったらしい。ただ、応接間のテーブルに出しっ放しだった例の香典袋を、あそこは来客用だからと住居の方に持ってきておいた。それを私市さんが目に留めたようだったので、再び彼が不機嫌になる前にと考えて、心二さんは外へ出たということだ」

「その場の状況を見れば、正しい判断だと言えるな」

「ここで問題になってくるのが、いつ私市さんは従業員休憩場所に入ったのか……だ」

「小父さんが戻ってきた午後九時十五分頃から、お前が現場に踏み込む九時半頃までには、約十五分ある」

「帰宅と同時に休憩場所へ入った場合、犯行は充分に可能だろう」

「だが小父さんは泥酔してた。その約十五分間を住居部分でぐだぐだ過ごしてたとしても、別に不思議じゃねぇ」

「それから休憩場所へ入って、娘さんの信じられない姿を目にして、思わず胎児だけでも助けようとした……」

「そして一時的に正気に戻り、咄嗟に声を上げた。それをお前たちが聞いた」

「完全に辻褄は合うけど、だからと言って私市さんの容疑が弱まるかと言えば、やっぱり違うだろう」

「……そうだな」

新市が暗い顔をしたので、波矢多は密室に話を戻した。

「期せずして店内に通じる三つの出入口の前に——応接間の扉は閉め切りだけど——それぞれ二人ずつ見張りが立っていたような状態になったわけだ」

「もっとも心二とアケヨ以外の組は、とても相手が信用できんけどな」

厳しい口調で新市は断言すると、

「で、お前が帰ってくるまで、心二たちの前を通って店の住居部分に入った者は、誰もいなかったと？」

「心二さんもアケヨさんも、そうはっきりと証言している」

「唯一ここの扉だけが、犯行時には開いていたのに、皮肉なもんだ」

ぼやくような新市の呟きを受けて、波矢多が応えた。

「開いていたと言える箇所が、もう一つあるだろう」

「えっ、何処《どこ》だ？」

「応接間の小窓だよ」

「あっ、そうだったな」

「あの窓の螺子締まり錠は壊れていて、全く使い物にならない状態だった」

「けど小窓だから、防犯上は――」

と言い掛けて新市は、すぐさま叫んだ。

「そうか！　子供なら入れるか」

だが彼は一転、そこから何とも言えぬ表情になって、そのまま黙り込んでしまった。

「どうした？」

波矢多が尋ねても、なおも彼は黙っている。

「あの小窓から佐竹が侵入したと、君は今ふと考えたんじゃないのか」

「そうだったんだが……」

「何か問題でも？」

新市は辛そうな顔つきで、

「店内で目にした奴は、子供の癖に大人びていた。いや、おっさんのような感じが既にあった。それは奴の身体にも言えたんだよ」

「つまり小窓を通り抜けられそうにないってことか」

「あぁ……。それが可能なのは、清一の方だろう」

二人の間に暫《しばら》く無言の時が降りた。密室への唯一の出入り口を通過できるのが、選りに選って柳田《やなぎだ》清一だけと分かったからである。

「しかしな――」

やがて波矢多が口を開いた。

「佐竹に強要されて、清一君が小窓から侵入したとして、本来なら横の扉の鍵を内側から外せと言われるだろうが、あれは立て付けの悪さの所為で全く開かない。完全に閉め切られた扉になっている」

「そうだな」

「しかも清一君は、そのとき従業員休憩場所に祥子さんが、住居部分に心二さんがいると知っていた。心二さんに関しては、どっちにいるか事前に断定はできないけど、応接間から様子を窺《うかが》えば幾らでも分かったはずだ」

「それを聞いた佐竹は、押し入るなら二人が帰ったあとだと気づくか。いや、そんなことする必要さえない。なんせ住居部分で暮らしてるのは、当の清一なんだからな」

「仮に清一君が小窓から侵入して、もし祥子さんに見つかったのだとしても、だからといって彼女を、彼が手に掛けるわけがない。そもそも祥子さんは、清一君を目にしても、決して彼が侵入したとは思わない」

「確かに。あら、遊びに出たんやないの――って、ちょっと不思議がるくらいだろ。それに佐竹の野郎さえいなければ、清一自身には動機が一切ないことになる」

「ただ……」

　波矢多は言い難そうに、

「私市さんは動機がないのに、密室状態の現場にいたから最重要容疑者となった。清一君にも同じ表現を用いた場合、どれほど動機がないにしても、密室に出入りできた唯一の人物という事実から、彼にも容疑が掛けられるのではないか」

「まだ子供だぞ」

「敗戦後の酷い境遇の中で、子供たちは犯罪者にならざるを得なかった」

「それとこれとは……」

「果たして話が違うだろうか」

　波矢多の問い掛けに、新市は何も応えられない。

「どれほど相手が子供であっても、実の父親が娘を惨殺したと考えるよりは、まだ受け入れられるのではないか」

「けどな……」

　新市は苦悩する眼差しで、

「清一には動機がない。いや、それは小父さんも同じなんだけど……」

「だから二人に掛かる容疑は、今のところ同じくらいになる。少なくとも俺たちは、そう考えるべきだと思う」

「……分かった」

　覚悟を決めたように新市は頷いてから、

「店の玄関からの侵入と脱出は、本当に無理なのか」

「楊さんはともかく、そこには陳がいた。だから君が期待を掛けるのは理解できる。でも三ヵ所の中で、ここが最も堅牢だろうな」

「扉の施錠は合鍵で解決するとして、問題は掛け金か」

「君が戻る前に、店の周囲を一通り見回ってみた結果、改めて店舗は安普請だと分かった。つまり隙間を捜そうと思えば、幾らでも見つかるわけだ」

ぱっと新市の顔が輝いて、

「だったら、そんな隙間を利用した探偵小説のようなトリックを、お前が思いつきさえすれば、もう事件は解決したようなもんだろ」

「そんな訳あるか」

新市の軽口に、波矢多は苦笑しながら、

「確かに掛け金の場合、探偵小説でお馴染みの針と糸を使ったトリックが考えられる。もう少し複雑な差し込み錠であっても、それは同じだ」

「だったら――」

期待に満ちた眼差しの新市に、ふるふると波矢多は首を振りつつ、

「安普請であるが故に鍵を掛けたあとでも、あの表玄関の横開き戸に掛け金を下ろすためには、少しだけ開いた二つの戸の隙間を、両手で閉じる必要が実はある」

「そうなのか」

「よって内側から人力を用いない限り、あの二つの掛け金を下ろすことは難しい」

「北九州の炭坑住宅も、言わば安普請の密室だったんだろ。その炭住密室殺人事件の真相が、この事件にも応用できるんじゃねぇか」

「無茶を言うな」

そう即座に波矢多は返しながらも、一応は検討したが、

「現場の状況が違うので、やっぱり無理だ」

「……だよな」

流石に新市も納得したようである。

「密室の検討に行き詰まったら、次は何を考えるべきか」

「動機だろ」

波矢多は答えたあと、そのまま続けた。

「犯行の機会が最もあったのは、まず私市さんで、次が心二さんになるわけだが、この二人には動機がない」

「楊さんと清一にも動機はないけど、一緒にいた陳と佐竹は怪しい。祥ちゃん個人に対する動機ではなく、店に侵入したところを見咎められて、という展開が考えられるからだけど……」

「その二人がいた表玄関と応接間の前では、店内に入ることは不可能だった」

「結局また密室の問題に戻るのか」

新市は大いにぼやきつつ、

「やっぱりお前が、密室の謎を――」

「うん、検討すると同時に、実は隠された動機がないかを探る必要がある」

そう波矢多が応じると、

「誰のだ？」

かなり暗い新市の声音が聞こえた。

「昨夜の犯行時、私市遊技場の近くにいた全員の――」

「お前、それって……」

咄嗟に怒りを表に出し掛けたものの、自ら静めようと思ったのか、新市は煙草を喫《の》もうとしたようだが、

「あれ、切らしたか。おい、一本くれ」

空の箱を握り潰して波矢多に求めたあと、

「くそっ。お前は喫まねぇんだった……」

残念そうな顔をしながら立ち上がると、

「しょうがねぇなぁ。ちと買ってくる」

「もうすぐ午前零時だぞ。開いてる店なんかないだろ」

「何とでもなるさ」

そう断って新市はカリエを出て行った。煙草なら私市遊技場に幾らでもあるのに、それに手をつけないのは如何《いか》にも彼らしい。

波矢多は大人しく友を待ちつつも、私市遊技場の全体の見取り図を描きながら、目紛《めまぐ》るしく頭を働かせた。

今回の事件を解決に導く突破口は、果たして何か。

凶器は被害者が買ってきた品物だと、既に分かっている。しかし現場に残された注射器は、今のところ謎である。これが真犯人の持ち物だった場合、それが手掛かりになりはしないか。

また胎児を取り出したのが吉之助ではなく真犯人だったとしたら、その動機が問題となる。これは殺人の動機以上に重要ではないか。

……動機は何か。

全てはここに行き着くのではなかろうか。事件の動機さえ分かれば、仮に密室の謎が解けなくても済みそうな気もする。

恐らく現場が密室になったのは偶然だろう。

なぜなら三つの出入り口の前で、二人ずつ立ち話をする恰好になったのは、どう考えても偶々《たまたま》だったからだ。あの状況は真犯人が意図して出来上がったものでは決してない。陳が榻を、佐竹が清一を再び訪ねたのは、飽くまでも本人たちの意思によっている。心二が住居部分から表に出たのも、そのときアケヨがカリエを退店したのも同じだ。

斯様にして私市遊技場の密室は生まれた。

しかし偶然の密室だと分かっても、どうやって真犯人がそこに出入りしたのか、肝心なところは依然として不明である。密室化が偶々に過ぎないのであれば、それに真犯人は僥倖《ぎょうこう》にも助けられたことになるのか。そんな犯人にとって都合の良い展開が、本当に起きたのだろうか。

……いや、待てよ。

ここまで推理を進めたところで、はっと波矢多は気づいた。

逆の可能性もあるぞ。

偶然にも密室と化した建物の状況を見取った真犯人が、今それを利用して犯行を為せば、自分が疑われる懼《おそ》れは絶対にない……と咄嗟に判断したのかもしれない。そのためには当然、この密室に出入りできる方法を犯人は知っていたことになる。

ふっ。

波矢多は力なく笑った。

結局は密室の謎を解かなければならないらしい。新市が知ったら「お前は何を堂々巡りしてんだよ」と呆れるに違いない。

そのとき店の表が騒がしくなった。

波矢多が扉を開けると同時に、新市が店内に飛び込んできた。

「……で、出た」

「何が？」

呆気に取られる波矢多に、新市は焦《じ》れったそうに、

「あ、赫衣《あかごろも》に、決まってるだろ」

「ええっ⁉」

「しかも奴は、き、消えちまいやがった」

第十四章　赫衣、現る

熊井新市《くまがいしんいち》の話を纏《まと》めると次のようになる。

煙草なら私市《きさいち》遊技場に常備されていることを、もちろん彼も知っていた。代金さえ置いておけば別に問題ないと分かってもいる。けれど私市吉之助《きちのすけ》が不在のときに、そういう勝手をしたくない気持ちが強かった。

そこで新市は、吉之助が前に連れて行ってくれた飲み屋「スター」を目指した。あそこなら店主とも親しくなったので、幾らでも煙草を分けて貰《もら》える。もし店主が泊まり込んでいなくて不在でも、店内に侵入する方法はあった。

スターは今の店主になって名前が変わる以前、売春飲み屋だった過去がある。よって屋根裏のような二階から店の裏へ逃げ出せる仕掛けが、まだ残っていた。それは屋根の一部を外す方法のため、別に鍵が掛かっているわけではない。つまり肝心の場所さえ知っていれば、店への侵入は極めて容易《たやす》かった。

幾ら戸締まりをしていても、こういう盲点が闇市の店舗にはあるかもしれねぇんだから、こりゃ要注意だよなぁ。

己の行為を棚に上げつつスターに入り込むと、難なく煙草を見つけて、その代金を置いて新市は店を出た。まだ人通りはあるとはいえ、この時間帯になると店仕舞いをする飲み屋も多く、路地を歩く男たちの数もめっきり減る。そのため屋根に上がる際も下りるときも、幸い誰にも見られなかった。

新市がスターの店先へと出て、そこからカリエに足を向けようとしたところ、

「いぃやぁっ！」

逆側で短いながらも女の悲鳴が響いた。

「おいっ！」

誰何《すいか》するような声を発してから、そっちの方へ彼は駆け出した。

すぐに二股の角に着き、左手の路地に倒れている若い女性が視界に入った。と同時に右手の路地を素早く見やったが、誰もいない。

「だ、大丈夫か」

かなり怯《おび》えている彼女を助け起こしたところ、その陰に落ちている出刃包丁に気づいた。慌てて女性の身体に目を走らせたが、一瞥《いちべつ》した限り切られた箇所は洋服の何処《どこ》にもなく、怪我をしている様子も一切ない。

ただし女性の腹部が、ぷっくりと膨《ふく》れているのが見て取れて、

……妊婦か。

その事実に新市が、ぞくっとした寒気を覚えていると、

「ど、ど、どうしたんですか」

そこへ心二《しんじ》が姿を見せたので、彼は驚いた。

「こんな所で、何してる？」

しかし当の心二は、本当に穴が開くほど彼女を凝視するばかりで、満足に言葉が出てこないらしい。

「何だ？　何があった？」

更に伊崎《いざき》巡査が先の路地から駆けつけ、その彼の後ろから黒人の米兵と、なんと意外にもアケヨが現れた。

「あっ、あなた方は……」

伊崎は新市と心二の顔を見て、波矢多《はやた》の歓迎会を思い出したようである。

「やっぱり、出たのね」

ところがアケヨは、自分がよく知っている三人の男には見向きもせずに、ひたすら震えている若い女性を見詰めており、黒人兵は彼女の横に立っている。

「何があったか、話せるかな」

新市が優しく労《いたわ》るように尋ねると、若い女は動揺した口調で、

「こ、こっちの路地から、そ、そこまで来たら……、きゅ、急に抱きつかれて……、ほ、ほ、包丁が見えて……。悲鳴を上げたら、何処かで『おいっ！』って声が聞こえて……。そ、そしたら急に、そ、そいつが逃げて行って……」

「どっちへ？」

新市の問い掛けに、彼女は指差して答えようとしたのだが、

「……わ、分かりません」

結局は嫌々をするように首を振った。

「それから？」

「あ、あなたが……」

そう言いながら彼女は、ようやく新市の顔をまじまじと見たようである。

「近くの店で、君は働いてるのか」

「あっちに——」

スターから来た新市が曲がった左とは違う、右手の路地を指差しながら、

「母のやってる『弥生亭《やよいてい》』という居酒屋があって……、閉店したあとの帳簿つけを、いつも私が通いで手伝ってるんです」

聞けば彼女の名も「弥生」だという。母親が娘の名前を店につけたらしい。

「犯人を見たのか」

それまで新市にやや遠慮をしていた様子の伊崎が、そこで漸《ようや》く彼女に尋ねた。

「……い、いえ」

ぶるぶると首を振る弥生に、伊崎が畳み掛ける。

「男だな」

「はい……。あっ、でも、そう感じただけで……。絶対にそうだとは……」

「日本人か」

「……分かりません」

「若かったか」

「………分かりません」

「少なくとも大人だろ」

「そうだったと思いますけど……」

少しの手掛かりもなく、伊崎はがっかりしたようである。

「ちょっと彼女を頼む」

一時的に弥生の世話をアケヨに任せると、新市は伊崎たちを連れて路地の先へ進みつつ、左右の既

に閉店している店舗を注視しながら歩いた。

「犯人が逃げたのは、こっちのはずだ」

「どうして断言できます？」

伊崎に訊かれ、新市は答えた。

「弥生さんの悲鳴を聞いて、俺はすぐに駆けつけた。そのとき犯人と擦《す》れ違っていないので、俺が来た方には逃げていないと分かる。そして彼女が店から歩いてきた路地も、すぐさま覗いて確認したけど、誰もいなかった。もしも犯人があっちへ逃げ込んだのなら、少なくとも後ろ姿くらい目に入ったはずだ」

「なるほど」

説明を終えた新市が立ち止まったのは、次の分かれ道である。

「私が来たのは、こっちからです」

心二が右手に折れる路地を指差すと、

「本官とアケヨさんと彼とは、この先から来ました」

伊崎が左手に延びる路地を示し、黒人兵も無言で頷いた。

「あなたはアケヨさんのオンリーの、ジョージさんではありませんか」

「イエス」

新市の問い掛けに、黒人兵が場違いな笑顔で答えたあと、四人は左側の先へと進んだ。そして再び分かれ道が現れたところで、

「本官は、こっちから駆けつけました」

「ワタシトアケヨハ、コッチ」

伊崎が右手の、ジョージが左手の路地を指し示した。

「弥生さんの悲鳴が、ちゃんと聞こえましたか」

新市の質問に、三人が同時に首肯する。

「その悲鳴を耳にした途端、皆さんは走り出した？」

これにも三人は、ほぼ一緒に頷いた。どうやらジョージは日本語を話すのが苦手なだけで、聞く方はまずまず理解できるらしい。

「伊崎巡査が、アケヨさんとジョージさんと出会われたのは、何処です？」

「この角を本官が通り過ぎたとき、背後に気配を感じたので振り向くと、お二人が同じように駆けていました。すると前方に心二さんの後ろ姿が見えて、その直後、弥生さんを介抱している新市さんが目に入りました」

新市はアケヨたちがいる地点まで戻りながら、

「弥生さんが襲われた場所から、心二が来た路地、伊崎巡査が走った路地、アケヨさんとジョージさんが駆けた路地までの区間で、開いている店は一軒もなかった。つまり犯人は、店に逃げ込んだわけではないと分かります」

「かといって他に、路地はありません」

伊崎の言を受けて、新市が念のために訊いた。

「誰も犯人とは擦れ違っていない？　そうですよね」

またしても三人が、ほぼ同時に頷いたのだが、

「そんな莫迦《ばか》なことが……」

ぼそっと伊崎が呟いたあと、心二とジョージに不審の目を向けたのは、前者が私市遊技場殺人事件

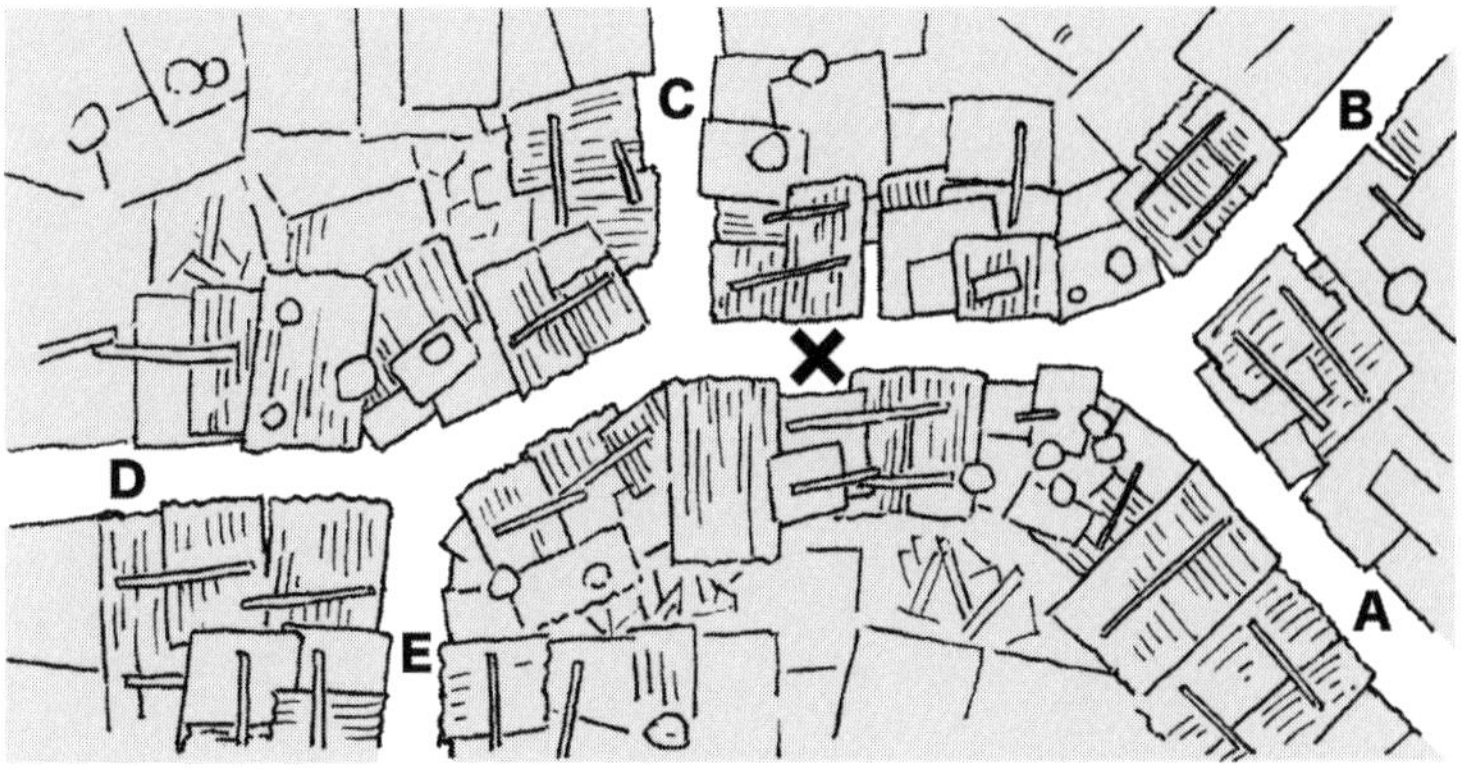

の被害者の夫であり、後者がジャックと同じ米軍の兵士だったからかもしれない。

「俺がいた路地をＡ、弥生さんが来た路地をＢとする。心二はＣで、伊崎さんはＤ、アケヨさんとジョージさんはＥとしましょう。弥生さんが襲われた地点は×印をつけておくか。先程も言ったように、犯人はＡとＢには逃げていないと分かっている。そうなるとＣかＤかＥのいずれかに、犯人は向かったことになる」

「しかし、その三つの路地からは、本官も含めて、弥生さんの悲鳴を聞いて駆けつけた人たちがいたわけだ」

　つまり四人の中の誰かが犯人である――と、伊崎は考えているのではないか。もちろん伊崎本人は除外できるため、残りは三人になる。だが、そのうち二人はカップルだった。となると犯人は心二しかいない。

　そんな目で伊崎が、凝《じ》っと心二を見詰めている。そういう気が新市はしたのだが、その伊崎の眼差しが、ぐいっとジョージにも向けられた。

　カップルの一人は米兵で、もう一人は夜の女かつ兵士のオンリーである。この二人は本当に信用できるのか。まさかジョージの正体が、米兵ジャックだった……なんてことはないだろうな。その場合アケヨは、絶対に彼を庇《かば》うのではないか。

――という伊崎の心の声が、はっきりと新市には聞こえた。

いやいや、米兵ジャックは白人のはずではないか。黒人兵ではない。この二人は白か。やっぱり心二が怪しい。

――そんな伊崎の疑心暗鬼が、新市には手に取るように分かった。

「皆さん、交番まで来て貰えますか」

アケヨと弥生が待つ地点へ戻ったところで、そう伊崎が言ったので、

「交番だと、ちょっと狭いでしょ」

透かさず新市は、全員を巧みにカリエへと誘導した。相手が伊崎だからこそ可能だったのかもしれない。先に佐奈田《さなだ》警部にでも連絡されていれば、こう上手くいかなかっただろう。取り敢えず事情聴取をしなければならない。そう巡査が考えたお陰である。

新市の機転によって、伊崎が事情聴取をする間、ずっと波矢多は聞き耳を立てて逸早《いちはや》く事件の詳細を知ることができた。

その伊崎が執拗《しつよう》に聞き出そうとしたのは、このような遅い時間にどうして赤迷路を歩いていたのか――という各々《おのおの》の理由だった。被害者の弥生は母親の居酒屋を手伝った帰路であり、一番早く現場に駆けつけた新市は、切らした煙草を買うためだった。この二人の主張について、どちらも伊崎はあっさり認めたようである。だが、残りの三人は違った。

「ずっと今日は家に、清一《せいいち》といたんですが……、そのうち耐えられなくなって……。気を紛らわせようと、とにかく外を歩き回って……。ふっと我に返ったら、赤迷路の中にいました」

「意図して来たわけではない？」

訥々《とつとつ》と喋る心二に、伊崎は不信感を丸出しで訊いている。

「……はい。駅の周辺まで来たことは、まだ覚えてます。けど、このままでは赤迷路に行ってしまうと思って、逆に離れようとしたはずなんです」

「にも拘《かかわ》らず知らぬ間に、赤迷路に入っていたと言うのか」

「……そうです」

「あの場所に、あの時間いたのは、なぜだ？」

「自分が赤迷路にいると気づいてから、早く出ようとしたのですが、焦れば焦るほど迷ってしまいまして……」

「よく知っている場所だろ」

「それは、飽くまでも駅前からパチンコ店までで……」

伊崎も粘りに粘ったが、心二の供述が変わることはなかった。もっとも中身があってないような話だったため、伊崎としても突っ込みようがなかったに違いない。

一方のアケヨとジョージは、その理由が明確だった。

「私市の親分さんを、私たちで助けようって思ったからよ」

「どうやって？」

「真犯人を捕まえてに、そりゃ決まってるじゃない」

アケヨは呆れたような口調で答えたが、これには伊崎だけでなく波矢多も新市も驚き、かつ仰《の》け反《ぞ》ってしまった。

「夜の赤迷路は、もう懲《こ》り懲《ご》りじゃなかったのか」

思わず新市が口を挟むと、アケヨはまるで惚気《のろけ》るように、

「ジョージと一緒だもの。それに捕り物となったら、彼が役立つでしょ」

「とはいえ闇雲に、赤迷路内を彷徨《うろつ》き回っても――」

「赫衣《あかごろも》と出会《でくわ》さないかもしれないけど、親分さんのために、私は何かしたかったの」

「……ありがとうございます」

　ぼそっとした呟きだったが、心二が頭を下げた。

「きっと心二さんも、私と同じ気持ちだったんじゃない？　祥子《しょうこ》さんが殺されて、物凄いショックを受けて、訳の分からない状態で歩いたのは本当だろうけど、その心の奥底では、親分さんの無実の罪を晴らしたいと思っていて、それで赤迷路に来てしまったのよ」

「ところで――」

　アケヨの熱弁を、あっさりと伊崎はやり過ごすと、

「犯人は赫衣だったと、あなたも思うか」

　そう弥生に問い掛けたのだが、当人は相当に困惑したようである。

「そんな風に言われれば、あれが赫衣だったのかも……という気もします。でも、何か赤っぽいものを見た覚えはなくて……」

　結局、特に収穫のないまま事情聴取は終わった。

　弥生は伊崎巡査が家まで送り、アケヨとジョージは一緒に帰り、心二は独りで清一が待つ家へと戻って行った。

　翌日の朝、新市は再び情報収集のために出掛けてしまったので、波矢多は昨夜の現場を見ておこうと考えた。その前に新市が簡単な地図を描いておいてくれたお陰で、余り迷わずにスターに辿《たど》り着くことができた。

　そこからは路地を歩きながら左右に目を走らせるが、まだ開いていない店が多い。飲み屋関係でも

昼食を出す店舗なら、午前中に一度は開店する。ただし早くても午前十一時頃になる。もちろん朝昼晩と三食を提供する食堂は、もう疾《と》っくに商売を始めていたが、この辺りは少なそうで数軒しか見掛けない。

三つ目の曲がり角まで行ったところで、波矢多は現場の距離感が摑めたので、そこからスターの店先へと取って返した。

ここで新市は弥生さんの悲鳴を聞き、最初の分かれ道まで走った。

同じように波矢多も駆けてみる。そして左手の路地が視界に入るや否や、右手の路地に素早く目をやった。

犯人が弥生さんを襲い、新市に誰何されて逃げ出して……。

という一連の流れを再現した場合、犯人が地図に記されたB路地へ入ったのだとすれば、その逃げて行く後ろ姿が、はっきりと新市には見えたに違いない。そんな判断が明確にできるほど、その路地には長さがあった。

波矢多はB路地を進みながら、慎重に左右の店舗を検《あらた》めていった。それを先の曲がり角に着くまで続けたが、何処にも隠れ場所など見当たらない。店と店の間に隙間がなく、仮にあったとしても猫しか入れない狭さである。つまり逃げている途中で犯人が、咄嗟《とっさ》に身を潜《ひそ》める場所などなかったことになる。

元の分かれ道に戻って、弥生が襲われた×印の地点を調べる。すると近くの店と店の間に、辛うじて大人でも身体を入れられそうな隙間を見つけた。何かの用途で設けたわけではなく、偶々《たまたま》こんな風になったのだろう。日中この隙間を目にしても別に気にはならないが、とっぷりと夜も更けた暗がりの中でなら、かなり待ち伏せに適した場所になるのではないか。

恐らく犯人は、ここに身を潜ませていた。そして弥生が通り掛かるのを待っていた。赤迷路に出入りしている者なら、様々な店の色々な噂が聞こえてくるに違いない。よって居酒屋「弥生亭」の娘が妊娠しており、母親の帳簿つけを手伝っていることも、きっと自然に知ったのではないか。

そんな風に波矢多は考えた。

弥生が襲われた現場から先へ進み、次の分かれ道で立ち止まる。その右手は心二が来たC路地になる。こちらに犯人は逃げていないと、心二は証言している。そのため態々そこに足を踏み入れることなく前進する。そうしながらも左右の店舗に、念のため再び目を配り続けた。

三つ目の分かれ道に着く。右手は伊崎のD路地で、左手がアケヨとジョージのE路地である。三人とも心二と同様、自分の方に犯人は来ていないと断言している。しかし、ここまでの路地の中で、他に逃げ込める小路も隙間も全く存在していない。

……待てよ。

そこで波矢多は、新市がスターに出入りした方法を思い出した。

犯人は店舗の屋根に上がったのではないか。

その推理を頭に置きながら、もう一度スターまで戻って三つ目の分岐まで、B路地も含めて彼は歩いた。だが、そう易々と屋根に上れそうな所が見当たらない。また仮にあったとしても、現場に駆けつけた五人に見つからずに上がることは、相当に難しそうである。

今度は路地の密室か。

何度も同じ路地を往復しているうちに、ちらほらと店を開け出した人たちから、波矢多は明らかに不審そうな眼差しを浴び始めた。

そろそろ潮時か。

彼が引き上げようとしているところへ、伊崎が現れた。巡査の後ろには佐奈田警部の姿があるので、ここまで案内してきたらしい。

「あっ、探偵さん」

「お早うございます」

ばつの悪さを挨拶で誤魔化《ごまか》して、その場を波矢多は立ち去ろうとしたのだが、

「ここで何をしてる？」

ずいっと前へ身を乗り出した佐奈田に引き留められ、彼は大いに困った。朝の散歩だという言い訳は余りにも白々し過ぎて、ちょっと通用しそうにもない。

「昨夜の事件について、私なりに調べていました」

仕方なく覚悟を決めて正直に話すと、

「こっちへ」

まだ開店していない店舗の前へと、佐奈田に誘導された。路地が狭いため立ち話を軽くするのも、なかなか大変である。

「それで、何か分かったのか」

「警部さんは、私のような素人《しろうと》探偵を認めるのですか」

波矢多が好奇心から尋ねると、佐奈田は意外そうな顔で、

「あなたは私市吉之助から、この赤迷路に出没するという噂の赫衣について調べて欲しいと、そういう依頼を受けたと聞いたが――」

「はい」

「その依頼主が、娘殺しの重要容疑者になったわけだ。あなたとしては当然、首を突っ込んでくるの

が当たり前ではないか」

「ご理解があるんですね」

波矢多が喜んだところ、佐奈田は急に厳しい表情になって、

「だからと言って、あなたの探偵活動を別に認めているわけではない。少しでも捜査の邪魔だと見做《みな》したら、さっさとしょっ引くからな」

「よく分かりました」

波矢多は一礼してから、その場を立ち去ろうとしたが、

「で、何か分かったのか」

なおも佐奈田は突っ込んでくる。

「いえ、捜査妨害と見做されては堪《たま》りませんから、ここは大人しく帰りたいと思います」

「ほおっ、皮肉か」

「とんでもありません。飽くまでも謙虚な判断です」

「なるほどなぁ」

やり合う二人の側で、伊崎がおろおろしている。それが分かるだけに気の毒になり、本当にすぐさま波矢多は帰ろうとした。

「では、昨夜の件で何か気づいたことがあれば、どうか教えて貰えませんか」

すると佐奈田が驚いたことに、なんと頭を下げてくるではないか。

「そんな、私なんかに――」

「いやいや、他人に教えを請うのなら、これくらい礼儀でしょう」

「警部さんの方が、一枚上手でしたね」

波矢多は苦笑しつつ地図を広げて、昨夜の人の動きをお復習《さら》いしたうえで、犯人には何処にも逃げ場がなかったことを説明した。

「うーむ。伊崎の報告書と、ほぼ同じというわけか」

その事実を佐奈田は認めたあとで、

「ただし、あなたの調べによって、犯人が隠れていたと思《おぼ》しき場所の推測がつき、かつ犯人が店舗の屋根に上がって逃げられたはずがないと推理もできた。この二点は大きい」

「そう言って頂けると――」

波矢多は妙な嬉しさを覚えて、つい礼を口にしそうになって慌てた。そんな彼の反応を気にした様子もなく、佐奈田は全く自然な口調で、

「この不可解な状況を、あなたはどう考えた？」

「正直まだ分かりません」

取り敢えず無難な返しを波矢多がすると、

「私市遊技場殺人事件の被害者の夫が、その現場にいたのに？」

ずばり佐奈田は切り込んできた。

「彼が怪しいというのですか」

「そうは感じないのか」

「つまり警察は祥子さん殺しの犯人を、私市吉之助さんではなく、婿《むこ》養子の心二さんだと考えられているわけですか」

そこで波矢多も別の角度から攻めてみた。とはいえ、てっきり答えをはぐらかされるだろうと推察していると、

「殺人事件の犯人が、噂の赫衣だという証拠は何もない。同じように昨夜の事件も、赫衣の仕業とは限らない。乱暴目的の性犯罪者の線も有り得る。そもそも赫衣自体が実在しているのかどうか、かなり曖昧《あいまい》ではないか」

良い意味で当てが外れた。もっとも佐奈田は続けて、

「つまり依然として、私市吉之助の容疑が最も濃いというわけだ」

心二を疑う素振りを見せつつも、実際は吉之助が相変わらず最重要容疑者であることを認める発言をした。

この警部さん、なかなか食えないぞ。

波矢多は心の中で呟きながら、またしても相手に問い掛けた。

「私市吉之助さんの容疑が濃厚である事実は、重々に承知しております。しかし昨夜の奇っ怪な出来事の所為《せい》で、二つの事件に見られる奇妙な共通点が、どうにも気になったのですが、それを警察はどう考えておられるのか」

互いに腹の探り合いをする状況に於《お》いては、質問に対して質問で返すことで、意想外の情報を得られる場合がある。それを彼は素人ながらも探偵活動で学んでいた。

「何ですかな、その共通点とは？」

「どちらの現場も、密室だったことです」

一瞬、警部は返答に困ったように映ったが、

「だから二つの事件の犯人は、同一人物だという心算《つもり》か」

「密室の中にいたから被害者の父親が犯人である。同じく密室の中にいたため被害者の夫が犯人である。と考えるのは確かに合理的ですが、どちらにも肝心の動機がありません」

「それは捜査中だ」

「そして動機と言えば、現場が密室になった理由も、そこに含まれませんか」

「犯人が態々そんなことをしたと言うのか」

「いえ、飽くまでも偶然の産物かもしれませんが、要はなぜ密室になったのか、その謎が解ければ事件の真相も見えてくる――そんな気がするのです」

「あなたは、面白い人だな」

「そして共通点は、もう一つあります」

「何かな」

「被害者たちが、どちらも妊婦だったことです」

結局この佐奈田とのやり取りで、波矢多が得られた確かな情報はただ一つだった。いや、それも彼が察したという程度に過ぎなかったかもしれないが、ほぼ間違いないと思われた。

警察は私市遊技場殺人事件の犯人を、ほぼ私市吉之助だと断定している。

ただし、そう考える根拠は、ほとんど状況証拠に拠っているのではないか。最も重要なはずの動機を、未だ警察は全く摑めていないらしい。戦前ならでっち上げの懼《おそ》れもあるが、敗戦後の民主警察ではそうもいかないのが救いである。

波矢多は二人と別れたあと、私市家を訪れて昨夜のことを心二に訊いた。次にアケヨが新たに借りたアパート――宝生寺《ほうしようじ》駅の北側に当たる場所で、その所在地は歓迎会のときに教えられていた――に寄って同じことをする。ジョージにも話を聞きたかったが、アケヨに「彼と話しても、きっと無駄だと思う」と言われたので諦め、最後に駅前の交番に伊崎を訪ねた。

立ち番をしていた巡査は特に嫌がりもせず、波矢多に付き合ってくれた。ただし昨夜の事件については話したものの、私市遊技場殺人事件に関する質問には、ほぼ口を閉ざした。警察官として当然だろう。もっとも一介の巡査である彼が、佐奈田たちの捜査内容を何処まで詳細に知っていたかは甚《はなは》だ疑問だった。

新市と心二とアケヨの三人と、伊崎の話に何ら齟齬《そご》がないことを確認してから、波矢多は最も肝心な質問をした。

「弥生さんの事件を、警察はどう見ていますか」

「新たな通り魔事件と、佐奈田警部は考えておられます」

「赫衣には関連づけられていない、のですね」

「あれは彼女たちの間の、飽くまでも噂でしょう」

彼女たちとは無論「夜の女」のことである。だが赤迷路を抱える宝生寺駅の交番に勤務する巡査が、赫衣の件を「飽くまでも噂」としか捉えていないわけがない——と波矢多は感じた。そう口にしたのは、警察官として止む無くではないのか。

とはいえ突っ込んで本音を聞き出すことは、伊崎を徒《いたずら》に困らせるだけで無益だろう。それが波矢多にも分かるだけに、そのまま話を進めた。

「では、私市祥子さん殺しとの関連については、如何《いかが》でしょう？」

「そういう質問には、答えられません」

きっぱりと伊崎は拒否したが、

「昨夜と同じ通り魔事件が再び起きないように——と、本官は願っています」

そう付け加えることで、個人的な考えを暗に示したように見えた。しかも台詞とは裏腹に、通り魔事件の再発によって赫衣の実在が改めて認められ、私市吉之助の無罪が証明される。という一連の流れを伊崎が思い描いているように、波矢多には受け取れた。

「今夜も赤迷路内の巡回をされますか」

「以前から巡回路に含まれていましたが、色々と事件が続いている今、なお一層の安全確認が必要ですので、更に重点的に行なう心算です。もしまた通り魔が出るような事態になれば、自警団が組織されるかもしれません。それは避けたいですからね」

「ご苦労様です」

思わず軍隊式の敬礼をしそうになり、辛うじて踏み留まった波矢多は、一礼して交番をあとにした。

その日の夕方、赤迷路に来てからの様々な出来事を振り返りつつ波矢多がカリエに戻ると、もう新市が帰っていた。

「早かったな」

「うん。けど色々と収穫はあったぞ」

そう応えながらも新市は浮かない顔をしている。

「どうやら良い知らせは、余りなさそうだな」

波矢多が心配したように、新市の口から出たのは、どれも暗い話ばかりだった。

第十五章　動機の問題

「遺体を解剖した結果、被害者が睡眠薬を打たれてた事実が分かった」

熊井新市《くまがいしんいち》の最初の報告に、物理波矢多《もとろいはやた》は素直に驚いた。

「真犯人が打った――ってことか」

「当然そうなるだろ」

「ジャックは相手に睡眠薬を飲ませる」

アケヨが話してくれた彼《か》の米兵に関する噂の一つを波矢多が口にすると、新市もそこに思い当たったようで、

「犯人は切り裂きジャックか」

「奴でないとしたら、犯人は何のために睡眠薬を打ったのか」

新市は取り敢えず答えるかのように、

「睡眠薬強盗……とか」

「あるいは彼女のお腹から、胎児を取り出すために……とか」

当然それは新市も考えたはずだが、やはり自ら口にしたくなかったのだろう。

「警察の見解は？」

「一応、両方の線で捜査に当たるようだが、正直かなり困惑してるらしい」

「だろうな」

波矢多は佐奈田《さなだ》警部の顔を思い浮かべながら、

「もし睡眠薬強盗なら、彼女を殺害する必要は全くない。かといって胎児を取り出すことが動機だった場合、真犯人は相当に狂っていると言わざるを得なくなる。どれほど私市吉之助《きさいちきちのすけ》さんに酒乱の気があったとしても、この事件の犯人と見做《みな》すことは、相当に厳しくなるだろう」

「その点だけは、こっちに有利なんだが……」

とはいえ祥子《しょうこ》が受けた惨《むご》い行為が明らかとなった所為《せい》で、新市としても動揺を隠せないらしい。

「もっとも佐奈田警部なら、被害者に警戒されずに睡眠薬を打てるのは、やはり父親しかいないのではないか――くらいは言いそうだぞ」

波矢多が懸念を伝えると、新市は首を振りつつ、

「彼女は従業員休憩場所で、よく居眠りをしてた。それに当日は朝から新宿の李《リ》家に出掛けて、きっと疲れていただろう。つい舟を漕いでいた可能性は高い」

「すっかり寝入っていれば、誰にでも簡単に打てるか」

そう言ったあとで波矢多は、はっと思いついた様子で、

「二つの推理の間――ってことも有り得るぞ」

「どういう意味だ？」

「真犯人の目的は、祥子さんの殺害にあった。どれほど居眠りをしていても手に掛ける瞬間、声を出されるかもしれない。そこで事前に睡眠薬を打って、彼女の抵抗を封じておいた。それから殺しを実行した」

そこで波矢多は肝心な質問をした。

「彼女の死因は？」

「腹部からの出血多量だ。最初にお腹を刺されて、その後に切り裂かれたらしい。この二つの行為が同一人物によるものか、別々の人間の仕業になるのか、その判断は当然ながらできない。解剖を担当した教授の見立てでは、少なくとも犯人は外科医ではないということだ」

「関係者に外科医がいれば、除外できて助かったな」

「今の俺たちには、何の手助けにもならねぇ情報だよ」

「死亡推定時刻は？」

「当日の午後八時半から十時半だが、これも何の役にも立たねぇ。犯行は午後九時過ぎから九時半頃までの間と、ほぼ分かっているからな」

新市はぼやきつつも、波矢多を見やりながら、

「お前の推理を、警察に伝えとくか」

「いや、佐奈田警部なら、それくらい考えているだろう。睡眠薬強盗の線を追う一方で、殺人事件として二つの可能性を検討しているかもしれない」

「何と何だ？」

「一つは真犯人が祥子さんを刺殺したあとで、私市さんが胎児を取り出したとするもの。もう一つは私市さんが犯人で、全て彼が行なったとするもの」

新市は少しだけ思案する素振りを見せてから、

「泥酔して酒乱状態になった小父さんが、睡眠薬を打つなんて冷静な行為を果たしてできるものかな」

「腹部には無駄な刺し傷が、少しもないように思えたけど……」

「あぁ、それは間違いない」

「にも拘《かかわ》らず警察は、私市さんが犯人だと考えた。つまり酒乱の私市さんでも、充分に犯行が可能だったと、警察が睨《にら》んでいる証拠だろ」

新市は更に思案する素振りを見せたあとで、

「真犯人が彼女を殺害して、胎児も取り出した――という説はないのか」

「説としては残るけど、可能性は低いと思う」

「なぜだ？」

「返り血の問題があるからだよ」

自己嫌悪に陥《おちい》ったような顔を新市はしながら、

「そこに気づかないとは、俺も阿呆だな」

「私市さんは君の身内のような存在だから、そうそう客観的な見方もできないだろ」

「それにしたって、情けない……」

悄気《しょげ》る友を元気づけるように波矢多は、

「この返り血の問題を考えると、一つ目の真犯人が祥子さんを刺殺したあとで、私市さんが胎児を取り出した――という説が俄然《がぜん》、有力になってくる」

「だよな。腹を包丁で刺しただけなら、ほとんど返り血は浴びなかったかもしれんわけだ」

「ただし、それが当て嵌《は》まらない容疑者が一人だけいる」

「切り裂きジャックか」

「彼なら返り血対策を当然のようにしたうえで、犯行に及んだとも考えられる」

波矢多は重要な指摘をしてから、新市に尋ねた。

「ＭＰはどうなってる？」

「当初こそ動いていたようだが、その後は鳴りを潜《ひそ》めてるらしい」

「切り裂きジャック即ち米兵ジャックの仕業ではないと、ＭＰ側が突き止めたからか……」

「もしくは奴の犯行だと断定できたため、既に手を打ったからか……」

「しかし彼は今回の事件の前に、強制送還されたんだろ」

波矢多の疑問に、新市は眉間に皺《しわ》を寄せつつ、

「夜の女たちの間では、そんな噂が確かに流れた。けど本当かどうかは不明だ。この二日間、俺も色々と当たってみたけど、流石《さすが》に米軍内部のことは、ちと摑み難くてな」

「米兵ジャックの件なんだから、余計だろう」

「奴についていては引き続き探ってみるが、夜の女ではなく祥ちゃんが狙われるなんてことが、切り裂きジャックが犯人の場合にあると思うか」

「これまでと同様に夜の女性たちを狙うのは、流石に彼も無理だと考えた。そこで新たな犠牲者を物色していて――」

「どうして祥ちゃんに目をつけた？」

「私市遊技場の客として、従業員の彼女を知ったのかもしれない」

「……そうか。あの店の客には、米兵たちもいるからな」

「もっとも切り裂きジャック犯人説には、大きな問題が横たわる」

「密室か」

「無論それもある。けど、それ以上に重要なのは、犯行時間帯に私市遊技場の周囲で、特に米兵の目撃談が出ていないことだよ」

「米兵の姿なんか有り触れてるとはいえ、犯行時あの店の近くにいたのなら、まず確実に誰かに見ら

れているか」

「ところが、そんな証言は出ていない」

「奴が犯人なら、全ては丸く収まるのにな」

その場合、切り裂きジャックが日本の警察に逮捕され、日本の裁判所によって、日本の法律で裁かれることは絶対にない――と新市も知っている。祥子の仇を討てないと彼も理解している。それでも「丸く収まる」と考えたのは、娘殺しの罪を私市吉之助が被ることだけは何としても阻止したいと、この友が願っているからだと波矢多には痛いほど分かった。

「まず訊くべきだったけど、私市さんの様子は？」

「……相変わらずらしい」

「まだ木舞《こまい》病院にいるのか」

「いや、今は警察の留置所に移されて、取り調べが続けられている。もっとも何の進展もないようなんだが……」

「何も話さないからか」

「あぁ。医者の診立《みた》てによると、余りにも精神的な打撃が大き過ぎて喋ることができない……ということだが、警察は違う見方をしてる」

「……黙秘とか」

溜息と共に新市が頷く。

「犯人だから黙秘をしている。そう警察は見ているわけか」

「ただし小父さんの動機について、相変わらず警察は説明できないでいる。彼らの頼みの綱は、泥酔と酒乱だけだよ」

そこで新市は少し明るい表情になって、

「こっちで弁護士を手配したから、このまま警察が明確な動機を提示できなかったら、いずれは釈放されるかもしれない。時間は掛かるだろうが、希望はある」

「その弁護士は頼りにできるわけか」

「俺たちの優秀な同期たちは、法曹界にもいるから大丈夫だ」

「なるほど」

波矢多は感心しつつも、ずっと気になっていた問題を口にした。

「その動機に関わりそうな、ちょっと気になる点が一つある」

「何だ？」

「君が刃物で殺人を実行するとして、相手の何処《どこ》を刺す？」

唐突な波矢多の問いだったが、新市は即答した。

「一撃必殺を狙うなら、やっぱり心臓だろ」

「相手が無抵抗の場合も？」

「余計にそうするだろ。頸動脈《けいどうみゃく》も考えられるけど、それこそ大量の返り血を浴びる懼《おそ》れが大き過ぎるからな」

と答えたあとで新市は、

「祥ちゃんは睡眠薬を打たれてるのに、どうして腹を刺されたのか。それがお前の気になった点って奴か」

「彼女の殺害が目的なら、君の言う通り心臓を狙った可能性が高い。しかし真犯人は、被害者の腹部を刺している」

「なぜだ？」

「目的が祥子さん殺しではなく、胎児殺しだったとしたら……」

「な、何ぃぃ」

新市は頭が混乱しているような口調で、

「つまり赤ん坊さえ殺せれば、仮に彼女が助かったとしても、真犯人は気にしなかった……とでも言うのか」

「そこに動機の問題があるのかもしれない」

「嬰児《えいじ》殺しによって、真犯人は何をしたかったんだ？」

「私市さんから、家族を奪うこと」

「えっ……」

「娘さんを殺すことでも、それは達成できる。けど出産前の孫の命を取ることで、より深い絶望を私市さんに与えられると、真犯人は考えたのかもしれない」

「一体そんな動機が、いつ何処から誰に生まれるっていうんだ？」

「日中戦争時の大陸に於《お》いて、日本兵に家族を殺された人によって……」

暫《しばら》く新市は身動《みじろ》ぎ一つしなかったが、やがて両目を大きく見開きながら、

「……真犯人は楊《ヤン》さんだって、お前は言うのか」

「あの人に容疑を掛けるためには、私市さんが大陸に渡っていた時期と場所と、楊さんの向こうでの生活が、少なくとも一致する必要があるけどな」

「それにしても……」

なおも新市は信じられないという表情を浮かべていたが、

「いや、ちゃんと確かめるべきだな。よし、小父さんの軍歴を当たろう」

「こっちは楊さんから、向こうでの暮らし振りを聞き出すよ」

あっという間に二人の役割分担ができた。

「動機の根幹は別ながら、嬰児殺しが目的だったかもしれない真犯人候補が、もう一人いる」

そう波矢多が続けたところ、新市は覚悟を決めたらしく、

「まさかとは思うが、それって清一《せいいち》か」

「敗戦後に彼を見舞った酷い境遇と、彼が祥子さんに母性を覚えていたらしい事実から、生まれてくる赤ん坊に強い嫉妬心を抱いたとしても、別に不思議ではない」

「あの子が真犯人なら、密室の謎も途端になくなる」

「事件の関係者で唯一あの密室に出入りできたのは、清一君だけだからな」

「で、どうやる？」

「彼の場合は調べるといっても、本人から話を聞くしかないだろう」

「お前に頼めるか」

こっくりと頷いて波矢多が了解すると、

「しかしなぁ――」

新市は盛大に頭を掻き毟《むし》りながら、

「楊さんと清一を疑わなきゃならんとは……」

「前者は私市さんに対する過去の復讐で、後者は現時点での一種の自己保存が動機となる」

「容疑を掛けられそうなのは、この二人だけか」

そう新市に問われて、波矢多が咄嗟《とっさ》に応えられないでいると、

「どうした？　俺に遠慮はいらんぞ」

「いや、過去の復讐かもしれない……という意味では楊さんに近いが、実際は有り得ないだろうと思う容疑者が、もう一人いるにはいるけど……」

「誰だ？」

「……心二《しんじ》さん」

これには新市も参ったらしく、

「まぁ俺も個人的には、祥ちゃんの婿《むこ》に奴は相応《ふさわ》しくねぇと思ってた。その気持ちは、こうなった今でも変わらないわけだが……」

と正直な感情を隠すことなく吐露したあとで、

「しかしな、幾ら何でも、あいつに妻殺しは無理だ」

「実は俺も、同じ意見なんだが……」

「それに過去の復讐かもしれないって何だよ。あの二人に、そんなもの――」

「復讐の相手は楊さん同様、私市さんになる」

新市は少し間を置いてから、

「説明してくれ」

「もっとも楊さん以上に、これは迂遠な状況証拠に基づく推理に過ぎない」

「それで構わん」

「李夫婦に引き取られる前、貴市《きし》心二として暮らしていた頃、父親が賭け事にのめり込んだ所為で、彼は一家離散の憂《う》き目に遭った。そんな風に祥子さんからお聞きしたが、この話で気になるのは、その前に父親の賭け事が切っ掛けとなり何らかの事件が起きて、それが一家離散の原因になったらしい

——という部分だ」

「祥ちゃんから、俺も同じように聞いてる」

「でも私市さん親子は、その事件について特に調べていない」

「それ以上は心二も、余り話したがらなかったからだろ」

「うん。けど俺が引っ掛かったのは、私市さんは過去に賭博関係で一度、酒乱の所為で大失敗をして痛い目にあった……という話があることなんだ」

「おいおい、まさか……」

「今のところ、他には何の繋《つな》がりも証拠もないが、この二つの話が実は同じ賭博で結ばれていたとしたら、どうだろう？」

「我が家の離散の大本に、なんと小父さんが関わっていた……と、最近になって心二が知ったっていうのか」

「飽くまでも一つの推理だ」

波矢多は断ったあとで更に、

「しかも如何《いか》に私市さんに対する復讐とはいえ、自分の愛する妻を、それも妊娠中の妻を殺害するかというと……」

「いやいや、有り得んだろ」

新市が何の躊躇《ためら》いもなく否定した。

「楊さんの場合と違って、胎児殺しが目的だったとも、心二に限っては考えられんからな。余計に有り得んと思うぞ」

「やっぱり、そうだな」

深く考え込む波矢多を見て、新市が声を掛けた。

「とはいえお前は、この妙な共通点が気になるんだろ。だったら貴市家の過去を調べてみようじゃねえか」

そこから二人は改めて明日の役割分担を決めた。

新市は警察や病院などの関係各所を引き続き回る必要があったため、私市吉之助の軍歴を調べる以外は波矢多が引き受けることになった。即ち日本軍に殺された楊作民《ツオミン》の家族のこと、柳田《やなぎだ》清一の祥子に対する想いのこと、過去に貴市家を見舞った事件のことである。

そろそろ十一時になろうという時刻に気づき、波矢多は提案した。

「俺たちも赤迷路の巡回に出掛けるか」

「そうだな。店を終えた若い女性たちが、ちょうど銭湯に行く頃合いだろ」

すぐに新市も乗ってきたが、

「彼女たちの中でも、特に妊娠中の人に気をつけたい」

そう波矢多が言うと、途端に困った顔をした。

「何処の誰が該当するのか、今すぐは流石に分からんぞ」

「君が知っている範囲で、そういう女性はいないのか」

新市は暫く思い出す素振りをしてから、

「そう言えば、祥ちゃんの年上の知り合いで、そんな人がいたような……」

「……食堂の娘さんじゃないか」

「あっ、確か浜松屋《はままつや》とかいう――」

「里子《さとこ》さんだ。歓迎会のとき、祥子さんから聞いたのを思い出したよ」

「お前は短期間で、皆から色々な話を聞き出してるなぁ」

頻《しき》りに感心する新市に、

「飲み屋でなく食堂だったら、疾《と》っくに閉店して帰宅していないか」

波矢多は懸念を示したが、友は問題ないという様子で、

「いや、闇市の食堂の客ってのは、同じ場所で商売をしてる人たちが実は多い。特に飲み屋なんかは、従業員だけでなく客が出前を頼む場合もあるからな。もちろん一般の客だけを相手にする食堂もあるけど、そういう店は赤迷路では少ないかもしれん」

「とにかく行こう」

波矢多に促されてカリエを出たところで、礑《はた》と新市は困惑の表情を浮かべ、

「場所がうろ覚えなんだが……」

「大凡《おおよそ》の位置は？」

「……あっち、東の方だな」

彼は指差したあとで、

「げっ、ゴーストタウンの近くだったかもしれんぞ」

「だからと言って、その中を里子さんが通って帰るわけではないだろ」

と応じつつも波矢多は、自分が迷ったゴーストタウンの様子が忽《たちま》ち脳裏に甦《よみがえ》って、余り良い気持ちがしない。

それでも二人は躊躇うことなく、そのまま赤迷路の東へと向かった。

「昨夜のようにアケヨさんが今夜も来ていたら、かなり危険だな」

「困ったもんだ」

苦々しい顔を新市がしている。

「私市さんの無罪を証明するために、真犯人である赫衣《あかごろも》を捕まえる心算《つもり》だと、事情聴取でアケヨさんは言っていた」

「あいつは小父さんに、これまで世話になってるからな」

「危な過ぎるからと止めたんだが、ジョージさんが一緒だから大丈夫だと、その一点張りで突《つ》っ撥《ぱ》ねられてしまった」

「頑固だからなぁ、彼女は……」

半ば怒って半ば呆れている新市の口調だったが、

「でもジョージが側についてるんなら、まぁ大丈夫か」

あっさりとアケヨの無謀振りを認めたようである。

二人が苦労して浜松屋を見つけたとき、もう提灯《ちょうちん》の火も消えて店は閉まっていた。それでも店内に人の気配があったので訪《おとな》うと、店主が顔を出した。どうやら里子の父親らしい。

「浜松さん、突然すみません。実は――」

新市が簡単に事情を話したところ、途端に相手の顔色が変わった。

「う、うちの娘が、親分さんとこの祥子さんと、お、同じ目に……」

「いいえ、別に遭うってわけではなくて、飽くまでも用心のために――」

「す、すぐ行きましょう」

店の戸締まりも放り出して、慌てて里子のあとを追おうとした浜松を、取り敢えず新市が宥《なだ》める。

それから波矢多も手伝いながら、素早く戸締まりを済ませた。

「里子さんが帰られたお宅は、どちらにあります？」

「赤迷路の東側です」

その答えに波矢多と新市が顔を見合わせていると、二人の懸念を察したのか、

「ゴーストタウンは通るなと、いつも言ってるので……」

と浜松は続けたものの、明らかに心配をしている様子である。

「でも娘さんは、あそこを利用してるようなんですか」

「……近道だからって、前に言ってました。けど子供ができたと分かってからは、もう通ってないはずなんですけど……」

それでも疲れていて、一刻も早く帰宅したいときなど、ふと魔が差すかもしれない。そう波矢多は考えた。恐らく新市も同じ思いだろう。

ゴーストタウンに入る路地の前まで来て、ここから自宅までの道順を新市は尋ねた。しかし当の浜松は、いつも遠回りをして浜松屋まで出勤しているらしく、ほとんど満足に答えることができない。

「あなたは日頃の道順で、家まで行って下さい。もし途中で娘さんと会われても、それを我々に伝えて下さる必要はありません。引き続きゴーストタウンは通らないようにと、里子さんに注意して貰《もら》うだけで結構です」

「お二人は？」

「我々はゴーストタウンの中に入って、お宅の方向へと進んでみます。そこで娘さんに追い着ければ、そのまま家までお送りします」

「よろしくお願いします」

浜松は深々と頭を下げてから、急いでその場を離れた。

新市に促されるままゴーストタウンへ足を踏み入れ、その狭い路地を歩き出すと、すぐさま周囲の

暗闇が濃くなると共に、じめっと湿度が増したように感じられる。にも拘らず寒気に似た何かも覚える。べとつく空気の不快感の中に、まるで冷気が潜んでいるかのようで、どうにも気色が悪い。

「ここで別れるか」

最初の分かれ道の前で、新市が提案した。

「家に向かって歩きつつ、互いに里子さんを捜すってわけか」

「そうだ。もっとも方向を見失い、ここで迷うのが落ちかもしれんけどな」

真夜中のゴーストタウンを独り彷徨《さまよ》うのは、ぞっとしない。だが今は、里子の無事を確かめるのが先決である。

新市は右の路地へ、波矢多は左手へと進んだ。

弥生《やよい》を襲ったのが赫衣とは限らない。警察が考えるように通り魔の可能性もある。仮に赫衣だったとしても、今夜も現れるかどうか不明である。また出没したところで、その場所がゴーストタウンになるかも分からない。まして浜松屋の里子が狙われている証拠など少しもない。全ては不確かなのである。

そう冷静に考えながらも、なぜか波矢多は胸騒ぎを覚えた。これもゴーストタウンが齎《もたら》す負の感覚だろうか。

そんな彼の心配が当たったかのように、暫く歩いたあと、すぐ近くで女性の悲鳴が上がった。

第十六章　赫衣、再び

波矢多《はやた》は声のした方へ駆けた。

「おーい！」

「どうしたぁっ！」

という叫び声が続けて聞こえ、すぐに分かれ道が現れた。素早く左右を見やると、左手の路地に駆け込んだばかりらしい新市《しんいち》の背中と、その向こうに倒れている女性の姿が目に入った。

新市のあとを追って、波矢多が路地に入ってすぐ、

「こらっ！　そこを動くなぁ」

女性の向こうから恫喝《どうかつ》する大声が響き、物凄い形相の伊崎《いざき》巡査が走ってきた。

「……あっ、あなた方でしたか」

しかし二人を認めたところで、明らかに戸惑った顔になった。

「大丈夫ですか。浜松屋《はままつや》の里子《さとこ》さんですね」

波矢多が女性を労《いたわ》りながらも、相手が妊婦であることを確かめつつ尋ねると、彼女は何度も首を縦に振り出した。

「誰に襲われたのです？」

「……あ、あぁ」

だが里子は喘《あえ》ぐように口を開けるばかりで、満足に喋れないらしい。

「落ち着いて下さい。もう何の心配もいりません」

「……あぁ、あぁっ」

「深呼吸しましょう。さぁ、ゆっくりと――」

波矢多に言われるまま素直に、彼女は深呼吸を何度か繰り返してから、

「……あ、赫衣《あかごろも》です」

はっきりと口にした。

「おい……」

そのとき新市が、そっと波矢多に声を掛けた。

彼が顔を上げて振り向くと、新市と伊崎の二人が同じ方向を見詰めている。波矢多が通り過ぎた分かれ道から、こちら側にかなり進んだ地点の、今の彼から見て左手に折れている小路の中を、二人は凝視している。

波矢多は立ち上がって少し戻ると、二人と同じように覗き込んで、どきっとした。

……行き止まり。

小路の奥は行き止まりで、その所為《せい》か何枚もの薄汚れた板やトタン、何本もの角材や竹竿、幾つもの木箱や行李《こうり》、襤褸《ぼろ》襤褸《ぼろ》の覆いや布などが雑多に押し込められている。ちょっとした廃材置き場のような空間に、そこはなっていた。

「彼女の悲鳴が聞こえてから、俺とお前と伊崎巡査が駆けつけたのは、ほとんどすぐだったと言えるんじゃねぇか」

「そうだな」

「けど俺たちは、ここから逃げてく犯人と、三人とも出会ってない……」

波矢多と伊崎が無言のまま、こっくりと頷く。

「あっちに逃げても少し窪んでるだけで、何処《どこ》にも行けない」

新市が指差したのは自分たちがいる地点の反対側で、伊崎が来た方向である。だが、そっちに真っ直ぐ進んでも祠《ほこら》と思《おぼ》しき小さな堂があるだけで、そこで路地は行き止まりになっていた。ちなみに祠の左右には、それぞれ閉じられた店舗の表玄関が見える。巡査が駆けつけたのは、その祠らしき堂が存在する凹みの、少し手前の左手に見える路地からだった。

「この現場に通じてるのは、俺たちが走ってきた三つの方向だけだろ」

新市の確認に、再び波矢多と伊崎が無言で頷いた。

「にも拘《かかわ》らず誰も犯人と出会《でくわ》してないとなると、ここに逃げ込んだとしか考えられねぇ。そういうことになるよな」

ずっと小声で喋っている新市を制して、波矢多は自分たちがいる路地の左右を指し示しながら里子に訊いた。

「どっちに犯人が逃げたか、分かりますか」

だが彼女は、即座に首を横に振った。昨夜の弥生《やよい》と同様、そんな余裕などなかったのだろう。

「決まりだな」

そう言って新市は行き止まりの小路に入ろうとしたが、

「ここは本官が――」

やんわりとした口調ながら、きっぱりとした態度で、伊崎が先頭に立った。そのあとを新市が追ったので、波矢多は念のため里子を慮《おもんぱか》って残ることにした。ただし小路の奥には、ずっと視線を向けている。

「おい、出てこい」

低いながらも迫力のある声で、伊崎が奥に向かって誰何《すいか》した。

「そこに隠れてるのは、疾《と》っくにバレてるぞ」

すると小路の廃材の裏で、巡査の声に反応したかのように、

……きいぃぃ。

赤迷路に巣くう魔物の鳴き声かと思うほどの、気味の悪い物音が聞こえた。

……廃材が軋《きし》んだのか。

波矢多と同様、きっと伊崎も新市もそう思ったに違いないが、ぴたっと二人の足取りが咄嗟《とっさ》に止まったのは、やはり何らかの気色悪さを覚えたからだろう。

やがて新市が、とんとんと伊崎の肩を叩き、再び二人は前進を始めた。

「おい、もう観念しろ」

伊崎が引き続き声を掛けるが、先程の迫力はない。ただ、またしても新市が巡査の肩を叩き、身振りで自分が先に行くと示しても、頑として受けつけなかったのは、恐らく警察官としての矜持《きょうじ》に違いない。

ところが突然――、

「あああぁぁぁあっっ」

という訳の分からない無気味な叫び声と共に、奥の廃材の裏から黒い小さな影が飛び出し、こちらに向かってきた途端、その場で伊崎は腰を抜かした。しかも煽《あお》りを食って新市まで尻餅をつく羽目になった。

すぐさま波矢多は助けに入ろうとしたが、行き止まりの小路に姿を現した人物を目にして、思わず里子を振り返っていた。

「……まさか、彼ですか」

「いいえ、相手は大人の男でした」

しどろもどろの今までの口調とは違い、はっきりと彼女は答えた。

「……そうでしょうね」

と波矢多が口にしたのは、小路に佇《たたず》んでいたのが清一《せいいち》だったからである。

「お、お前……、ここで何してる？」

ばつが悪そうに新市は、伊崎と一緒に起き上がりながら、やや怒りを滲《にじ》ませた様子で尋ねたのだが、清一は怯《おび》えたように突っ立っているだけで何も喋らない。

「ちゃんと答えろ。子供が出歩く時間でも、彷徨《うろつ》いて大丈夫な場所でもねぇだろ」

「まぁ待て」

波矢多は友を制しつつ、清一に尋ねた。

「ひょっとして君は、私市吉之助《きさいちきちのすけ》さんの無実を証明するために、赫衣を捕まえようと考えたのではないかな」

「……そうなのか」

新市が驚きつつ、そこから清一に詰め寄ろうとしたので、再び波矢多は止めながら、

「昨夜の心二《しんじ》さんの行動を、君は本人から詳しく聞いた。だから今夜は、自分がやってみようと思った。違うかい？」

こっくりと清一が頷いたので、新市が余計なことを口にする前に、波矢多が優しく先を促したとこ

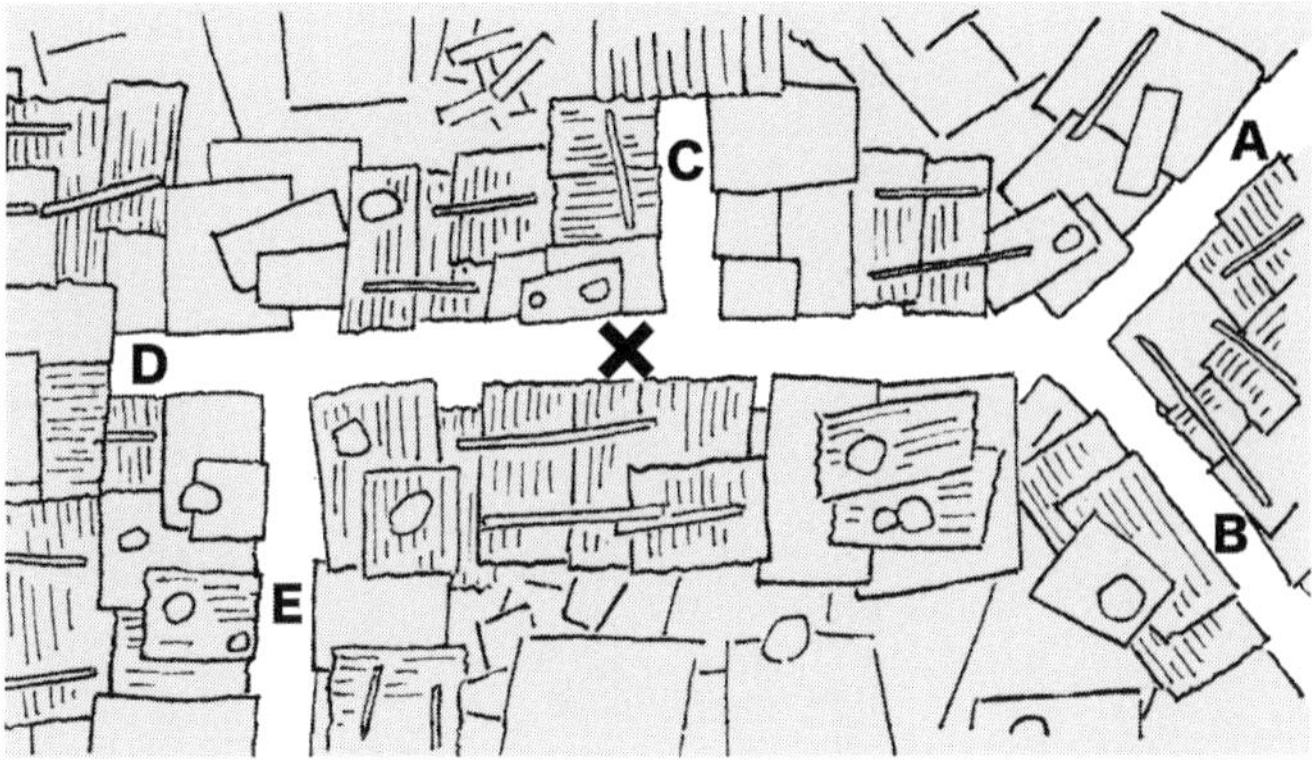

A 新市
B 波矢多
C 清一
D 祠
E 伊崎
× 里子

ろ、少年は次のような話を訥々《とつとつ》と語った。

昨夜の弥生の事件を知り、やはり祥子《しょうこ》殺しの犯人は私市吉之助ではなく、赫衣なのだと清一は確信した。また心二も同じ考えを持っており、そのため昨夜は赫衣を捕まえようと、赤迷路に入ってしまったのかもしれない――と聞いて、彼は驚くと共に感じ入った。

どちらかと言うと臆病な心二が、無意識にとはいえ深夜の赤迷路を巡るだけでなく、正体不明の赫衣に挑もうとしたのである。

自分も親方の世話に散々なってる。

それなのに佐竹《さたけ》の件では、またしても迷惑を掛けてしまった。しかも吉之助は今、娘殺しの罪を着せられようとしている。こんなときこそ恩返しをするべきではないか。

幸いにも心二は、今夜は出掛けないらしい。弥生の事件に遭遇して覚えた恐怖が、どうやらまだ残っているように見受けられる。

やっぱり自分しかいない。

そう清一は強く思った。心二によると伊崎巡査を始めとする交番の警察官、熊井《くまがい》新市、アケヨとジョージも巡回しているというが、赤迷路は広いうえに兎角《とにかく》あそこは迷い易い。たった四、五人ほどでは、とても充分ではない。

もちろん子供の自分が、たった一人だけ加わっても何の足しにもならない。ただ、それは大人でも同じではないか。闇雲に赤迷路内を歩き回るだけで、赫衣が捕まえられるだろうか。昨夜の心二たちは、単についていたに過ぎない。

しかし清一にはこのとき、取《つ》っておきの作戦が一つ閃《ひらめ》いていた。

妊娠してる女の人のあとを尾ける。

赫衣の狙いは、どうやら妊婦らしい。その事実を知ったところで、彼は祥子から前に聞いた浜松屋の里子を思い出した。祥子と同じく彼女は店の帳簿つけをしており、その帰りが遅くなってしまう。しかも近道だという理由で、あのゴーストタウンを偶《たま》に通っているという。

囮《おとり》にするには持ってこいだ。

里子には気の毒ながら、そう清一は考えた。いつ赫衣に狙われるかは分からないが、今夜から毎晩ちゃんと見張れば……と、彼なりに計画を立てた。

心二が早めに就寝するのを待って、清一は箪笥の中から古くて皺《しわ》だらけの風呂敷を見つけると、それに懐中電灯と金槌を包んで家を出た。前者は暗がりで使うため、後者は護身用である。

宝生寺《ほうしょうじ》の駅前は念のために避けて、南側の貧民窟から赤迷路の南東側へと回り込み、そこから浜松屋を目指す。その途中やっぱり迷いそうになったが、どうにか店まで辿《たど》り着く。すると幾らも待たないうちに、里子が店から出てきた。もう少し着くのが遅ければ、間に合わなかったところである。

里子のあとを尾けていくと、ある路地の分かれ道で不意に、彼女が立ち止まった。そうして迷う素振りを見せている。

右に行くと、ゴーストタウンだ。

逡巡の理由が清一には手に取るように分かったが、そのときの彼自身の気持ちにも実は迷いが生じていた。

ゴーストタウンに入った方が、赫衣に出会う懼《おそ》れが増える。

だからこそ危険が少ない左の路地を選んで欲しい……。

赫衣を捕らえることを願う一方で、里子の無事も祈っている。そんな矛盾する心理に彼は苦しめられた。

里子が足を踏み入れたのは、右の路地だった。

そこまでも人通りは少なかったが、ゴーストタウンに入った途端、路地の前後に人っ子ひとり見掛けなくなった。前を足早に歩く里子と、彼女を密かに尾ける清一の二人だけしか、半ば廃墟と化した区画には恐らくいない。ここに入るまで明かりを落とした店は既に多かったが、この区画内では月明かりだけが頼りである。懐中電灯はあったが、相手に気づかれるかもしれない。いざというときまで使わない方が無難だろう。

もちろん尾行する清一にとって、ほとんど相手を見失う懼れのない状況は正《まさ》にお誂《あつら》え向きだったわけだが、とても素直には喜べない。

こんな所に彼女と二人だけ……。

しかも一緒には歩いていないため、向こうは清一の存在を全く知らない。これでは彼の身に何かが起きて助けを求めても、きっと里子は訳が分からないまま逃げるだけだろう。そんな展開が容易に予想できることが、彼には恐ろしくて堪《たま》らなかった。

また幾ら尾行し易いと言っても油断は禁物である。一本の路地の長さが他の区画よりも、心持ちゴーストタウンの方が短く感じられる。里子が角を折れたら、余り時間を置かずに清一も曲がらなければならない。そこで愚図愚図していると、もう次の分かれ道に彼女が入ってしまう。この失態が重なれば、あっという間に置いてけぼりを食わされる。

そうやって迎えた何度目の曲がり角だったか。

ひょいと折れた清一の目の前に、珍しく長い路地が延びていた。その先の突き当たりには祠のようなものが見えており、真っ直ぐ進んでも行き止まりらしい。祠の左右に見える廃墟店の少し手前の左側と、もっと手前の右側に、それぞれ曲がり角がある。

……でも、里子の姿が見えない。

えっ、どうして……と彼がその場で立ち尽くしていると、背後から彼女の足跡らしきものが聞こえてきた。

道を間違えた里子さんを、僕は追い越してしまったんだ。

つまり清一の方が今は、先の地点にいることになる。慌てた彼が右手の曲がり角まで進んで覗くと、どうにも様子が可怪《おか》しい。懐中電灯を点《とも》したところ、そこは行き止まりの小路だと分かった。奥には廃材が置かれているだけで、何処にも行けない。

ここでやり過ごそう。

清一は割れた板とトタンの裏に隠れた。この小路に彼女が入ってくるとは思えないが、用心するに越したことはない。

すぐに里子の足音と思われる響きが近づいてきて、彼が身を潜《ひそ》ませている小路の前を通り過ぎたので、あとを追い掛けようとしたときである。

「いやあぁぁっ！」

いきなり女性の悲鳴が上がった。

まさか……。

赫衣に里子が襲われたに違いない――と確信しながらも、清一は隠れ場所から出ることができなかった。ただ暗がりの中で、ぶるぶると身体を震わせているだけだった。

そこへ波矢多たちが駆けつけた――ということになるらしい。

「つまり君は、赫衣の姿を見ていないのか」

「……はい」

波矢多の問い掛けに、清一が恥じるように俯《うつむ》いたので、

「無理もない」

「ここに独りで来ただけでも、お前は立派だ」

伊崎と新市が口々に声を掛けた。

「何があったのか、お話しになれますか」

優しく波矢多に訊かれ、今度は里子が喋り出した。

「……ゴーストタウンを通るかどうか、ちょっと迷ったんですけど、疲れていて早く家に帰りたかったので、ついこっちを選んでしまいました」

「ここに入ってから、妙な気配は感じませんでしたか」

「いいえ、特には……」

彼女の答えを耳にして、新市と伊崎が感心したような眼差しを清一に向けた。それほど彼の尾行が見事だったことになるからだろう。

「ここを歩かれているとき、いつも通りだったわけですね」

「あっ、この路地へ入る前に、曲がる角を間違えました。でも、すぐに気づいて、こっちへ入り直したんです」

「そのとき当然、ここには誰もいなかった？」

「……はい。それなのに半分も過ぎた辺りで、急に後ろに何かの気配を感じて……」

「振り返った？」

「そうしたら、顔のない……朱色に染まった……赫衣が……」

「顔がないとは、どういう意味です？」

「…………」

里子は口籠《くちご》もったあと、

「……のっぺらぼう」

「目も鼻も口もなかったのですか」

うんうんと彼女が頷く。

「つるんっ……とした何もない肌だけだった？」

この波矢多の表現に、新市は厭《いや》そうに眉を顰《ひそ》め、伊崎は厳《いか》つい顔に似合わず心持ち身を引いたように見えた。

「いいえ、そうじゃありません」

ところが、意外にも里子は首を振りつつ、

「……そもそも顔の形を余りしてなくて、ぶわっと全体が腫《は》れつつも、ごわごわに皺が寄って広がってる感じで……。その面相が朱色に、ぼおっと光ってて……」

かなり具体的に説明したものの、聞けば聞くほど余計に正体の不明さが際立つ、どうにも気味の悪い描写だった。

「服装は、どうでした？」

「……ほとんど記憶にありません。ただ、ぶわっとしたマントを着ていたような……」

「そいつを見て、それからどうされました？」

「……恐ろしさの余り、すぐに顔を逸らして、その場に蹲《しゃが》み込んでしまいました。ほんとは逃げたかったけど、とても身体が動かなくて……」

「我々の声は聞こえましたか」

「微《かす》かにでしたが……。誰かが来てくれるから、逃げなくても大丈夫かもしれないって……少し思った気もします」

「あなたと同様、奴にも我々の声が聞こえた。だから何もせずに、急いで逃げた――」

波矢多は独り言のように呟いてから、

「ところで奴は、刃物を持っていませんでしたか」

波矢多の問い掛けに、里子はぎょっと身を強張《こわば》らせたが、

「……見ていません」

「そう言えば昨夜は、現場に包丁が落ちてたな」

新市の指摘が合図となって、彼と伊崎が周囲を――行き止まりの小路の奥も含めて――一通り調べたが、何処からも凶器は発見されなかった。

二人が側に戻ったところで、波矢多は質問を再開した。

「あなたが蹲み込んだあと、どっちへ赫衣が逃げたか分かりますか」

「……いいえ」

申し訳なさそうに里子が答える。

「では、赫衣が現れたのは、何処からだと思われますか」

「それは……」

自分が蹲んでいた場所から後ろを振り返る恰好をしたあと、すぐさま彼女は行き止まりの小路を指

差して、

「そこ、でしょうか」

ただし、そう口にした側から、

「でも、変ですよね。そこには清一君が隠れていて……」

「彼をご存じでしたか」

「いえ、直接は知りません。けど祥子さんから……」

ここで二人は、どちらからともなく相手に対して一礼したが、互いに怪訝《けげん》な表情を浮かべているところも一緒だった。

それを逸早《いちはや》く波矢多は見取って、清一に尋ねた。

「この小路に入って隠れたとき、もちろん他に誰もいなかった?」

「はい、間違いありません」

清一が力強く頷く。

「となると君が隠れたあとで、ここに赫衣も入ったことになる。そして角に身を寄せて、里子さんが目の前を通り過ぎるのを待って……」

「あのー」

清一が遠慮がちに声を上げたので、波矢多が透かさず促すと、

「僕が小路の奥に隠れてから、里子さんが小路の前を通り過ぎるまで、そんなに時間はなかったと思うんです。もしも赫衣が、里子さんを追い越してしまった僕のあとから、すぐに小路に入ったのだとすると、奴は里子さんの前を歩いていたことになります。けど、この路地って――」

清一は自分たちがいる路地を見やりながら、

「それなりの長さがありますよね」

「つまり君が感じた限りでは、里子さんに目撃されることなく、この小路に赫衣が入るのは、ほとんど不可能ってわけか」

波矢多の確認に、再び清一は力強く頷いた。

「奴は一体全体、何処から現れたのか」

「そして彼女を襲い掛けたあと、今度は何処へ消えたのか」

波矢多のあとを受けて、そう新市が続けた。

「昨夜の事件では後者の謎だけだったが、今夜は前者の謎まで増えてしまいやがった」

「伊崎巡査、ちょっと無理なお願いがあります」

波矢多は先に一礼してから、

「二人とも疲れているようですので、調書を取るのは明日の朝にして貰《もら》えませんか」

「……分かりました」

少しは逡巡したようだが、伊崎は承諾した。

「お二人のお陰で、大凡《おおよそ》の状況は把握できましたので、まず本官の報告書を仕上げたいと思います。それから順序は逆になりますが、二人の調書を取ることにしましょう」

「ありがとうございます」

あとは伊崎が里子を、新市が清一を、それぞれ家まで送り届けた。

波矢多は一足先にカリエに戻ると、今夜の事件現場の見取り図を描いた。新市が来た道をA、波矢多が走った道をB、清一が隠れていた行き止まりの小路をC、里子が襲われた地点を×印、彼女がいた路地の先の祠がある行き止まりをD、伊崎巡査が駆けつけた道をEとした。

赫衣は何処から来て、何処へ逃げたのか。
波矢多の前に立ち塞《ふさ》がったのは、またしても閉ざされた路地の謎だった。

第十七章　葬儀

翌日の昼前に、私市祥子《きさいちしょうこ》の遺体が返されることになった。
司法解剖から遺体の返却まで、こういう場合の事例と比べて早いのかどうか、もちろん物理《もとろい》波矢多《はやた》には分からない。とはいえ裏で熊井《くまがい》新市《しんいち》が同期生たちの間を駆けずり回ったお陰ではないのか、と彼は睨《にら》んでいた。

　私市遊技場では朝から、現場となった従業員休憩場所を始め、とにかく屋内の掃除を入念に行なった。何より大変だったのは、一時的に全てのパチンコ台を撤去することである。この店舗内が葬儀場となるため、これは必要な作業だった。

　新市は例によって情報収集に出掛けており、清一《せいいち》は交番で調書を取られているため、波矢多が手伝った。というよりも彼が陣頭指揮を取る羽目になった。本来なら心二《しんじ》の役目になるのだが、どうにも心許ない。かといって楊作民《ヤンツオミン》に任せるわけにもいかない。交番から戻ってきた柳田《やなぎだ》清一は言うまでもない。大いに助かったのは、アケヨが駆けつけてくれたことだ。しかも彼女は後輩に当たるチヨコも連れてきたので、これで足りなかった女手も増えて、波矢多はほっとした。

　本当なら今夜は通夜を執り行ない、明日が葬儀になるはずだったが、事件のこともあり、かつ遺体の傷みを考えても一刻も早く荼毘《だび》にふすべきだと、皆の意見が一致した。最終的な判断は心二に委ねられたが、彼も異は唱えなかった。

波矢多は葬儀の準備を進めながらも、新市と打ち合わせた件も忘れずに、どうにか楊と清一と話す機会を見つけた。こんなときに、こんなことをして……という思いもあったが、全ては事件を解決するためと割り切った。

葬儀には赤迷路に関わる多くの人が参列した。その中には、赫衣《あかごろも》の体験を波矢多たちに語ってくれた天一《てんいち》食堂の和子《かずこ》やアケヨの先輩のメイコ、更にトワイライトの店主であるスミコの姿まであった。弥生亭《やよいてい》の弥生も浜松屋《はままつや》の里子《さとこ》も焼香してくれた。

そのため、いつまで経っても参列が途絶えない。それこそ赤迷路中の者が弔《とむら》いに来ているのではないかと思えるほど、延々と焼香は続いた。

だが、それが幸いしたことに、やがて波矢多たちは気づく。

なぜなら長い葬儀が終わる正《まさ》に直前に、なんと新市が吉之助《きちのすけ》を連れて、祥子の葬儀場となった私市遊技場に現れたからである。

ざわざわっと参列者たちの間から声が漏れる中を、吉之助は半ば新市に抱えられるようにして焼香台まで進んだ。そこにいた全員が思わずざわめいたのは、被害者の父親にして容疑者の彼が目の前にいること以上に、その容貌の窶《やつ》れ具合が尋常ではなかった所為《せい》だ。

まるで死相が出ているような……。

そんな表現が即座に浮かぶほど、吉之助の容姿は異様だった。もし今が戦中であったなら、警察で長時間に亘《わた》り酷い拷問を受けたに違いないと、恐らく誰もが考えただろう。それほど彼の顔つきは凄まじく、また悍《おぞ》ましかった。

しかし波矢多が真っ先に心配したのは、吉之助の身体よりも精神面である。前者の回復は充分に養生すれば可能だろうが、後者は場合によって相当に難しくもなる。目の前の吉之助が、そう映るように……。

私市さんは娘の葬儀に出ていることを、ちゃんと認識しているのだろうか。

ふと波矢多が疑問を覚えるほど、吉之助の両の眼は死んでいた。何も見ていない。何も認めていない。何も映していない。そんな風に思えてならなかった。

その証拠に新市の介助によって辛うじて焼香を済ませた彼は、そのまま応接間へ連れて行かれて、もう二度と出てこなかった。祥子の亡骸《なきがら》と火葬場まで一緒に行くことは疎《おろ》か、娘の出棺を見送ることさえできなかった。

心二と楊は棺と共に火葬場へ向かい、新市と清一は私市家まで吉之助を送り、波矢多は葬儀場に残って片づけの手伝いをした。その後は戻ってきた新市と入れ替わるようにして、アケヨが私市家に赴《おもむ》いた。

「心二さんが帰宅するまでの間、清一君だけに親分さんのお世話を任せるのは、ちょっと不安でしょ。彼なら立派にできるとは思うけど、まだ子供だからね」

このアケヨの心遣いには、新市も大いに感謝した。

一段落ついた頃には、もう夕方になっていた。新市は何本か電話を掛けたあと、カリエで二人分の珈琲《コーヒー》を淹《い》れると、波矢多を私市遊技場の応接間に誘った。

「色々と大変だったたな」

改めて波矢多が労《ねぎら》うと、いつもの新市なら「まぁな」くらいの軽い受け答えで済ますのに、このときは浮かない表情のまま「あぁ」と疲れたような溜息を吐いた。

「それにしても警察は、よく私市さんを釈放したな」

「佐奈田《さなだ》警部は、どうやら最後まで反対したらしいけどな」

厄介な人物だと言わんばかりの顔を見せる新市に、波矢多は尋ねた。

「君が直接、交渉したわけではないのか」

「そんな力が、俺にあるわけねぇだろ。同期たちのお陰だよ」

「皆、凄いな」

「感心してる場合か。ちっとは焦れ――って焚《た》きつけても、お前は炭坑夫になる道を選ぶような奴だからなぁ」

「君も他人のことは言えないだろ――と、ここは返しておくか」

互いに苦笑し合ってから、新市が続けた。

「決め手になったのは、やっぱり里子の事件のようだ。弥生のときは、赫衣とは関係ないと見做《みな》されていたのが、立て続けに似た事件が起きたことで、警察も関連づけざるを得なくなった。そういうことらしい」

「つまり祥子さん殺しも、赫衣の仕業だと、警察は認めたのか」

「そこがどうも、はっきりしねぇ」

新市は苛《いら》ついた口調で、

「ただし妊婦が殺害されたあと、同じく妊婦が二人も襲われた。しかも現場は、三人とも赤迷路の中だ。祥ちゃんだけ屋内という違いはあるが、だからと言って三件を無関係と見做すのは、時期尚早ではないか。そんな葛藤が警察の内部でも、きっとあったんだろう。そこへ優秀な弁護士が登場して、小父さんの釈放と相成ったわけだ」

「その私市さんだけど……」

と波矢多が口にしただけで、新市は察したらしく、

「あぁ、かなり弱ってる。それも精神的に。場合によっては、そっち系の病院に入院させた方が良いかもな」

「心二さんと清一君で面倒を見るのは、やはり難しいだろう」

「この店をどうするか、そっちの問題も遅かれ早かれ出てくる。全ては小父さんの回復次第ってことになる」

「ところで――」

今度も波矢多が皆を言うまでもなく、逸早《いちはや》く新市は応じて、

「楊さんの件だろ」

「葬儀の準備があったので、それほど詳しく話は聞けなかったけど、ご家族と住んでいた地域が何処《どこ》だったのか、肝心な点は分かった」

「こっちも時間がなくて、小父さんの軍歴は簡単にしか調べられなかった」

それでも二人が答え合わせをした結果、日本兵の私市吉之助が徴発のため楊一家に関わった可能性が、全くの零ではないことが判明した。

「もっと詳細に調べる必要が、これで出てきたな」

「楊さんには動機があるかもしれない」

「お前が言ったように、祥ちゃん殺しではなく嬰児《えいじ》殺しの……」

「ただ――」

波矢多が首を傾《かし》げたので、新市が尋ねた。

「他に気になることでもあるのか」

「私市さんは戦争中の話を全くしない――と、前に君は言ってなかったか」

「あぁ、ちらっとでも聞いたことがありそうなのは、うちの親父くらいかもな。それも酔っ払ってじゃねぇか」

「とはいえ酔えば喋る、というわけでもないだろ」

「相手が親父だからこそ、ぽろっと口から出たんだと思う」

「だとしたら楊さんは、私市さんの大陸での行軍の有様を、どうやって知ったのか」

「……そうか。楊さんの家族の件に、仮に小父さんが関わっていたにしても、それを本人との会話の中で気づいたと推察するのは、かなり無理があるってことか。むしろ何も話さなかったと見做す方が、どう考えても自然だよな」

「普通は隠すはずだ」

「となると楊さんに動機があると見るのは、ちと早計かもしれんな」

「しかも楊さんにとって、犯行時の私市遊技場は密室だった」

波矢多の指摘に、新市は唸《うな》りながら、

「余計に容疑が薄まるか」

「現場が密室ではなかった、唯一の人物である清一君だけど——」

「どうだった？」

「楊さんと同じく、それほど突っ込んだ話はできなかった。とはいえ彼に接すれば接するほど、あんな犯行はやりそうにないとしか……」

「そうだよな。あそこまでの狂気性が、あいつにあるとは……」

「どうしても思えない」

波矢多は少年との会話を振り返りつつ、

「彼のように敗戦後は悪い仲間と犯罪に走り、すっかり世の中を斜めに見て、全く大人を信用しない子供が多くいると思う。だけど、まだ子供であるが故に、大人が時間を掛けて真摯《しんし》に接し続ければ、やがて心を開く子もいるだろう」

「そういう例の一つが、清一と言えるんじゃねぇか。あいつにとって小父さんと祥ちゃんは、ほとんど家族みたいなものだ」

「祥子さんが身籠《みご》もった子供に対して、嫉妬がなかったと言えば嘘になるだろうけど――」

「嬰児殺しは、流石《さすが》にないか」

波矢多は「うん」と相槌を打ちつつも、矢庭に険しい顔になると、

「ただし二人とも、不安材料はある」

「陳彦宏《チンピンイン》と佐竹《さたけ》の野郎たちか」

「彼らが楊さんと清一君に、どれほどの影響力を持つのかは不明だが、犯行時間帯に現場の近くに一緒にいたのは間違いない」

「どうも今一つ、すっきりしねぇな」

ぼやきながらも新市は、話を先へ進めた。

「心二の貴市《きし》家の件はどうだ？　何か分かったか」

「いや、すまん。図書館や新聞社に行く時間がなくてな。まだ調べていない」

「気にすんな。新聞社にいる同期に、その件は頼んでおいた」

「そっち方面にも？」

驚く波矢多に、にやっと新市は笑って、

「敗戦後の日本の立て直しには、あいつらの力が重要になってくる。そう俺は思ってる」

「皆、凄いな」

「お前も、充分に凄いぞ。なにせ炭坑夫になって、日本の復興を文字通り地の底から支えようとしたんだからな。そんなこと考える奴は、同期の中でもお前くらいだ。仮に頭で想像する奴がいたとしても、とても実行まではできん」

「……単に流れに流れて、あの南の地に着いて、合里《あいざと》さんにお会いして、それで炭坑夫になったに過ぎない」

淡々と説明する波矢多を、新市は面白そうに眺めている。

「そこで事件に遭遇して、偶々《たまたま》それに巻き込まれて、仕方なく探偵の真似事をしただけだ」

「真似事ねぇ」

新市は突っ込みたそうな顔つきだったが、辛うじて我慢したようで、

「さっき新聞社に電話して、貴市家の記事があったか訊いてみた」

「どうだった？」

「今のところ、まだ見つかってないらしい。凡《およ》その年代と地域、貴市という名字が手掛かりとしてあるから、案外すぐに分かると思ったんだが――」

「該当する記事がないか。つまり新聞沙汰になるほどの事件が、貴市家で起きたわけではなかった……ということになるのかな」

「俺もそう思ったけど、祥ちゃんから聞いた感じでは、それなりの事件だったようにも思えるんだよなぁ」

波矢多も同じ意見だったので、

「年代か地域か、どちらかが間違っているのか」

「いや、それはねぇだろ。年代は念のため心二の年齢から逆算して、そのうえで一、二年の幅まで持たせてあるし、地域も合ってるはずだ」

「貴市という名字が間違っているはずもない」

「なのに見つからない。心二の親父が権力者で、記事を握り潰したわけでもないだろ」

「……妙だな」

「引き続き捜して貰《もら》うことになってるから、そのうち連絡があると思う」

そこから二人は随分と遅めの夕食を摂り、まだ十時半頃だったが今日は疲れたから、さっさと寝ようか——という話をしていたときである。

……どん、どんっ。

カリエの表戸を叩く物音が突然、激しく聞こえたと思ったら、

「夜分にすみません。新市さんと波矢多さんは、いらっしゃいますか」

不安そうに叫ぶ若い女性の声が上がった。

「はい、何方《どなた》?」

新市が急いで戸を開けると、そこにはアケヨの後輩のチヨコが、真っ青な顔で息を切らして立っていた。

「どうした?」

びっくりしながらも新市は問い掛けたが、彼女が答える前に、

「まさか、出たのか」

彼が慌てて尋ねたのは、もちろん赫衣のことである。

「奴に襲われて、ここまで逃げてきたのか」

「い、いいえ……。けど、で、で、出たんです」

ところが、チヨコの返事は矛盾していた。

「おい、意味が分からんぞ」

「で、ですから……」

「あなたが襲われたわけではなくて、誰か別の方が被害に遭われた。そういうことですか」

横から波矢多が助け船を出すと、彼女は感謝の眼差しで見返しつつ、

「はい、アケヨ姐《ねえ》さんが……」

とんでもない名前を口にしたので、新市も波矢多も焦った。

「ど、何処で襲われた？　今すぐ連れてってくれ」

「あっ、姐さんは今、木舞《こまい》病院にいます」

「無事なのか」

「……は、はい」

そう聞いて新市も波矢多も、ほっと息を吐き出したが、

「でも、お腹を……」

「えっ……、き、切られたのか」

チヨコの台詞を耳にして、新市が詰め寄った。

「す、少しだけで、大したことないって、姐さんは……」

「本人が、そう言ったのか」

「はい。余り血も出なかった……って」

「なら大丈夫か」

同意を求めるような新市の眼差しに、波矢多は無言で頷いた。

「しかし、どうも妙だな」

安堵したのも束の間、新市は合点がいかぬという様子で、

「小父さんが釈放されたんだから、アケヨとジョージが赤迷路で赫衣を捕まえる必要なんて、もうないはずだろ」

と言いつつ、はっと気づいたように、

「ジョージはどうしたんだ？　奴が一緒にいながら、なぜ彼女は襲われたんだ？」

「それが……」

チヨコも不可解そうな面差しで、

「姐さんは独りで、ゴーストタウンに行ったらしくて……」

「何ぃぃ？」

新市も波矢多も、この返答には本当に驚いた。

「こんな時間に、しかも独りで、なぜゴーストタウンなんかに？」

「……わ、分かりません」

理不尽にも新市に怒られる恰好になり、チヨコは半ば泣きそうになりながら、嫌々をするように首を振った。

「あなたはアケヨさんのお使いで、ここに来たのではないですか」

波矢多が優しく問うと、

「は、はい……。新市さんと波矢多さんを、すぐに呼んできて欲しいって、いきなり姐さんに頼まれて……」

二人はカリエの戸締まりを急いでして、チヨコと一緒に宝生寺《ほうしょうじ》駅の北側にある木舞病院まで駆けつけた。だが、疾《と》っくに面会の時間は過ぎており、警察の事情聴取も済んでいたため、アケヨのいる病室には入れなかった。ただ今夜は黒人兵が――恐らくジョージだろう――付き添っていると教えられ、彼らも一応は安心した。

仕方なく翌日の午前中、波矢多と新市は出直すことにしたのだが、二人を待っていたのはアケヨの非常に不可解な態度だった。

第十八章　赫衣、三度《みたび》

アケヨは木舞《こまい》病院の病室にいたが、ちょうど退院の準備をしているところで、波矢多《はやた》たちをびっくりさせた。

「おい、もう起きても大丈夫なのか」

新市《しんいち》が声を掛けると、振り向いた彼女の顔に一瞬、ふっと影が差したように見えて、波矢多は戸惑った。

それは大いなる怯《おび》えを表している風に映ったのだが、その対象が昨夜の事件だけでなく、まるで波矢多たち二人にも向けられているように思えたからだ。

……自分たちは歓迎されていない？

とはいえ呼んだのはアケヨの方なのだ。もちろん招かれなくても二人は病院を訪れたはずである。真っ先に彼女の身を心配して。次いで赫衣《あかごろも》の情報を欲して。できるだけ早く彼女に会って話を聞きたいと、二人は考えて行動したに違いない。

だが……。

アケヨを目にした印象では、一番の目的は容易に達せられそうなのに――実際に彼女は退院しようとしている――二番目はどうにも難しい感じを受ける。

「腹を切られたって聞いたけど、本当に問題ないのか」

新市が心配する横で、波矢多はアケヨを観察しながら、そんな風に考えた。

「お二人とも、態々《わざわざ》すみません」

彼女は丁寧に頭を下げると、

「切られたって言っても、ほんの少しだけなの。それも洋服の上から……。お医者さんも、全く何の心配もないって……」

だから大丈夫だと、どうやらアケヨは説明したいらしい。しかしながら彼女は、明らかに怯えていた。軽傷とはいえ妊婦が腹部を切られたのである。当然だろう。だが、それだけが理由ではないことが、波矢多には分かった。

恐らく新市も察しているに違いないが、彼は回り諄《くど》いことが嫌いである。

「何があった？」

いきなり率直に尋ねた。

「だから……」

どう見てもアケヨは喋りたくなさそうに、波矢多には映った。それでも新市が追及の手を緩めることはなく、鋭く切り込み出した。

「昨日の夕方、小父さんの家に行ったんだろ」

「……ええ。親分さんのお世話をして……、必要な買い物に出てから夕飯を作って……、親分さんと清一《せいいち》君に食べさせて……、心二《しんじ》さんの帰りを待って……としてるうちに遅くなったので、また明日も覗きに来るって言って、私は帰ったの」

「可怪《おか》しいじゃねぇか」

新市に強い口調で指摘させるよりも、と素早く波矢多は判断して、

「私市《きさいち》さんの家は宝生寺《ほうしょうじ》駅の西側ですが、アケヨさんのアパートは北側になりますよね。それなのに駅の東側の赤迷路の、更に東方向のゴーストタウンに、なぜ行かれたのでしょう？」

飽くまでも優しく尋ねた。

「それが……」

アケヨは明らかに感謝の眼差しを波矢多に向けたが、そこから急に視線を逸らして、かつ両目を伏せながら、

「よく分からなくて……」

「どういう――」

責《せ》っつこうとする新市を、慌てて波矢多は止めつつ、

「なぜゴーストタウンに行ったのか、ご自分でも不思議でならない――という意味ですか」

幼子のように、こっくりと彼女が首を縦に振った。

「そんな莫迦《ばか》なことがあるか」

当然のように新市は納得しない。

「しっかり者のアケヨ姐《ねえ》さんが、自分でも気づかぬうちに、ふらふらっとゴーストタウンに足を向けたってのか。かつての赫衣体験によって、小父さんのパチンコ店から東へは、決して行かないって言っていたのに？　幾ら何でも信じられんぞ」

「……呼ばれたのかもな」

ぼそっとした波矢多の呟きに、新市だけでなくアケヨも、ぎくっと身体を強張《こわば》らせた。

「おいおい、勘弁しろよ」

もっとも新市はすぐに立ち直り、波矢多に苦言した。

「探偵って奴は論理性を重んじるんだから、完全に合理主義者だろ」

「オカルト探偵と呼ばれる存在も、広い世界にはある」

「それはお前の好きな、小説の中だけだ」

「北九州で遭遇した炭鉱の事件の話を私市さんにしたとき、野狐山《やこやま》地方に伝わる黒面の狐の怪異に関してはお手上げだったと、俺は正直に打ち明けた。つまり世の中には、人間の理性だけでは割り切れない出来事もあるってことだ」

新市とのやり取りを打ち切って、波矢多はアケヨに顔を向けた。

「あなたは気がつくと、赤迷路のゴーストタウンにおられた」

「……はい」

「それから、どうされました?」

あっさりと波矢多が自分の話を受け入れたことを、まだアケヨは信じられないのか、かなり戸惑い気味の口調で、

「びっくりして、怖くなって……。とにかく急いで出ようと……。そしたら足音が、ひたひたひたっ……って、すぐ近くで聞こえて……」

「思わず反対側に逃げた?」

「ところが、そっちにいたんです」

この彼女の話に、今や新市も夢中になっている。

「や、奴を、真面《まとも》に見たのか」

ゆっくりとアケヨは頷いたあと、

「……顔がなかった」

浜松屋《はままつや》の里子《さとこ》と同じ証言をしたので、波矢多はぞっとした。新市も同じ反応を示していたかもしれない。

「のっぺらぼう、ですか」

「つるって何もない状態じゃなくて、凹凸や皺《しわ》があって……。けど一瞬だったから……」

「顔の部分は、暗かったのですか」

「いいえ、ぼおっと赤くて……。いや、あれは朱色……」

そこも里子と同じ表現である。

「で、そこから？」

しかし新市は、とにかく続きが気になるらしい。

「しゅっ……って、空気を切るような音がして……。気がついたら洋服のお腹の所が切れてて、そこに血が滲んでるのが分かって……。あとは無我夢中で逃げた。それだけ……」

「相手の性別や年齢や背格好で、何か感づいた点はありませんか」

波矢多の質問に、アケヨは暫《しばら》く考え込んでいたが、

「恐らく男だろうっていうこと以外は、特に何も……」

「ありがとうございます。どうぞお身体を大切になさって下さい」

波矢多は礼を述べると共に、

「それから今後、特に日が暮れてからは、赤迷路ではない場所でも、できるだけジョージさんと一緒にいるようにした方が、良いと思います」

そんな注意を口にしてから、かなり不満そうな新市を追い出すようにして、アケヨの病室をあとにした。

「どういう心算《つもり》だ？」

しかも新市の苦情には耳を貸さずに、波矢多は同じ階の看護婦の詰め所に行くと、何人かに同じ質問を繰り返した。

昨夜、アケヨの病室に出入りしたのは、何処《どこ》の誰だったのか。

警察でもない二人の男に、看護婦たちが親切にも答えてくれたのは、彼らの男振りの所為《せい》だったのかどうか。

ただし収穫はなかった。なぜなら面会時間を過ぎても、引っ切りなしに夜の女たちが出入りしていたからだ。そんな彼女たちに交ざって、もし誰かが侵入していたとしても、とても分からなかったに違いない。そう判断せざるを得なかった。

ちなみに軽傷にも拘《かかわ》らずアケヨが入院したのは、本人の達《たっ》ての希望らしい。彼女が物凄く怯えていたことから、止む無く医師も認めたという。またジョージの付き添いを特別に許可したのは、相手が米兵だったからだろう。

「おい、いい加減に教えろ」

病院を出たところで新市が、痺《しび》れを切らして波矢多に詰め寄った。

「アケヨさんは昨夜、俺たちに伝えたい何かが、ほぼ間違いなくあった」

「だからチヨコを寄越した」

「しかし今朝は、それとは正反対の態度を示した」

「なぜだ？」

「昨夜のうちに、誰かに脅されたのだとしたら……」

「……赫衣か」

信じられないという顔を新市はしている。

「どうして赤迷路に行ったのか、それは謎のままだ。呼ばれた……という解釈も、この場合は有効かもしれない。いずれにしろアケヨさんは、あそこで赫衣に遭遇して襲われそうになった。そのとき真面に、相手の面相を見てしまった。それは彼女にとって、かなり意外な人物だった。また赫衣の方も、まさか狙った女がアケヨさんとは思いもしなかった。お互いの驚愕があったからこそ、彼女は腹部に軽傷を負うだけで済んだ。赫衣は逃げ、アケヨさんは病院に行った」

「だけど赫衣は、アケヨが自分の正体を喋るんじゃねぇかと懼《おそ》れた。それで病院を訪れ、あいつを脅した——ってことか」

「別に口を利く必要はない。ちらっと自分の姿を——赫衣と化していない普段の姿を——彼女に見せるだけで充分だったろう」

「しかしな、幾ら脅されたにしろ、赫衣は誰々だと警察に言って逮捕させれば、それで済む話じゃねぇか。お前の推理が正しいとして、なぜアケヨは喋らない？」

「最も考えられるのは、犯人を庇《かば》ってる……という動機だな」

「そんな対象になる相手は、どう考えてもジョージしかいねぇぞ。本当は奴が切り裂きジャックで、赫衣だったってことか」

「でもジャックは、白人だっていう噂だろ」

「だったら切り裂きジャックと赫衣は、やっぱり別人だった。そして赫衣の正体は、黒人兵のジョージだった。そう考えるしかない」

「昨夜の面会者イコール脅迫者についても、ジョージさんが犯人だったとしたら、何の問題もないことになる」

「病室にいたわけだからな」

「もし犯人が他の男だった場合、如何に夜の女たちの出入りが頻繁にあったとはいえ、どうしても目立ったはずだ。そうなると看護婦のうち一人くらい、女性たちの中に交ざった不審な男を覚えている者がいそうではないか」

「なるほど」

新市は大いに納得しつつ、

「弥生亭《やよいてい》の弥生を襲ったとき、ジョージが逃げた方向には、彼を捜しにきたアケヨが僥倖《ぎようこう》にもいた。そこで彼女は咄嗟《とつさ》に二人一組となって、さも赫衣を捕らえるために赤迷路内を巡回していた振りをして、俺たちを騙《だま》したわけか――」

と推理を披露した側から、自ら首を振って否定した。

「いや、けど浜松屋の里子の場合、ジョージの犯行は不可能だ。あの閉ざされた路地の中で、奴の逃げ場は何処にもなかった」

二人は話しているうちに、宝生寺駅まで来ていた。

「今日も情報収集をするのか」

「その心算だけど、先に小父さんの様子を見に行くよ」

「一緒に行って構わないか」

「もちろん。きっと小父さんも喜ぶぞ」

しかしながら私市家を訪ねても、吉之助《きちのすけ》は相変わらずだった。むしろ悪化しているように見受けられた。新市と心二は相談して、できるだけ早く精神科の病院で診て貰《もら》う、相応《ふさわ》しい病院探しは熊井潮五郎《くまがいちようごろう》に頼む、この二つを即座に決めた。

私市家を出て宝生寺駅まで戻ると、もう昼だった。二人は駅前の食堂で昼食を摂りつつ、今日の予定について話し合った。

「引き続き事件の検討をするにしても、お前の推理は何処でもできるだろ」

「うん、まぁな」

「それなら俺と一緒に来るか。きっと同期たちも、お前の顔を見たら喜ぶぞ」

新市の誘いに魅力を覚えながらも、波矢多の口から出たのは、

「願ってもないことだけど、どうにも気になる場所がある」

「何処だ？」

「赤迷路のゴーストタウン……」

何を今更と言わんばかりの表情を新市は見せたが、そこから一転して、

「あの場所のことで、何か閃《ひらめ》いたのか」

かなり期待の籠《こ》もった口調で、ずいっと波矢多に詰め寄った。

「そうじゃない」

「だったら、どうして？」

「……ただ何となく、あそこを無視できないっていうか、ひょっとして全ての始まりが、あの空間にあるのではないか。そんな気がしてな」

「つまり根拠なんかなくて、そう漠然と感じるだけなんだな」

新市は完全に呆れているようだったが、

「まぁお前のことだから、あそこを幽鬼の如く彷徨《さまよ》ってるうちに、ぱっと真相が浮かんだりするのかもな」

と都合の良い台詞を吐いて、

「好きにしろ。皆と会うのは、事件が解決してからでも遅くはねぇさ」

二人は食堂を出た所で別れた。目の前の駅に向かう新市と、赤迷路のゴーストタウンへ赴《おもむ》く波矢多とに――。

もっとも波矢多は直接すぐ近くの赤迷路には敢えて入らずに、駅の南側に広がる貧民窟からその南東側へと回り込み、二日前の夜に清一《せいいち》が浜松屋を目指したのと同じ道順を選んだ。途中で楊作民《ヤンツオミン》の家を捜したが留守で、隣家の年配の女性から、私市家へ見舞いに行ったと教えられた。二つの家は、というよりも一体の家屋の全てが、ほぼバラックの小屋である。

赤迷路に入ってからは迷わないように、まず浜松屋の前まで行く。そこから里子と清一が辿《たど》った路地を歩いて、ゴーストタウンへと入る。

まだ日中で天気も悪くないのに、途端に辺りが陰って空気まで変わったように感じられる。すぐ背後には活気に溢れた店舗と猥雑な人通りがあるはずなのに、それが恰《あたか》も遠い異国のように思えてしまうほど、ここは違っている。

……異界。

賑やかな闇市の端に出現した、静寂に満ちた薄暗き世界。

此岸《しがん》よりも彼岸に近いとしか思えぬ、そんな気がする狭き空間。

人外のものが彷徨《うろつ》き跋扈《ばっこ》している、人間が決して入ってはならぬ場所。

ここは元々そういう土地なのではなかろうか……と、ふと波矢多は感じた。そういう感覚に囚《とら》われるや否や、自分が何をしに来たのか、はっと彼は察した。

あの祠《ほこら》だ……。

行き止まりの路地の窪地に見えた小さな祠が、どうやら気になっていたらしい。その理由は分からない。ただ、ここまで来た以上は一度ちゃんと確認しておきたい――という思いを波矢多は改めて抱いた。

あそこへ行くには……。

あの夜、新市と別れて辿った道を、何とか思い出しつつ進む。浜松屋の里子の悲鳴が聞こえたと思《おぼ》しき地点からは、あのときと同じように駆け出した。できるだけ似た動きをすることで、より記憶が鮮明になると考えたからだ。

お陰で何度目かの二股の角を左手に曲がった瞬間、その路地の先に鎮座している例の祠が目に入り、波矢多は安堵した。

……迷わずに辿り着けた。

だが、そう喜べたのは束の間だった。

その祠の裏から、ふらっと何か黒いものが現れたからだ。それは人の影のように映ったが、こんな場所のあんな祠の裏側に、どんな理由があって人間が潜《ひそ》んでいたというのか。どう考えようと、あれが人間であるはずがない。

ぞっとして立ち竦《すく》む波矢多に、祠の裏から出てきたそれが……。

「うわっ」

意外にも悲鳴を上げたので、彼はぎくっとした。しかし、そこから驚きつつも目を凝らして、ゆっくりと近づいていった。すると相手も恐る恐るといった態度で、こっちへ向かってくるではないか。

「なーんだ」

「ほっと、しました」

互いに自分が目にしたのが、ちゃんとした人間だと気づいたところで、二人とも大袈裟な溜息を吐いたのは、相手が人外のものである……と咄嗟に怯えてしまった、ばつの悪さを隠すためだったのは間違いない。

「あっ、別に怪しい者ではありません」

「それはお互い様だろうから、全く気にする必要はないよ」

律儀に断る相手に対して、そう応えながらも波矢多は鋭く観察していた。

「学生さん？」

「はい、そうです」

その青年は童顔ながらも、アケヨが黄色い声を出して騒ぎそうな整った容姿をしており、何より品が感じられた。つまり赤迷路のゴーストタウンの、曰《いわ》くのありそうな祠の裏側から、とても現れなそうな人物だった。

「あの祠の裏には、何かあるのかな」

「榎《えのき》ではないかと思われる大きな木の切株がありました」

「祠は、それを祀《まつ》っている？」

「そんな風にも見えますが、祠の中に御神体らしきものもあって、よく分かりません」

なおも祠について波矢多は尋ねようとして、この青年の身元が気になった。

「赤迷路に知り合いでもいるのかな」

「いいえ、ここは初めてです」

青年はきっぱりと否定したあと、かなり率直な物言いで、

「ここの関係者の方――ではなさそうですね」

「どうやらお互い、部外者らしいな」

「それなのに僕はあの祠の裏にいて、あなたはあの祠に行こうとされていた。なぜでしょう？」

「年上の特権で、先に君の事情を教えて貰えるかな」

「いいですよ」

青年は屈託のない明るい口調で、

「僕は怪異譚に目がなくて、それで赤迷路の赫衣の噂を聞いたとき、ちょっと調べてみようと思いました。その過程でゴーストタウンの存在と、この地の過去を知って、なかなか因縁めいてるなぁと感じて――」

「ちょっと待ってくれ」

波矢多は急いで尋ねた。

「この地の過去というのは、ゴーストタウンの？」

「そうです」

「良かったら教えて貰えないかな」

「かつて牢屋敷と処刑場があったことは、ご存じですか」

「うん、それは聞いている」

波矢多が答えると、青年は少し自慢そうに、

「では、この地から大量の胞衣壺が出たことは、どうでしょうか」

「……えなつぼ？」

「女性が出産したあと、胎児を包んでいた膜や胎盤や臍帯《さいたい》などを壺に入れて、その子の健やかな成長を祈って埋める。その風習で使われる壺のことです」

「あぁ、胞衣を入れた壺って意味か」

「普通は出産した家の、土間などに埋めます。ところが、なぜかこの土地から大量に掘り出された……という話が、ここに牢屋敷と処刑場を作ったときに、実はあったようなのです」

ここで波矢多は遅蒔《おそま》きながら、妊婦の祥子《しょうこ》殺しと同じく妊婦の弥生と里子とアケヨが襲われた事件と、この胞衣壺が結びつきそうな予感を覚えて、ぞくっとした。

だが青年の話には、まだ続きがあった。

「そんな土地に牢屋敷と処刑場が作られたとは、ちょっと因縁めいた話だと思われませんか」

「生命誕生の象徴のような胞衣壺と、罪人たちの処刑という死が、完全に正反対だから――ということかな」

「はい、何とも皮肉ではありませんか」

「だけど、実際は合っていた……とも言えないかな」

「どうしてです？」

と返しながらも青年は、疾《と》っくに波矢多の返答を察しているようである。

「本来なら出産した家の土間などに埋めるはずの胞衣壺が、この土地から大量に掘り出されているからだよ。何者かが何らかの意図を持って、沢山の胞衣壺を集めて、態々《わざわざ》この地に埋めたのではないか――という推測ができる」

「そ、そうなんです」

恰も同好の士に会ったかのように青年は喜びつつ、

「しかも中国の秦《しん》の時代の話になりますが、罪人たちは『赭衣《しゃい》』と呼ばれる囚人服を着せられました。これが文字通り、赤い着物だったのです」

その漢字の説明を聞いて、再び波矢多はぞくっとした。

「故事成語に『赭衣路《みち》に塞《ふさ》がる』という言葉があります。これは赤い着物の人が道に一杯いる状態を表現しており、つまり罪人が多いことを意味するわけです」

青年は興奮した様子で、

「もうお分かりですよね。この赤迷路で起きた妊婦殺人事件の犯人と目される赫衣とは、この胞衣壺と赭衣から命名されたのではないでしょうか。そんな風に、僕には思えてならないのです」

「だけど――」

青年の指摘に充分な衝撃を受けながらも、波矢多は反論した。

「赭衣を罪人たちが着せられたのは、秦の時代の話だろ。日本のこの地からは、時代も距離も遠過ぎないかな」

「その通りなんですが、何かを命名するときって、割といい加減と言いますか、僅《わず》かな関連性だけで名づけられてしまう、そんな例が多くあります。かつてこの地に牢屋敷と処刑場があり、その前には大量の胞衣壺が埋められていた――という土地の記憶を持っており、かつ赭衣の知識を有している人物が、この辺りに出没する例えば通り魔のような存在の噂を耳にして、咄嗟に『赫衣』と命名したとしても、決して可怪しくはありません」

「……なるほどな」

「その人が更に、あの祠が榎らしい大木の切株を祀っており、かつ『今昔物語集』の第二十七巻の『本朝付霊鬼』に記された『冷泉院《れいぜいいん》の東洞院《ひがしのとういん》の僧都《そうず》殿《どの》の霊の語　第四』を知っていたとしたら、余計にそうです」

「どういう話だろう?」

「京都の冷泉院小路の南と東洞院大路の東とが交わる角に、なんとも気味の悪い『僧都殿』と呼ばれる屋敷地があったのですが、そこは所謂《いわゆる》『魔所』でした。故に誰も住む人はいません。冷泉院小路の北には、左大弁の宰相である源扶義《みなもとのすけよし》の屋敷があって、そこから僧都殿の西北の隅にある榎の大木が眺められたのですが、黄昏時《たそがれ》になると僧都殿の寝殿から真っ赤な衣がふわふわと舞い上がって、榎の方へ飛んでいく様が見えたといいます」

「榎と赤い衣……」

青年によると祠の裏には、榎らしい大木の切株があるという。

「単衣《ひとえ》の着物だったそうです。しかも寝殿から榎まで飛んだだけでなく、するするっと大木を這い上ったらしいのです」

「なかなか気色の悪い眺めだな」

「そのため近所でも、誰も近づく者がいませんでした。ところが、源扶義の屋敷で宿直の警備をしていた武士が、その衣を『俺が弓矢で射落としてやる』と言い出しました。同僚たちが『それは無理だ』と反対しながらも煽《あお》り立てたため、武士は『必ず射る』と実行した結果、見事に赤い衣を射貫いたのですが、そのまま衣は榎の大木を這い上っていったそうです。地面に大量の血を撒《ま》き散らしながら……」

「……赤い単衣の鮮血か」

「武士は屋敷に戻ると、この顛末《てんまつ》を同僚たちに話しました。誰もが不味《まず》いことをした……と思ったのですが、もう後の祭りです。その夜、武士は寝たまま死んだそうです」

ここまでの彼の意見に、突っ込むことは幾らでもできた。しかしながら青年が口にすると、それらに妙な信憑性《しんぴょう》が生まれることに気づき、波矢多は変梃《へんてこ》な気分になった。

面白い学生さんだ。

だから彼も、アケヨから聞いた話を披露した。

「なぜ赫衣と呼ばれているのか、その切っ掛けとなる出来事や事件が過去にあったのか、実は何も分かっていないらしい。この土地に昔から住んでいる人なら、恐らく何か知っているのかもしれないが、今のところ誰も何も喋らないという」

「それは是非とも聞き出したいですねぇ」

青年の両目が、かなり妖しげに光り出した。

「昔話を知っていそうな人を、何方《どなた》かご存じありませんか」

「申し訳ないけど、こっちも余所《よそ》者なのでね」

がっかりした顔を青年は見せたが、すぐに立ち直ると、

「あなたが祠を見に来たのは、どうしてなんですか」

「その前に、あの祠のことを教えて欲しい」

青年によると祠の中には小振りの石が祀られており、恐らく死罪となった者たちの供養をしているのではないか、という見立てだった。ただ石の周囲には小さな壺も複数あったことから、胞衣壺にも関係している可能性はあるらしい。

「いや、ありがとう」

波矢多は礼を述べてから、他言無用の注意をしたうえで、簡単に私市遊技場殺人事件と自分との関わりを話した。初対面で相手のことを碌《ろく》に知らないはずなのに、この青年には何を教えても問題ないという気を覚えたからだ。

「へぇぇ、あなたは素人《しろうと》探偵なんですね」

そう言ったときの青年の声音が、どうにも変だった。憧れているようにも、気の毒がっているようにも、羨んでいるようにも、敬遠しているようにも――受け取れる、どうにも複雑な感情が垣間見えたのである。

本当に不思議な青年だなぁ。

波矢多が改めて相手を繁々《しげしげ》と眺めていると、彼は照れたような顔になって、

「陰ながら事件の解決を祈っています」

そう言いつつ一礼してから、その場を去っていった。

敗戦後のその時期、まだ日本人が着用するには非常に珍しいジーンズパンツを穿いた恰好が、かなり様になっている青年を見送りながら、波矢多は今更ながら彼の話の中に何か引っ掛かるものを感じていた。

……胞衣壺と赭衣と赤い単衣。

どれにも「衣」の字が入っている。

そして赭衣の「赭」には「赤」の字があり、単衣の着物も赤い。

この三つを合わせて「赫衣」という怪異が誕生した。

別に可怪しなところは何処にもない。あの青年が指摘したように、それが命名というものなのだろう。しかも、その対象は得体の知れぬ存在である。その名に訳の分からなさが感じられるのは、むしろ当然なのではないか。

しかし……。

何かが引っ掛かっているような気がする。

その正体が摑めずに、どうにも擬《もど》かしくてならない。

……衣と赤。

ゴーストタウンの路地に立ち竦みながら、何が引っ掛かっているのか、波矢多は一心不乱に考え続けた。

第十九章　闇の中

物理波矢多《もとろいはやた》はカリエへ戻る前に、念のため私市遊技場《きさいち》を覗いてみた。するとと住居部分に私市心二《しんじ》と楊作民《ヤンツオミン》と柳田清一《やなぎだせいいち》の三人が、物凄く暗い顔で座っていたので、ぎょっとした。もう外は日が暮れかけているのに、誰も電灯を点《とも》すことを思いつかないのか、ひたすら三人は無言で凝《じ》っとしている。

「ど、どうしたのですか」

思わず波矢多が声を掛けると、

「……あっ、物理先生」

漸《よう》く《や》心二が反応を示したものの、予想外の出来事を口にした。

「お、親分さんが、また……捕まりました」

「ええっ？　警察にですか」

力なく頷く心二に、波矢多は畳み掛けた。

「アケヨさんの事件の容疑者として？　でも私市さんは、弥生亭《やよいてい》の弥生さんと浜松屋《はままつや》の里子《さとこ》さんが襲われたとき、当の警察の監視下にあったではありませんか。それなのにアケヨさんの件だけで再逮捕をするなんて、どう考えても変です」

「わ、私たちも、そう思って、つ、強く抗議したのですが……」

佐奈田《さなだ》警部は全く聞く耳を持たなかったらしい。

「こっちにいたのか」

そこへ熊井新市《くまがいしんいち》が帰ってきた。

「おい、聞いているか」

波矢多が吉之助《きちのすけ》の再逮捕を伝えると、

「だからかぁ……」

何やら意味ありげな物言いを新市はしてから、

「警察も回ったんだけど、どうも様子が可怪《おか》しかった。きっと小父さんの再逮捕が、もう決まってたんだな」

「どうする？」

波矢多が訊くと、新市は難しい顔で、

「再逮捕するからには、警察も自信があるんだろう。こっちが裏で手を回したくらいじゃ、恐らくどうにもなんねぇだろうな」

「つまり？」

「お前が事件を解決するしかねぇ――ってことだ」

心二と楊と清一の三人が、期待の籠《こ》もった眼差しを波矢多に向けている。それが彼には、とにかく重く感じられてならない。

「先に戻ってる」

そう新市に声を掛けて、波矢多はカリエに向かった。そこから新市は三人に何か話していたようだが、すぐに友を追い掛けてきた。

「てっきり俺は、今から小父さんの店に事件の関係者を集めて、そこで一席ぶつのかと思ったんだけど――」

「それは小説の中の名探偵だよ」

「お前はやらんのか」

「当たり前だ」

波矢多は軽く睨《にら》んでから、

「それに――」

今度はやや弱気な声を出しつつ、

「色々と手掛かりが集まりつつあるとはいえ、俺の頭の中で推理が纏《まと》まっているわけではない。けれど私市さんが再逮捕された今、悠長なことは言っていられない。だから君を相手に、ぶっつけ本番でやるしかなさそうだ。そう決心したところだよ」

「よし、ちょっと待ってろ」

いそいそと新市が珈琲《コーヒー》を淹《い》れる準備をして、やがて狭い店内に香ばしい匂いが漂い始めた。

「で、真犯人は誰だ？」

波矢多は口に含んだ珈琲を、危うく噴き出しそうになりながら、

「君は俺の話を、ちゃんと聞いていなかったのか」

「冗談だよ」

「よし、改めて事件の整理をしよう」

波矢多は私市遊技場の全体の見取り図を眺めながら、

「事件の当日、関係者の全員が揃うのは、心二さんと祥子《しょうこ》さんの二人が戻った午後八時過ぎになる。

このとき吉之助さんと楊さんと清一君は、パチンコ店で仕事中だった」

「それまでに色々と鬱憤《うっぷん》の溜まる出来事があった小父さんは、自分が用意した四つの香典の三つを返されたことが切っ掛けとなり、自棄《やけ》酒を飲みに出掛けた。これが八時半前だ」

「すぐあとの八時半頃、アケヨさんが珈琲を飲みにカリエを訪れる」

「そして九時前に、陳《チン》と佐竹《さたけ》が再び現れて、楊さんと清一を呼び出す算段をつける。それに俺は気づくことなく、九時の閉店のあと、お前を捜しに出たってわけだ」

「九時過ぎに、楊さんは陳と私市遊技場の玄関横で、清一君は佐竹と応接間向かいの小路で、それぞれ密会を始めた。二人は店を出る前に、従業員休憩場所で帳簿つけをする祥子さんに挨拶をした。このとき心二さんも少し遅れただけで、従業員休憩場所から住居部分へ移動した」

「九時十五分頃に、小父さんが泥酔状態で戻ってくるまで、私市遊技場内にいたのは、祥ちゃんと心二だけだったことになる」

「しかし、心二さんが犯人と考えるには、動機の問題がある」

「かつての貴市《きし》家の不幸に、小父さんが関わっていたのかもしれない……という推理は、今のところ裏づけとなる新聞記事などが見つかってねぇからな」

「仮にそれが事実だったとしても、我が子を身籠もっている妻を、私市さんに対する復讐のためだけに心二さんが手に掛けたと見做《みな》すのは、かなり無茶だろう」

「……だよな」

　不承不承といった様子で新市は認めてから、

「小父さんの帰宅と入れ替わるように、心二が住居部分から路地へ出る。同じ頃にアケヨもカリエを出たため、二人は住居部分の扉の前で立ち話を始めた」

「そして俺が九時半頃に私市遊技場に戻る。そのとき清一君と佐竹、楊さんと陳の姿を、それぞれの場所で見掛けたわけだ」

「つまり九時十五分頃から半頃までの間、あの店の中にいたのは祥ちゃんと小父さんの二人だけだった……」

「しかも私市さんは完全に泥酔しており、そのうえ酒乱の気もあった。動機がない点では心二さんと同じ──いや、それ以上だけど、この酒に関する問題が大いに警察の心証を悪くしたのは、ほぼ間違いないだろう」

「うん、そうだな」

新市は弱々しく相槌を打ったあと、

「そしてお前が、従業員休憩場所の机の上で殺害されている祥ちゃんと、その前で血塗《まみ》れの胎児を両手に載せた小父さんを発見した……」

「その直後、君が姿を現したわけだ」

波矢多は見取り図の三ヵ所を指差しながら、

「遊技場の表玄関は鍵が掛かり、おまけに内側から掛け金が下ろされていた。応接間は開かずの扉と小窓しかなかった。住居部分の扉の前では心二さんとアケヨさんが立ち話をしており、誰も通っていないと証言している」

「店内と住居部分の全ての窓は、内側から螺子《ねじ》締まり錠が掛かっていた。唯一の出入り口は応接間の小窓しかなく、そこを抜けられるのは清一だけだった……」

「だが彼の場合も、やはり動機が弱い」

「母親のように慕《した》う祥ちゃんを、赤ん坊に取られる──と危惧したのは本当だろうけど、だからといって……なぁ」

「あそこまでの行為に及ぶとは、何らかの精神的な疾患でもない限り、やはり考えられない」

「そうなると現場は、密室になっちまう」

「だから余計に警察は、私市さんに容疑を掛けた。幾ら動機がなくても、泥酔と酒乱で一応の説明ができるからだ」

「で、この密室殺人事件に対する新たな推理を、ここからどう導くんだ？」

　期待と不安の入り交じった口調の新市に、

「いや、一旦この検討は諦めようと思う」

　あっさりと波矢多が答えたので、彼は忽《たちま》ち憤然とした顔になった。

「おいおい、待て待て、諦めるって何だよ」

「祥子さん殺しが最も重要なことは確かだけど、この事件を幾ら検討しても真相に近づけないのであれば、一先《ひとま》ず別の事件に取り組むべきではないのか――と考えた」

「別の事件とは、弥生と里子とアケヨが襲われた奴か」

「便宜的に路地の事件と名づけて、こっちの整理も改めてしておこう」

　波矢多は赤迷路の二つの見取り図を取り出すと、

「まず弥生亭の弥生さんの事件だが、女性の悲鳴を耳にした君は、スターのあるAの路地から駆けつけた。そして最初の分かれ道の左手の路地の×印の地点で、地面に倒れている彼女を見つけた。ちなみに弥生さんが来たのは、その分かれ道の右手の路地Bになる。そこに路地Cから心二さんが、×印の地点のもっと先から伊崎《いざき》巡査と、アケヨさんとジョージさんが現れた。伊崎さんは路地Dを、アケヨさんとジョージさんは路地Eを走ってきている」

「よって犯人には、何処《どこ》にも逃げ場がなかったはずなんだが……」

「次は浜松屋の里子さんの事件だ。新市が来た路地をA、俺が走った路地をB、清一君が隠れていた行き止まりの小路をC、里子さんが襲われた地点を×印、彼女がいた路地の先の祠《ほこら》がある行き止まりをD、伊崎巡査が駆けつけた路地をEとする」

新市は二つの見取り図を交互に何度も眺めたあとで、

「……同じだ。やっぱり犯人に逃げ場はねぇ」

「ひょっとして君は、心二さんを疑ったのではないか」

波矢多の問い掛けに、新市はむすっとしながら、

「それは伊崎巡査だ。もっとも里子のときに心二はいなかったんだから、巡査としても、もう容疑は掛けられなかったはずだ」

「里子さん事件のとき、もし心二さんがいたら……」

「そりゃ伊崎だけでなく、佐奈田警部も大いに疑っただろ」

何を言い出すのだ、という顔を新市は見せたが、

「そんな風に本来は容疑を掛けられるのに、我々の盲点となっているが故に、全く容疑者から外されている人物が、実はいないか」

と波矢多が続けると、更に驚きの表情になって、

「だ、誰だ？」

「伊崎巡査だよ」

「……彼が、赫衣《あかごろも》だって言うのか」

「伊崎さんは戦場で、物凄く過酷な目に遭って地獄を見たという」

「いや、だからこそ警察官になって――」

「それが表の面で、裏の面が赫衣だったとしたら……」

「……」

急に黙ってしまった新市に、波矢多は畳み掛けるように、

「弥生さんと里子さん、どちらの現場にもいた人物で、かつアケヨさんのいた木舞《こまい》病院に出入りしても、決して怪しまれなかった者となると、伊崎巡査しかいない」

「確かに、そうだが……」

新市は相槌を打ちながらも、

「赫衣とは、言わば通り魔のような存在だろ。三件の路地の事件は、それに当て嵌《は》まってる。けど祥ちゃんは、店内で襲われた」

「明らかに事件の質が違うか……」

波矢多は素直に受け入れつつ、

「その一方で、全ての現場が密室状態だった……という同じ性質もある」

「アケヨの場合は、どうやら違ってたようだけどな」

「彼女は犯人の顔を、本当は見ているのではないだろうか。しかし相手が、赤迷路で商売をする弱い立場の人たちの味方である伊崎巡査だったため、つい口を噤《つぐ》んでしまった」

「……有り得るか」

新市は納得し掛けたが、

「いや、待てよ。肝心の祥ちゃん殺しはどうなる？　伊崎の正体が赫衣だったら、動機は必要ないのかもしれない。けど、なぜ店内で襲ったのか、どうやって密室に出入りしたのか、その説明ができる

のか」

「……難しいな」

という波矢多の答えに、てっきり新市は怒り出すかと思った。しかし彼は、友と同じように困惑した顔をして、

「我々の盲点をついた、悪くない推理だったのにな」

むしろ波矢多を労《いたわ》るような発言をした。

「路地の事件を——特に弥生さんと里子さんの事件を——飽くまでも合理的に解くためには、伊崎巡査犯人説しかないか、と一時は思ったのだが——」

「今は違うのか」

驚き顔の新市に、波矢多は意味深長な声音で、

「同じように盲点をついた、別の推理が実はある」

「何だ？」

「伊崎巡査と同様、犯人は現場に堂々と出入りしていた」

「それは誰だ？」

「……熊井新市、君だよ」

二人は互いに凝っと見つめ合ったが、先に破顔したのは新市だった。

「なかなか意外な犯人だな」

「二つの現場に出入りした者のうち、どちらにも姿を見せているのは、伊崎巡査と君だけだ。前者が警察官という職業で盲点になっていたのと同じく、後者は素人《しろうと》探偵の相棒という立場で無意識に除外されていた」

「俺を相棒と認めてくれてるのか」

「警察が弥生さんと里子さんの事件を、祥子さん殺しと関連づけて本気で取り組んでいたら、真っ先に君が疑われたかもしれない。しかし警察は、祥子さん殺しの犯人は私市さんだと確信していた。だから彼女たちの事件は、全く無関係だと見做された」

「俺の祥ちゃん殺しの動機は、差し詰め愛憎問題って奴か」

「それを自分で認めてくれるなら、正直こちらは助かる。余り突っ込みたくはないからな」

「だがな、密室の問題が残ってるぞ」

「私市遊技場の現場は、安普請の密室だと言っただろ。スターに煙草を取りに行って、戸締まりしている店舗に、君は二階から忍び込んだ。同じような方法で私市遊技場に出入りするのは、君にとっては朝飯前ではないだろうか」

「……かもな。けど、何処から出入りする。表は楊さんと陳、東側は心二とアケヨ、西側は清一と佐竹の目があったんだぞ」

「残りの北側の、極めて狭い小路がある。あそこを通る者など、まずいないだろ」

「まぁな」

「事件の関係者の中で最後に、現場に姿を現したのは、君だった」

「如何《いか》にも怪しいか」

「うん。けど――」

　認めながらも波矢多が口籠もると、

「けど、どうした？」

「君が私市遊技場の北側の小路から屋根にでも上がり、安普請の何処かから店舗に出入りしたのだとすると、その痕跡を幾ら何でも警察は見つけたと思う」

「それは警察を、ちと評価し過ぎじゃねぇか」

意地悪く笑う新市に、波矢多は真顔で、

「それに君を真犯人とするには、やはり動機が弱過ぎる」

「実は俺も、そう言いたかったんだが、お前が変な気の回し方をしたんで、抗議する機会を逸してな」

「赫衣の件を俺に頼んだとき、君の父親や私市さんのためというよりも、祥子さんの身を案じてのような気がした」

「………」

「また君が真犯人だった場合、木舞病院に出入りできたとは思えない」

「どうして？」

「看護婦さんたちの誰かに、きっと君の顔を覚えられたに違いないからだ」

「それほど俺が、良い男ってことか」

場違いにも浮かれる新市に、波矢多は真顔のままで、

「つまり熊井新市犯人説も、有り得ないと分かる」

「路地の事件の検討も失敗で、こっちも諦めざるを得ないのか」

新市の顔が元に戻るのとは対照的に、波矢多の表情に微《かす》かな笑みが浮かんだ。

「いいや、このまま推理を進めるべきだよ」

「どういう風に？」

「少なくとも弥生さんと里子さんの事件は、同一犯ではない――という解釈が立てられないか」

「……別人？」

「路地の密室を解くためには、そう考えるしかない」

「となると弥生の事件の犯人は……」

「心二さんしかいない。もっとも彼が実行したのは、弥生さんを驚かせて、現場に態《わざ》と包丁を置いた。それだけだ」

「なぜ逃げなかった？」

「恐らく君の声を耳にして、追い掛けられると思ったのだろう。そうなれば逃げ切れずに、まず捕まってしまう。そこで咄嗟《とっさ》に現場へ戻って、無辜《むこ》の通行人を演じようとした。彼の誤算は、別の路地から伊崎巡査とアケヨさんとジョージさんが現れた所為《せい》で、現場の路地が密室化したことだった」

「動機は？」

新市は既に察しているようだったが、敢えて尋ねたいらしい。

「私市さんの釈放だよ。赫衣の仕業と思しき新たな事件が起きれば、警察としても彼の無実を信じざるを得ない」

「そう心二は考えたものの、上手くいかなかった」

「だから次の清一君は、もっと凝ったわけだ」

「最初から二人はグルか」

意外そうな新市の反応に、波矢多は困った面持ちで、

「どうだろう。俺の見立てでは、心二さんの行為と意図に気づいた清一君が、それでは効果がないですよ——とばかりに、二度目の演出をしたのではないかと思う」

「二人は私市家で、今は同居してるからな。互いに隠すことは、流石《さすが》に難しいか」

新市は納得してから、

「けど里子は、犯人が大人の男性だと証言してるだろ」

「清一君が私市遊技場に仕事を求めてきたとき、私市さんは『お前の身長では、とてもパチンコ台に届かんから駄目や』と断った。すると次の日、彼は小さな踏み台を持って現れた。パチンコ台の修理も、あっという間に覚えた。そして近所の店の子供が材料さえ都合すれば、独楽《こま》でも竹馬でも、凧《たこ》でも羽子板でも、彼は何でも作った」

「……清一は竹馬に乗って、背丈を誤魔化《ごまか》したのか」

「彼が隠れていた小路の奥には、様々な廃材が置かれていて、そこには何本もの竹竿もあった。素早く解体して、あそこに紛れ込ませたら、そう簡単には見つからない」

「赫衣のような、朱色の顔は？」

「清一君は私市家の箪笥の中から、古くて皺《しわ》だらけの風呂敷を見つけて、それに懐中電灯と金槌を包んだと言っている。恐らく風呂敷で顔を包み、下から懐中電灯で照らしたんだろう」

「そんな子供騙《だま》しが……」

「普通なら通用しないかもしれないが、場所は赤迷路でも曰くのあるゴーストタウンで、相手は祥子さんから『かなり臆病なところがある』と見られている、精神的にも不安定な妊婦の里子さんだった。そんな人物像を清一君も、きっと祥子さんから聞いて知っていたに違いない。だから効果を発揮できたわけだ」

「赫衣が着ていたマントのような代物も、廃材の再利用か」

「あの小路の奥には、襤褸襤褸《ぼろぼろ》の覆いや布があった。その一つを使ったのだろう」

「何の策も講じてない心二に比べると、清一は色々と工夫してるな」

純粋に新市は感心している。

「それに清一は話が上手かった。すっかり騙されたぞ」

「里子さんはゴーストタウンに入ってから、妙な気配は感じなかったと言っている。なぜなら清一君は彼女を尾《つ》けたわけではなく、先回りして待ち伏せしていたからだった。そういう用意周到さが、彼にはあったわけだ」

「凄い奴だよ」

「弥生さんと里子さんが選ばれたのは、祥子さんと同じく妊婦だったからだ。犯人は切り裂きジャックなのか、はたまた赫衣なのか、それは分からないとしても、妊婦ばかりが三人も狙われたとなると、私市さんの容疑は揺らぐことになる。そう心二さんも清一君も考えた」

「清一はともかく、心二を少し見直した」

　なおも新市は感心していたが、

「するとアケヨの件は、一体どうなる?」

「本物だろ。服が裂けたうえ、腹部も軽傷とはいえ切られている。これは弥生さんと里子さんの事件では見られなかった、大きな特徴と言える」

「本当の犯人の仕業だったから、そういう目に遭った」

「ただ、それにしては被害が少な過ぎないか」

　波矢多の指摘に、新市は戸惑いつつ、

「けど、犯人の仕業なんだろ?」

「だとしたら、どうして犯人は、そんな中途半端な襲い方をしたのか。またアケヨさんが、二度と行かないと恐れていたゴーストタウンに、ジョージさんの付き添いもなしに、どうして独りで出掛けたのか」

「……何か臭うな」

新市は眉間に皺を寄せていたが、

「まさかアケヨの奴、自作自演をしたわけじゃねぇよな」

「何のために？」

「……そうか。小父さんは既に、そのとき釈放されてたか」

「狂言と考えるには、妊婦が自分のお腹を切ったと見做す必要がある。それは幾ら何でも、心理的にも精神的にも難しくないか」

「……だよな」

「ゴーストタウンと言えば、ちょっと妙な青年に会った」

そこで波矢多は急に、あの青年について新市に語り出した。

「世の中には物好きもいるもんだ」

「しかし彼の話は、大いに役立ったと思う」

「赫衣の謂《いわ》れについて、まぁ少しは判明したようだな。当初のお前に対する依頼がそのままだったら、確かにちっとは役に立ったかもしれん。だが、今のお前に求められてるのは、殺人事件の解決だからな。あんまり関係ないんじゃねぇか」

「なぜ『赤服』や『赤い人』ではなく『赫衣』なのか」

新市の言葉には取り合わずに、波矢多は続けた。

「それは『胞衣《えな》』と『赭衣《しゃい》』と『赤い単衣《ひとえ》』と、この三つの単語にある『衣』から取られているから、という理由が考えられる。そして『赫衣』の『赤』は、『赭衣』と『赤い単衣』に含まれる『赤』から来ている、と見做すこともできるわけだ」

「うん、まぁ、そうだけど……」

「この青年の解釈が、なぜか頭の片隅でずっと引っ掛かっていた」

そう口にする波矢多は、目の前の新市を相手にではなく、まるで自分自身に話し掛けているような様子で、

「今こうして事件の検討をしている間も、ずっと気になっていた」

「で、何か分かったのか」

新市の合いの手も、波矢多に聞こえているのかどうか。

「すると陳彦宏《チンピンイン》の件が、ふと脳裏を過《よぎ》った。自分の名前から『東宏彦《ひがしひろひこ》』という人物を創り出し、私市さんを騙そうとして、彼の逆鱗《げきりん》に触れた出来事を――」

「うん、それで？」

「すると次に、李《リ》夫人から戻ってきた三つの香典袋に目を落として、力なく項垂《うなだ》れていたという私市さんの姿が、なぜか浮かんだ」

「えっ……」

「彼は四つの香典袋を用意した。そこには『李心二』と『私市心二』と『李恒寧《ハンニョン》』の名前と、私市さん自身の『私市吉之助』の名があった。でも結局、そのうちの三つは返ってきてしまった。このとき彼は、もしかすると気づいたのではないだろうか」

「……何に？」

と訊く新市の声音には、明らかに不安が感じられる。

「その前に起きた陳彦宏の件が引き金となり、私市さんは気づいた……」

「だから、何にだ？」

「香典袋に自ら記した『李恒寧』の漢字の、『李』は『木』と『子』に分かれ、それは『きし』とも読め、また『貴市』の漢字が当て嵌まることに――」

「……………」

「そして『恒寧』の二つの漢字には、それぞれ『心』の文字が入っており、よって『心二』と表現できることに――」

「……………」

「貴市家の事件を新聞社で調べて貰《もら》っても、その記事が見つからなかったのは、そもそも貴市家が実在していなかったからではないか。もしくは貴市家という家は存在しているが、新聞種になるような事件など起こしていないからではないか」

「つまり心二は、李夫婦の本当の子供の、李恒寧だった。それが貴市心二という架空の人物になって、私市遊技場に雇って貰った。そういうことか」

波矢多が頷くと、即座に新市は、

「なぜだ？　どうしてそんなことをした？」

「私市さんが李夫婦と話したとき、李さんは『日本の敗戦後、第三国人は占領軍から特別扱いを受けて、何かと不自由な日本人とは違うことに浮かれているが、そんな待遇はそのうち綺麗になくなって、再び立場が逆転するに決まってるから、この国で我々が生きてくためには、地道に働くのが一番だ』と言われた。だからこそ息子を、立場が逆転する側の人間にしようと考えた。この日本で差別されることなく、彼が生きていけるように――」

「貴市家の事件は？」

「作り話だろう。貴市心二としての過去を詮索されないように、敢えて何か事件があったと思わせた。

普通なら相手の興味を逆に引いてしまうけど、私市さん親子の場合は、そっとしておいてくれると判断できたに違いない」

「心二は朝鮮人から日本人になった……っていうのか」

新市は愕然《がくぜん》とした顔を見せたが、すぐに大きく首を振ると、

「いやいや、そりゃ無理だろ。戸籍はどうする？」

「日本人の戸籍なんて、度重なる空襲で焼失している。その後は自己申告で、どうとでもできたことは、君も知ってるだろ」

「そりゃ、そうかもしれんが……」

と言い掛けたところで新市は、はっと身動《みじろ》ぎしてから、

「ま、まさか……」

「心二さんの正体を察した瞬間、私市さんには動機が生まれた……」

「…………」

「もちろん祥子さんにではなく、そのお腹にいる嬰児《えいじ》に対しての動機が――」

「…………」

「返ってきた三つの香典袋を見て、心二さんの秘密に気づいた私市さんは、二人だけで話したいと言った。だが意外にも、すぐに二人の話は終わった」

「……そうだった」

「なぜなら私市さんの疑惑に対して、心二さんが素直に認めたからではないだろうか」

「あいつなら、きっとそうしたろうな」

「自棄酒を飲みに行く前の私市さんの様子を、心二さんは『哀しそうやった』と表現した」

「……うん」

「また心二さんは、泥酔して戻ってきた私市さんが、出しっ放しだった香典袋に目を留めたようだったと証言している。飽くまでも推測に過ぎないけど、それが胎児殺しに踏み切る、最後の押しになったのかもしれない」

「その場合、睡眠薬は予《あらかじ》め持っていたことになるのか」

「もしくは泥酔した帰りに、何処かで調達した。そして警察は、該当する店を苦労して突き止めた。だからこそ再逮捕に踏み切った――と考えられないこともない」

「ちょっと待て……」

新市は物凄く絶望したような顔で、

「……アケヨを襲ったのも、小父さんなのか」

「祥子さん、弥生さん、里子さん、アケヨさんの四人は、二つの組に分けられる」

波矢多の唐突な物言いにも拘《かか》わらず、新市は当然のように応えた。

「三人が素人で、アケヨだけ夜の女だろ」

「それとは違う分類だよ」

暫《しばら》く新市は俯《うつむ》きながら考えていたが、はっと顔を上げると、

「……まさか、子供の父親か」

「弥生さんと里子さんの子供の父親は、恐らく日本人だと思う。この件に関する情報を、我々は持っているわけではないけど、素直に考えるとそうなる」

「もし米兵だったりしたら、その噂が流れてきただろうからな」

「しかし祥子さんとアケヨさんの子供の父親は、日本人ではない」

「だからって、小父さんが……」

と否定し掛けながらも、新市は覚悟を決めたような表情をしている。

「心二さんが日本人でないと誤解して――実際にはそうだったわけだが――祥子さんとの結婚について、私市さんは大いに悩んだ。それでも娘が彼を好きなら……と、二人を祝福する気になった。ところが心二さんは、やっぱり日本人だと――本当は嘘だったわけだが――分かった。しかし実は、やっぱり違っていたことに、私市さんは気づいた。それを本人に質《ただ》すと、彼も認めた。あの日は他にも腹立たしい出来事が色々とあった。しかも第三国人絡みの厄介事が重なった。思わず自棄酒を飲んだ私市さんは泥酔して、酒乱の悪癖が出た。恐らく犯行時、私市さんは心神喪失状態だったのではないだろうか。そのため胎児だけを始末する――という外科医でもない素人には不可能な、そんな有り得ない考えに取り憑《つ》かれた」

「だから睡眠薬を……」

「そこまで追い込まれた精神状態だったにも拘わらず、心の奥底では祥子さんに苦痛を与えたくないと思っていた。それが睡眠薬の使用という行為となって現れた」

「……せめて、そう願いたいな」

「だが犯行後、はっと我に返る瞬間があった。俺と心二さんとアケヨさんが聞いた、彼の叫び声だよ。自分が何をしたのか、余りにも恐ろしい事実を知った私市さんは、その場で壊れてしまった……のだと思う。釈放後も彼の精神状態は変わらなかった。だから見舞いに訪れたアケヨさんを見て、彼女の胎児も始末しなければならない……という考えに取り憑かれた」

「つまりアケヨが襲われたのはゴーストタウンではなく、小父さんの家の帰り道だった。そういうことか」

「そのとき彼女は、犯人の正体を知って驚いた。にも拘わらず私市さんを庇《かば》っている事実から、きっと動機まで察して同情したのだろう」

「小父さんが話したのか」

「犯行に及ぼうとしながら、その理由を口にしたのかもしれない。もしくは犯行に失敗したあとで、アケヨさんに説得されて話したとも考えられる。とはいえ支離滅裂な内容だったのを、恐らく彼女が苦労して理解したような気がする」

「確かにアケヨはこれまでに、小父さんに色々と世話になってる。けど、夜の女として偏見に晒《さら》されてきて……、このまま日本で子供を産めば更なる偏見が待ってると分かってるのに……、それでも小父さんの狂った動機に、アケヨは同情したっていうのか」

何とも悲痛な口調の新市に対して、波矢多は優しげな声音で、

「彼女たちのような職業の人たちは、得てして他人の痛みが、我が事の如《ごと》く理解できるものではないかな」

「……そうか。そうだったな」

「心二さんの秘密を知ったあとの、私市さんの心の中は、敗戦後の日本の遣り切れない状況と、もしかすると似ていたのかもしれない」

「どういう意味だ？」

「……建前と本音だよ」

「…………」

「私市さんが呟いた、あの意味不明の言葉だけど――」

「……何か閃《ひらめ》いたのか」

「三つのうち『かぶ』と『きり』の順番を入れ替えて繋《つな》いだら、これで『切株』という言葉になると気づいた」

「うん？　それって……」

「浜松家の里子さんが襲われた――実際は違うけど――ゴーストタウンの路地の行き止まりに見えた、例の祠の裏にある榎《えのき》の切株のことかもしれない」

「あぁ、あれか。そうなると『ほら』ってのは……」

「恐らく私市さんは『ほこら』と呟いていたのに、それが『ほら』としか聞こえなかったのではないかな」

「なるほど」

いったん新市は納得したあとで、

「しかし小父さんとあの祠、それに切株に、一体どんな関係が……」

「……分からない」

波矢多は力なく首を振りつつ、新市に訊いた。

「あの祠の存在を、私市さんは知っていただろうか」

「赤迷路内のことなら、まぁ一通りは理解してたに違いないけど、あんな祠まで果たして覚えていたかどうか……」

「何らかの関わりがあったというのは――」

「いやぁ、なかったんじゃねぇか」

「となると、あとは偶々《たまたま》あの路地を通ったときに、ふと興味を引かれて――」

「おいおい、待てよ」

新市は慌てて波矢多の言を遮《さえぎ》ると、

「それと今回の事件と、何か関係あるのか」

「直接はないだろう。ただ赫衣が誕生した背景に、もし胞衣壺が絡んでいるとしたら、事件の被害者が妊婦だったことが、ちょっと引っ掛からないか」

「……祟《たた》りだったとでも言う心算《つもり》か」

「いいや。でも妙な繋がりを感じたから、一応は知らせておこうと思って――」

「……そうか」

「だからと言って私市さんの犯した罪に、何か新しい解釈が生まれるわけでもないから、余計な指摘かもしれないけど……」

「……いや、構わんよ」

二人の間に暗い沈黙が、ずっしりと重く降りた。その状態が暫く続いたあと、

「どれ、俺もやってみるか」

すっかり項垂れてしまった新市を余所《よそ》に、波矢多はカウンターの内側に入ると、危ない手つきで珈琲を淹れ始めた。

「どうぞ」

そして新市に勧めたのだが、

「……うーん、お前は向いてねぇな」

一口だけ啜《すす》って、すぐさま新市は駄目出しをした。

「なら別の仕事を探すよ」

「うん、それがいい」

文句をつけながらも、新市は珈琲を飲みながら、

「小父さんは、どうなると思う？」

「今のままの精神状態だったら、まず起訴は無理だろうな」

「……然《しか》るべき所に、入院となるか」

「そうなった場合、警察は事件をどう処理するのか……」

「迷宮入り……とか」

「有り得るな」

しかし二人の予想は半ば外れ、半ば当たることになる。

なぜなら私市吉之助が留置場で、裂いた手拭いにより首吊り自殺を遂げたからだ。警察は「真犯人だからこそ自ら命を絶った」と見做したが、それを証明することはできなかった。つまりは迷宮入りである。

こうして赤迷路に於《お》ける赫衣殺人事件は、その幕を閉じた。

終章

物理波矢多《もとろいはやた》が赤迷路を発《た》ったのは、私市吉之助《きさいちきちのすけ》の葬儀に参列したあとである。熊井新市《くまがいしんいち》は私市遊技場の今後について尽力するために、まだ暫《しばら》くは残ることになった。

その後、赤迷路では二つの噂が流れた。

うち一つは、やっぱり私市吉之助が全ての事件の犯人だった……というもの。

もう一つは、祥子《しょうこ》殺しの犯人は彼だが他の事件は赫衣《あかごろも》の仕業だった……というもの。

後者の方がより真実に近かったわけだが、その動機まで分かる者は無論いなかった。吉之助の酒乱の所為《せい》だと誰もが見做《みな》したからだ。ただし彼だけに責任があるわけではなく、その裏には赫衣の存在があった……という尾鰭《おびれ》がついた。

もっとも前者でも、赫衣の関与は当然のように噂された。吉之助に無理な犯行については、極自然に赫衣の所業と考えられたのである。

「……到頭、依頼には応えられなかったな」

宝生寺《ほうしょうじ》駅の前まで見送りに来た新市に、そう波矢多は言った。

「赫衣のことか」

「結局は謎のままだろ」

新市は少し間を置いてから、

「祥ちゃんの事件が起きなかったとしたら、どうだった？　ちゃんと赫衣の正体を突き止められてたと思うか」

「いや、無理だったろう」

　即答する波矢多に、にやっと新市は笑いながら、

「なら、いいじゃねぇか」

「良くはないよ。仕事として受けたんだからな」

「ほんとにお前は真面目過ぎる」

　新市は呆れ顔になったが、すぐに心配げな表情で、

「うちの家には好きなだけいてくれて構わんけど、これからどうする？」

「できれば炭坑夫のような、敗戦後の日本の復興を縁の下から支える仕事に、やっぱり就きたいと考えている」

「お前ほどの男が、勿体ない……」

　新市は大いにぼやいたが、波矢多の決心が固いことも知っているのだろう。それ以上はもう何も言わずに、

「住む所が必要なら、うちの親父に相談してくれ」

「ありがとう。是非そうさせて貰《もら》うよ」

　二人は近いうちの再会を約して別れたが、新市が赤迷路から戻って来られたのは、予想以上の日数が過ぎてからだった。

　私市遊技場は私市心二《しんじ》と柳田清一《やなぎだせいいち》と楊作民《ヤンツオミン》の三人で再開させたが、事件の影響の所為か客の入りが悪く、最後は人手に渡ってしまった。その結果、心二は李《リ》夫人の元に戻って新宿のホルモン店を手伝

い、清一と楊は赤迷路の別の店で働くことになった。

ただし清一は暫くすると店を辞めてしまい、赤迷路からも姿を消したという。新市は佐竹《さたけ》の関与を疑って大いに心配したが、清一の行方は杳《よう》として知れなかった。

弥生亭《やよいてい》の弥生と浜松屋《はままつや》の里子《さとこ》は、無事に出産を済ませた。前者が男の子で後者が女の子だったが、母子共に元気らしい。そして天一《てんいち》食堂の和子《かずこ》は、板前の青年と目出度《めでた》く結婚した。

隠れ売春行為の疑いのあったトワイライトは、警察の手入れを受けて呆気《あっけ》なく廃業となった。見せしめに選ばれたのだろうと、専ら同業者たちは懼《おそ》れたらしい。店主のスミコは赤迷路からいなくなったという。

アケヨは帰国するジョージと一緒に米国へ渡り、向こうで男の子を産んだ。この「姐《ねえ》さんの渡米」に合わせて、彼女の後輩のチヨコは夜の女から足を洗った。新しい職場は新市が紹介の労を執《と》った。伊崎《いざき》巡査は相変わらず宝生寺の駅前の交番に勤務している。チヨコと良い仲らしいという噂もあるが、本当のところは分からない。

新市から関係者の消息を手紙で知らされながら、物理波矢多も己の進むべき新しい道を模索していた。そんな彼が興味を覚えたのは、海上保安庁の航路標識職員だった。所謂《いわゆる》「灯台守」と呼ばれる職務になる。灯台守は海上を航行する船舶の安全を荷《にな》っていた。それは敗戦後の日本経済の立て直しに必要な海運と水産を、取りも直さず背後から支える役目と言えた。

天職を見つけられたかもしれない。

波矢多は素直に喜んだが、赴任した灯台で彼を待っていたのは、またしても謎めいた奇《き》っ怪《かい》な事件だった……。

しかし、それはまた別の物語となる。

主な参考文献

馬淵和夫、国東文麿、今野達 校注・訳『日本古典文学全集　今昔物語集四』（小学館／1976）
仁賀克雄『ロンドンの恐怖　切り裂きジャックとその時代』（早川書房／1985）
松谷みよ子『現代民話考７　学校』（立風書房／1987）
伊藤桂一『秘めたる戦記　悲しき兵隊戦記』（光人社 NF 文庫／1994）
猪野健治『東京闇市興亡史』（ふたばらいふ新書／1999）
藤野豊『性の国家管理　買売春の近現代史』（不二出版／2001）
永井良和『風俗営業取締り』（講談社選書メチエ／2002）
藤木 TDC、ブラボー川上『まぼろし闇市をゆく 東京裏路地〈懐〉食紀行』（ミリオン出版／2002）
小林大治郎、村瀬明『みんなは知らない国家売春命令』（雄山閣／2008）
厚香苗『テキヤ稼業のフォークロア』（青弓社／2012）
歴史ミステリー研究会編『終戦直後の日本　教科書には載っていない占領下の日本』（彩図社／2015）
マイク・モラスキー編『闇市』（新潮文庫／2018）
伊奈正司、伊奈正人『やけあと闇市野毛の陽だまり　新米警官がみた横浜野毛の人びと』（ハーベスト社／2015）
橋本健二、初田香成編著『盛り場はヤミ市から生まれた・増補版』（青弓社／2016）
藤木 TDC『東京戦後地図　ヤミ市跡を歩く』（実業之日本社／2016）
井川充雄、石川巧、中村秀之編『〈ヤミ市〉文化論』（ひつじ書房／2017）
NHKスペシャル「戦後ゼロ年　東京ブラックホール」（日本放送協会／2017）
朝里樹『日本現代怪異事典』（笠間書院／2018）
NHK スペシャル取材班『NHK スペシャル 戦争の真実シリーズ①　本土空襲全記録』（KADOKAWA／2018）
ＮＨＫスペシャル「“駅の子”の闘い～語り始めた戦争孤児～」（日本放送協会／2018）
斉藤利彦『「誉れの子」と戦争　愛国プロパガンダと子どもたち』（中央公論新社／2019）
松平誠『東京のヤミ市』（講談社学術文庫／2019）
佐藤春夫『佐藤春夫台湾小説集　女誡扇綺譚』（中公文庫／2020）
小林太郎 著／笠原十九司、吉田裕 編・解説『中国戦線、ある日本人兵士の日記　1937 年８月～1939 年８月　侵略と加害の日常』（新日本出版社／2021）

三津田信三（みつだ・しんぞう）
編集者を経て2001年『ホラー作家の棲む家』（文庫で『忌館』と改題）で作家デビュー。2010年、刀城言耶シリーズの『水魑の如き沈むもの』で第10回本格ミステリ大賞受賞。2016年『のぞきめ』が映画化される。本作は『黒面の狐』『白魔の塔』に続く物理波矢多シリーズ第3作。他の著書に、死相学探偵シリーズ、『怪談のテープ起こし』『逢魔宿り』『そこに無い家に呼ばれる』『忌名の如き贄るもの』等。

この作品は書き下ろしです。

赫衣《あかごろも》の闇《やみ》

2021年12月10日　第1刷発行

著　者　三《み》津《つ》田《だ》 信三《しんぞう》
発行者　大川繁樹
発行所　株式会社 文藝春秋
〒102-8008 東京都千代田区紀尾井町3-23
電話　03-3265-1211（代）
印　刷　理想社
付物印刷　萩原印刷
製　本　若林製本工場

定価はカバーに表示してあります。
万一、落丁乱丁の場合はお取替えいたします。
小社製作部あてお送り下さい。

ISBN978-4-16-391476-3